사르비아총서 · 503

삼국지(중)

― 삼국의 싸움 편 ―

나관중 / 최 현 옮김

범우사

차   례

□ 이 책을 읽는 분에게

　이 책의 원제목은 '삼국지연의(三國志演義)'로, 나관중
〔羅貫中, 본명 본(本)〕이 중국 명나라 때 지은 장편 역사 소
설이다. 그러므로 진나라 때 진수(陳壽, 232~297)가 지은
정사(正史) 《삼국지》와 구별해야 한다. 정사 《삼국지》는 총
65권으로 된 역사책으로 위나라를 정통으로 삼았다.
　그러나 역사 소설 《삼국지》는 정사 《삼국지》를 바탕으로
하였기 때문에 이야기 줄거리는 거의 같으나, 세 나라 중 촉
한을 정통으로 삼았고 민간 설화가 많이 들어갔다. 그러므로
실제 사실과 다른 부분도 일부 있다(예로, 적벽 대전은 제갈량
과 관계가 없으나 작품에서는 그의 공으로 돌려 그를 신격화했
다). 또한 인물들의 모습과 성격, 행동 등이 구체적으로 묘사
되었고, 지모와 변화 무쌍한 싸움 장면들이 흥미 진진하게
전개된다. 그래서 중국의 4대 기서(奇書)인 삼국지·수호
지·서유기·금병매 중에서도 으뜸으로 꼽히며 동양 최고의
역사 소설로 이제까지 수많은 사람들에게 애독되었다.
　또한 이 책의 뛰어남은 그 내용에 있어서 중국의 전통적인
유교 사상인 충성·효도·지조·의리 등이 높이 찬양되었기
때문이다. 유비·관우·장비의 의리와 지조, 유비에 대한 두

형제와 제갈량의 충성은 이 작품의 근본이 되었다. 그리고 손책과 손권·서서·태사자·강유 등은 효성이 뛰어나다. 그러므로 충·효·절·의에 어긋난 행위를 한 인물은 철저히 비난받거나 벌을 받는다. 이는 곧 권선징악(勸善懲惡)의 윤리가 바탕이 된 것으로, 명나라 때에 유교 사상이 확립된 것과 일치한다.

이 작품은 후한 말(169년)에서 진나라 통일(280년)까지 약 백여 년 간의 중국 역사를 다룬 것으로, 대단히 방대한 규모와 무수한 인물이 등장하는 작품이면서도 사실(史實)을 바탕으로 하여 종횡으로 긴밀한 구성을 함으로써 읽는 사람으로 하여금 끝까지 손에서 책을 놓지 못하게 하는 마력을 가지고 있다.

그리하여 중국의 문학가 후스(胡適)는, 《삼국지연의》야말로 가장 많은 사람들에게 읽히고 환영 받아온 역사 소설로서, 교육사상적인 면에서 이바지한 바가 이 책보다 더한 것이 없다"라고 극찬하였다.

이 책은 원작품의 줄거리와 내용을 그대로 살리면서 읽기 좋도록 분량을 줄인 것이다. 전 3권으로, 1권을 '영웅들 편', 2권을 '삼국의 싸움 편', 3권을 '천하통일 편'으로 하였다.

시대와 장소가 다르지만, 이 《삼국지》를 읽으면 인물들의 다양한 성격과 충·효·절·의의 근본 사상 및 역사적 교훈 등에서 많은 감동과 교훈을 받을 것이다.

옮긴이

□ 주요 인물

촉(蜀)

유 비(劉備) 자는 현덕(玄德). 한(漢) 왕실의 혈통을 이어받아 유 황숙(劉皇叔)이라고 일컫는다. 의형제인 관우(關羽)·장비(張飛)와 명참모 제갈량(諸葛亮)의 도움을 받아 군웅들 사이에서 세력을 확장하여, 장강의 중류와 상류 지역을 통치하였다. 한중왕(漢中王)이 되었다가 촉의 황제가 되었으나, 천하 통일과 한 왕실 부흥의 뜻을 이루지 못하고 죽는다.

관 우(關羽) 자는 운장(雲長). 현덕에게 가장 충실한 의동생. 천하 무적의 호걸로 의리가 강하나 인정에 약하다. 죽은 뒤에도 혼이 되어 유비를 돕는다.

장 비(張飛) 자는 익덕(翼德). 현덕·운장과 의형제로 호탕한 인물. 언제나 긴 쌍날칼을 갖고 있다. 성급하고 화를 잘 낸다. 결국 부하에 의해 죽는다.

조 운(趙雲) 자는 자룡(子龍). 공손찬(公孫瓚)을 섬겼으나 주인이 죽은 후 현덕의 참모가 된다. 현덕을 위기에서 여러 번 구한다.

손 건(孫乾) 현덕의 보좌역이며 연락관으로 활약한다.

제갈량(諸葛亮) 자는 공명(孔明). 촉의 군사(軍師). 와룡

강(臥龍岡)에 은거해 있었으나 현덕의 삼고(三顧)의 예(禮)에 감격하여 천하 삼분의 책략을 세운다. 천문·지리·작전에 정통하고, 지모(智謀)는 초인적이다. 전투가 벌어질 때마다 기발한 계략과 스스로 발명한 무기를 사용한다. 현덕이 제위(帝位)에 오르자 재상이 된다. 현덕이 죽은 후에 다음 임금 유선(劉禪)을 섬겨 남만(南蠻)을 평정하고, 또 북으로 쳐올라가 위와 싸운다. 모두 여섯 번 출정하나 결국 오장원의 진중에서 죽는다.

유 선(劉禪) 현덕의 아들. 아명(兒名)은 아두(阿斗). 현덕이 죽은 후에 제위에 오르지만 내시 황호(黃皓)에게 미혹되어 정사를 소홀히 하고 위에 항복한다.

방 통(龐統) 자는 사원(士元). 호는 봉추(鳳雛). 처음에는 강동(江東)에서 살았으며, 적벽(赤壁)의 싸움 때, 연환(連環)의 작전으로 조조를 대패케 했다. 나중에 손권(孫權)에게 버림을 받자, 현덕한테 와서 부군사가 된다. 낙성을 치다 36세로 죽는다.

황 충(黃忠) 오호 대장의 하나로 활쏘기의 명수. 장사(長沙)의 한현(韓玄)에게 충성하다가 현덕에게 귀순하여 여러 차례 전투에서 분전한다. 75세에 동오와 싸우다 죽는다.

위 연(魏延) 한현에게 충성하다가 현덕에게 귀순하여 참모가 된다. 그러나 야심이 많은 사람으로 제갈량이 죽자 반역한다.

마 초(馬超) 서량(西凉) 태수 마등(馬騰)의 아들. 부친이 조조에게 죽임을 당하자 원수를 갚으려고 조조를 추격하지만 뜻을 이루지 못하고 후에 현덕에게 항복한다. 오호 대장의 하나로 활약한다.

강 유(姜維) 본래 위의 무장(武將). 제갈공명에게 항복하고 공명의 뒤를 이어 위와 싸운다.

위(魏)

조 조(曹操) 자는 맹덕(孟德). 난세의 교활한 영웅. 멀리 산동(山東) 일대까지 평정, 허창(許昌)에 도읍을 정하고 천자(天子)를 받들어 재상이 되어 조정의 실권을 장악한다. 후에 하북의 원소(袁紹)를 멸망시켜 황하 유역을 완전히 장악하고 장강 유역까지 세력을 확장하여 촉(蜀) · 오(吳)와 싸운다. 위나라 왕이 된다.

조 비(曹丕) 조조의 장남. 부친 사후에 위나라 왕위에 오르고, 이어서 헌제(獻帝)로부터 황제의 자리를 이어받는다. 시호 문제(文帝).

조 식(曹植) 조조의 3남. 시인. 형과 사이가 좋지 않다.

하후돈(夏侯惇) 무장. 조조의 일족. 전투에서 화살에 맞은 자기의 눈알을 먹는다. 조조를 위해 활약한다.

하후연(夏侯淵) 무장. 하후돈의 사촌 동생이다.

조 인(曹仁) 무장. 조조의 사촌 동생. 여러 번 공을 세운다.

조 홍(曹洪) 무장. 조인의 동생. ·조조의 위기를 여러 번 구한다.

이 전(李典) 무장. 공부를 많이 했고, 파로 장군에 이른다.

악 진(樂進) 무장. 오와 싸워 공을 세운다.

우 금(于禁) 무장. 처음부터 조조를 따라 전투에 참가한다.

순 욱(荀彧) 참모. 조조의 노여움을 사자 자살한다.

곽 가(郭嘉) 참모. 오환(烏丸) 정벌에서 젊은 나이에 전사한다.

허 저(許楮) 조조를 위기에서 구하고 신변을 보호한다.

서 황(徐晃) 무장. 본래 양봉(楊奉)의 참모였는데, 설득되어 조조의 부하가 된다.

정 욱(程昱) 참모. 원소 토벌에 공을 세운다.

가 후(賈珝) 참모. 처음에 장수(張繡)의 참모로 조조와 싸웠으나 뒤에 조조에게 항복한다.

장 요(張遼) 무장. 여포(呂布)의 부하였으나 여포와 함께 붙잡혔을 때 충성심이 인정되어 조조의 부하가 된다.

장 합(張郃) 무장. 원소의 부하였으나 조조에게 항복한다.

사마의(司馬懿) 자는 중달(仲達). 위의 장군 중에서 가장 지모가 뛰어난 인물. 제갈량과 대결하며, 후에 위의 정권을 잡는다. 시호 선제(宣帝).

사마사(司馬師) 사마의의 장남. 부친이 죽은 후 동생 소(昭)와 함께 정권을 잡는다. 시호 경제(景帝).

사마소(司馬昭) 사마의의 차남. 형이 죽자 정권을 인수한다. 촉을 멸한 후 진의 왕위에 오른다. 시호 문제(文帝).

사마염(司馬炎) 사마소의 장남. 부친 사후에 진의 왕위를 잇는다. 위의 왕 조환(曹奐)에게서 왕위를 빼앗아 국호를 대진(大晋)이라고 칭한다. 오를 멸하여 천하를 통일한다.

등 애(鄧艾) 무장. 아들 등충(鄧忠)과 함께 마천령(魔天嶺)을 넘어 촉의 성도를 습격한다.

종 회(鍾會) 무장. 촉을 공략할 때 등애와 공을 다툰다.

오(吳)

손 견(孫堅) 자는 문대(文臺). 강동의 호랑이라고 불린다. 동탁(董卓) 타도의 선봉에 서서 활약한다.

손 책(孫策) 손견의 장남. 부친 사후에 강동 지방을 평정. 선인(仙人)을 죽인 뒤 환영에 시달리다 26세에 죽는다.

손 권(孫權) 자는 중모(仲謀). 손책의 동생. 부친과 형의 유업(遺業)을 이어받아 강동 일대를 차지하고 위·촉과 대항한다. 후에 위와 화의를 맺고 오의 왕이 되며 다시 황제의 자리에 오른다. 시호 대제(大帝).

손부인(孫夫人) 손권의 여동생. 오빠의 책략으로 촉의 유비와 결혼했으나 나중에 강동으로 돌아와서 자살한다.

정 보(程普) 무장. 손견 때부터 충성을 바친다.

황 개(黃蓋) 무장. 적벽 싸움에서 고육지계를 사용하여 승리한다.

한 당(韓當) 무장. 옛 신하.

태사자(太史慈) 무장. 처음에 유요(劉繇)의 부하였으나 손책에게 항복한다.

장 소(張昭) 참모. 손권을 도와 공을 세운다.

주 유(周瑜) 자는 공근(公瑾). 젊은 장군 손책의 친구로 재지(才智)가 뛰어나다. 적벽 싸움에서 조조의 해군을 대파한다. 언제나 제갈공명의 존재를 의식한다. 조조 군에 패해

36세에 죽는다.

노 숙(魯肅) 주유를 도왔으며 주유의 사후에는 오군(吳軍)을 지휘한다.

제갈근(諸葛瑾) 외교관. 제갈량의 형이지만 동생과 달리 오에 충성을 바친다.

감 녕(甘寧) 참모. 본래 장강의 해적. 황조(黃祖)의 부하를 거쳐 손권에게 항복한다.

여 몽(呂蒙) 참모. 형주를 공격하여 관우를 죽이지만 그의 망령에 시달리다가 미쳐서 죽는다.

육 손(陸遜) 젊은 장군. 오의 군사를 이끌고 촉의 군사와 싸운다.

기 타

영 제(靈帝) 후한의 천자(天子). 재위 168~189.

헌 제(獻帝) 협 황자(協皇子), 진류왕(陳留王). 잠시 재위한 소제(少帝 : 변 황자, 홍농왕)의 뒤를 이어 9세에 천자가 된다. 재위 189~220.

동 탁(董卓) 황건적의 반란과 궁정 안팎의 세력 분쟁에 편승하여 조정의 권력을 잡았으나, 왕윤의 계략으로 심복 부하인 여포에게 배신을 당하여 죽는다.

원 소(袁紹) 명문 출신으로 동탁을 타도하는 연합군의 맹주(盟主)가 된다. 동탁의 사후에 하북에 세력을 펴고 조조와 대립한다.

원 술(袁術) 원소의 사촌 동생. 회남(淮南) 일대에 세력을 확장했으나 백성의 지지를 받지 못한다.

여 포(呂布) 검술이 뛰어난 호걸. 처음에는 정원(丁原)의 양자였다가 그 뒤 동탁의 양자가 되었으나, 잇따라 양부를 살해한다. 후에 서주(徐州)를 점령했지만 조조·현덕의 연합군에 의해 죽는다.

유 표(劉表) 형주 자사로 한 왕실의 후손. 자기를 의지하려는 현덕의 인품에 감동하여 형주를 넘겨주려고 하나 받아들여지지 않는다.

복 완(伏完) 복 황후(伏皇后)의 부친.

동 승(董承) 충신. 천자로부터 비밀 특명을 받고 조조의 암살을 기도했으나 실패한다.

유 장(劉璋) 촉의 국주(國主)로 한 왕실의 후손이다.

맹 획(孟獲) 남만왕(南蠻王). 촉의 제갈공명에게 일곱 번째 잡혀서야 복종한다.

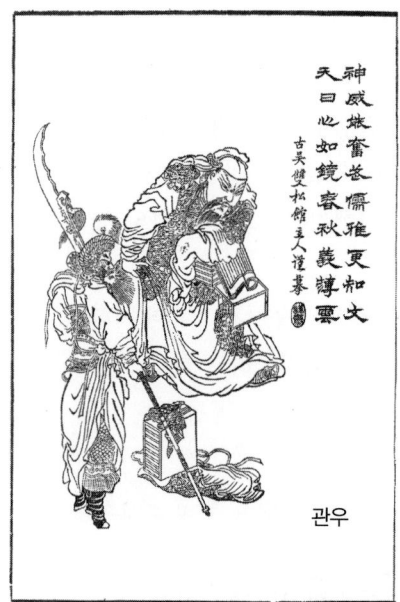

관우

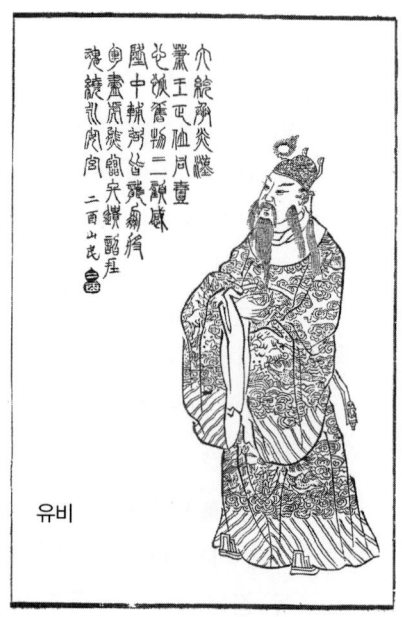

유비

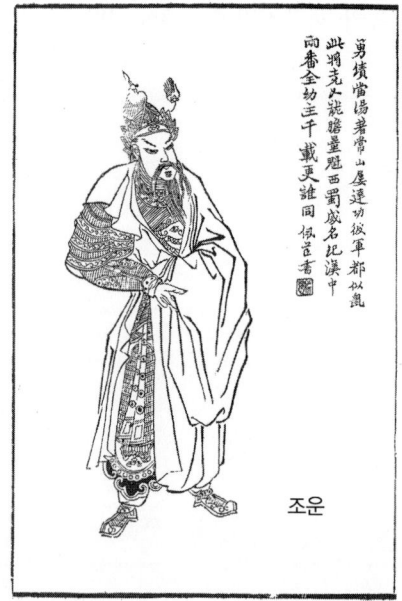

조운

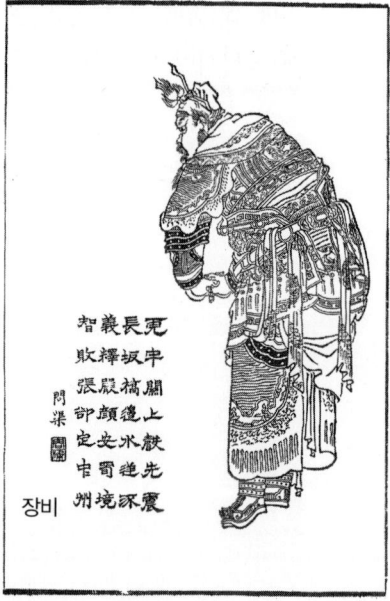

장비

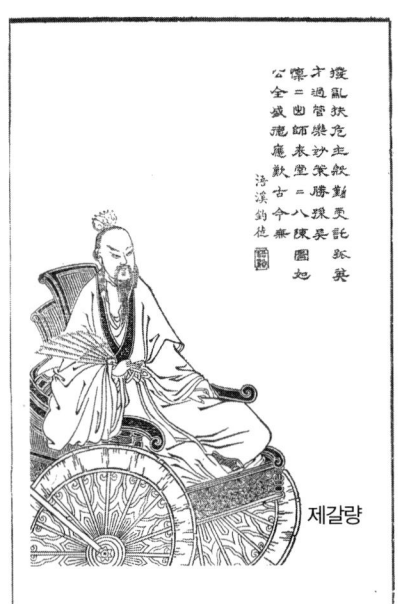

擾亂狀危主欲傾
才過管樂勝吳英
憐二曲師表二八陳圖如
公全魂魄歡古無
涪溪釣徒 識

제갈량

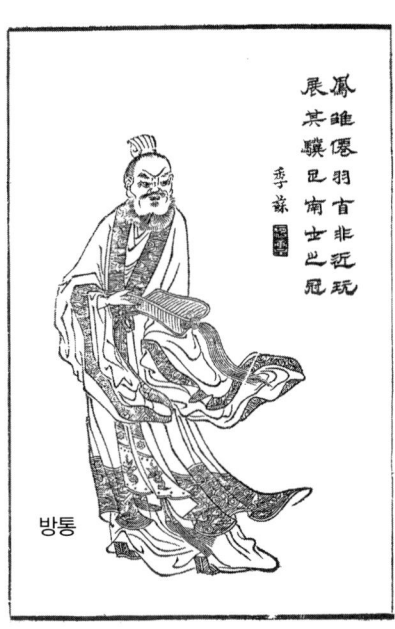

鳳雛偃羽百非近玩
展其驥足南士以冠
季蘇 識

방통

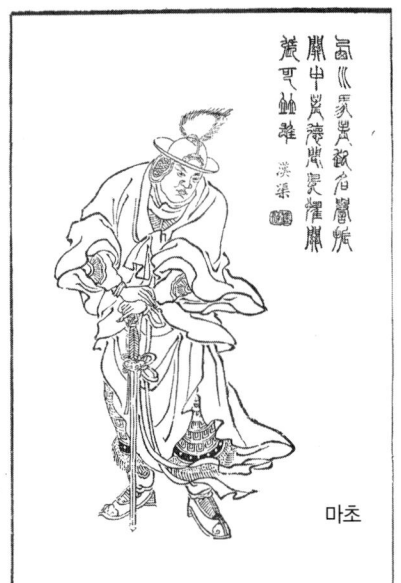

高⺊狀⺊觀⺊⺊
關中⺊⺊⺊觀關
藨豆⺊難
漢渠 識

마초

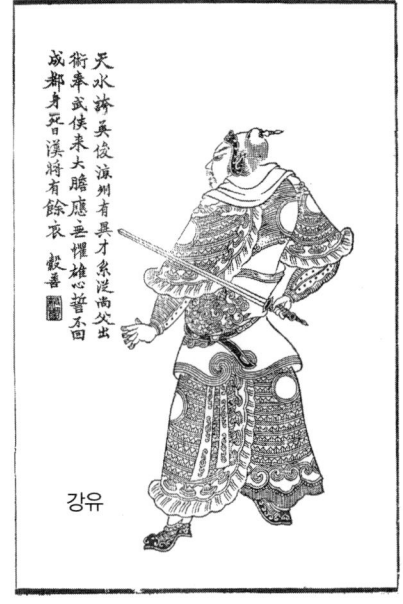

天水誇吳俊滇州有異才系滅尚父出
銜率武侠来大膽應無懼雄心普不回
成都身死日漢將有餘哀
毅善 識

강유

開言崇聖典用武若通神三國英雄士四
朝經濟臣屯兵驅雷豹養子得麒麟諸
篤常稱竇能廻天地春
蕙圃堂主

사마의

固式世之雄也而
今安在哉
讀未見書齋主

조조

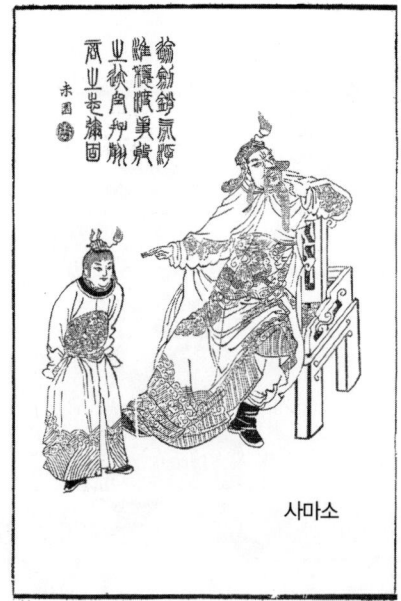

翰翰鈐氣
雄優陳勇轍
业休負却脱
庶业卷豨固
朱圃

사마소

橦裏陰山雪鋒
銷劍閣雲功成呼
負負顯戮報殊勳
茶農

등애

손견

손권

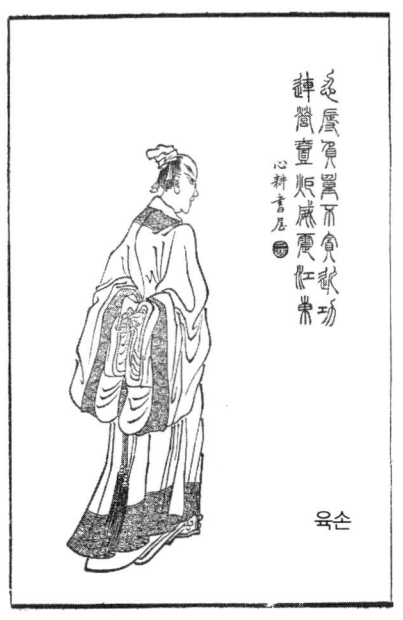

육손

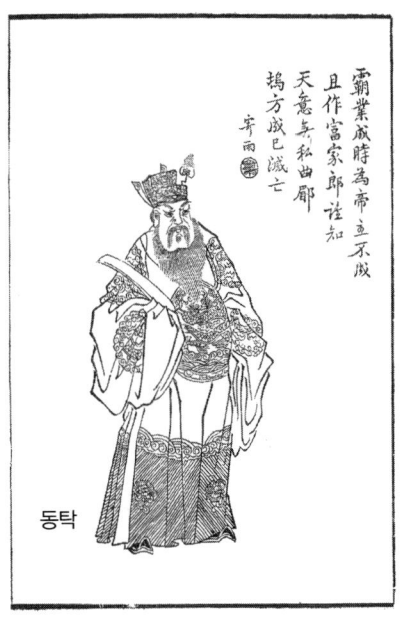

동탁

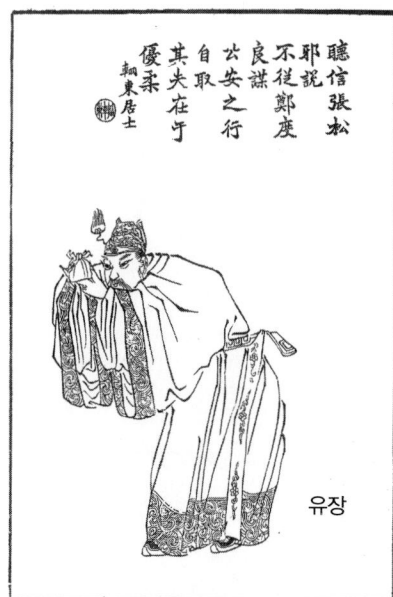

聽信張松
耶說鄭度
不從鄭度
良謀
公安之行
自取
其失在于
優柔
飆東居士

유장

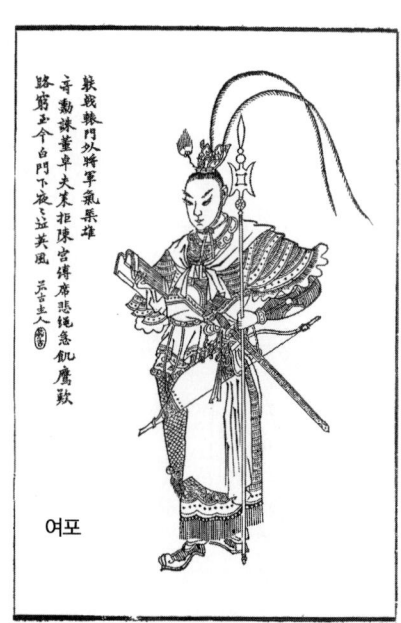

戟戰轅門外將軍氣象雄
辛勤誅董卓夫朱拒陳宮
縛席愍絕怎飢鷹歇
路窮上个命門下難之並英風
另吉主人

여포

鼎峙三分定一炬功成
中君臣同骨月兒女自
英雄
青城仙侶

주유

長揖橫戈幽眺
軍蓋代雄頭顧走千
黑共計荻田豐
問渠

원소

삼국지(중)

21. 공명의 활약

강하의 새 주인

손권은 건안 5년에 손책이 죽은 후에 강동을 평정하고 부친과 형의 유업을 이어받아 널리 현자를 불러 모으고 무술이 뛰어난 장수들도 확보하여 강동에 인물이 많다는 소문이 돌았다.

건안 7년, 조조는 원소를 무찌른 후에 사자를 보내어, 손권의 아들을 천자의 측근에서 일하게 하라고 지시했다. 아들을 인질(人質)로 삼아 손권을 마음대로 주무르려는 속셈이었다. 이를 거절하면 조조의 대군이 쳐들어올 위험이 있었으나, 손권은 단호히 거절했다. 조조는 이때부터 강동을 정벌하려고 작정했으나, 북방이 아직 안정되어 있지 않았으므로 남방에까지 손쓸 여유가 없었다.

건안 8년 11월, 손권은 수군(水軍)을 이끌고 강하의 장수 황조(黃祖)를 공격하여 장강 한복판에서 싸웠다. 황조는 크게 패했으나 부하 감녕(甘寧) 덕택에 간신히 도망칠 수 있었다.

감녕은 본래 장강 일대를 휩쓸던 해적(海賊)의 두목이었다. 황조는 감녕의 덕분에 목숨을 건졌는데도 해적 출신이라고 해서 그를 중용(重用)하지 않았다. 감녕은 이것을 원망하여 손권에게 항복하고 말았다. 손권은 10만 대군을 이끌고 한꺼번에 강하를 공격하고, 감녕은 황조의 목을 베었다. 건안 13년의 일이었다.

손권은 황조가 죽었다는 소식을 들으면 형주의 유표가 반드시 원수를 갚으러 출전할 것이므로, 그때를 기다려 공격하기 위해 공략한 강하를 포기하고 강동으로 진군했다.

현덕은 강동에 보냈던 첩자로부터 손권의 군사가 황조를 물리쳤다는 보고를 듣고, 공명을 불러 의논했다. 그때 유표가 사자를 보내왔다. 의논할 일이 있으니 형주로 와 달라는 것이었다.

공명이 말했다.

"이것은 황조가 죽은 데 대해 원수를 갚는 방법을 의논하려는 것이 분명합니다."

현덕은 공명과 장비에게 500명의 기병을 이끌게 하여 형주로 향하였다.

유표는 전에 양양에서 있었던 채모의 행동에 대해 사과하고 나서 과연 황조의 원수를 갚을 방책을 의논하였다.

현덕은 이미 공명으로부터 강동의 출전은 절대로 받아들여서는 안 된다는 주의를 들었으므로,

"황조는 난폭한 사람으로 사람을 쓸 줄 몰랐기 때문에 이런 불행을 당하게 된 것입니다. 지금 남방으로 쳐내려갔다가 조조가 북에서 쳐들어오면 어떻게 하시겠습니까?"

하고 반문했다.

유표가 말했다.

"나는 늙고 병들어 일을 잘 처리할 수 없소. 이리로 와서 나를 도와줄 수 없겠소? 내가 죽은 다음에는 장군이 이 형주를 맡도록 하오."

"형님, 무슨 말씀을 하십니까? 이 유비와 같이 부족한 사람은 그런 중요한 일을 맡을 수 없습니다."

숙소에 돌아오자 공명이 현덕에게 물었다.

"유표가 형주를 물려주겠다고 했는데 어찌하여 받아들이지 않으셨습니까?"

"그는 나를 잘 보살펴주었소. 위태로운 때를 기화(奇貨)로 어떻게 형주를 달라고 할 수 있겠소."

공명은 한숨을 내쉬며 말했다.

"주공은 실로 인정이 많으십니다."

그때 유표의 장남 유기가 찾아왔다. 그는 계모인 채 부인과 사이가 좋지 않아 언제 목숨을 잃을지 알 수 없는 형편이었다.

"숙부님, 제발 가엾게 여겨 도와주십시오."

하고 그는 현덕에게 매달렸다.

현덕은 즉시 대답하기를 피하고 이튿날 공명을 유기에게 보냈다.

유기는 계모와의 관계를 이야기하고,

"제발 좀 도와주십시오."

하고 거듭 말했으나, 공명은,

"나는 밖에서 온 사람으로서 남의 집 부모 자식 사이를 간섭하는 것은 도리가 아닌 줄 아오. 만일 남들이 알게 되면 큰 화근이 될 것이오."

하고 답변을 꺼렸다.

그러나 유기가 곤궁에 빠진 나머지 자결하려고 했으므로 공명은 당황하여 그를 말리고 나서 말했다.

"이곳에서 떠나는 것이 살아 남는 길이오. 황조가 전사한 후에 강하를 지킬 만한 사람이 없소. 그곳을 수비하겠다고 자청하는 것이 어떻겠소?"

유기는 곧 유표에게 허락을 받아 3천 명의 군사를 이끌고 강하를 수비하러 떠났다.

공명의 첫번째 전략

조조는 삼공(三公)의 제도를 폐지하고 승상으로서 모든 것을 겸임하여 조정의 권력을 한 손에 장악하는 한편 모개 (毛玠)·최염(崔琰)·사마의(司馬懿) 등 문관을 채용했다.

사마의는 하내(河內)의 온현(溫縣) 사람으로, 그의 자는 중달(仲達)이었다. 영천의 자사였던 사마준(司馬雋)의 손자 요, 경조윤(京兆尹 : 수도의 시장과 같은 직위)인 사마방(司馬 防)의 아들이었으며, 주부(主簿)인 사마랑(司馬朗)의 동생 이었다.

조조는 참모와 장수들을 모아놓고 남방 정벌을 의논했다. 이때 유비의 군사(軍師)가 된 제갈공명의 이야기가 나왔다. 순욱과 서서는 공명을 두려운 인물이라고 말했으나, 하후돈만은 두려워할 것이 없다고 주장하였다.

한편, 현덕은 공명을 맞아들여 선생으로서 존경했다. 그러나 관우와 장비는 달갑게 여기지 않았다.

"나이도 어린 공명이 무슨 재능과 학식이 있다는 겁니까? 형님은 그 사람을 너무 높이 평가하시는데, 그가 무슨 공이라도 세웠습니까?"

두 사람은 입을 모아 현덕에게 이렇게 말했다. 그러나 현덕은 말했다.

"내가 공명을 얻은 것은 물고기가 물을 얻은 것과 같다. 너희들은 여러 소리 마라."

공명은 신야에서 민병(民兵) 3천 명을 모아 밤낮으로 전법을 가르치며 훈련을 시키고 있었다.

그때 갑자기 조조의 장수 하후돈이 10만 대군을 이끌고 쳐들어오고 있다는 보고가 들어왔다. 이것을 들은 장비가 관우에게,

"이번에는 공명을 앞장 세워볼까요?"

하고 말했다. 현덕이 두 사람을 불러,

"하후돈이 쳐들어왔으니 어떻게 하는 것이 좋겠소?"

하고 묻자 장비가 말했다.

"형님, 와룡을 내세우면 되지 않습니까?"

"지모에는 공명, 무용에는 너희 둘이 내 힘이다. 서로 의가 상해서는 안 된다."

관우와 장비가 물러가자 현덕은 공명을 불러 의논했다. 공명이 말했다.

"다만 걱정스러운 것은 관우와 장비 두 사람이 제 지시대

明孔付印劍德玄

유현덕은 보검과 신인을 공명에게 넘겨주다. ≪新錄全像通俗演義≫ 三國
志傳卷之七

로 움직여주지 않으면 어떡하나 하는 것입니다. 주공께서 저
의 군략(軍略)을 사용하시려면 칼과 관인을 빌려주십시오."

현덕은 자기의 칼과 관인을 공명에게 내주었다. 공명은 장
수들을 모아놓고 명령을 내렸다.

"박망성(博望城)의 왼쪽에 예산(豫山)이 있고 오른쪽에는
안림(安林)이라는 숲이 있어 사람과 말을 숨겨두기에 적합
하오. 운장은 1천의 군사를 이끌고 예산에 숨어 적이 쳐들어
올 때까지 기다리고 있다가, 적의 군량과 말 먹이는 후방에
있을 터이니 남쪽에서 횃불이 오르면 한꺼번에 공격하여 군
량과 말 먹이를 불사르시오. 익덕은 1천의 군사를 이끌고 안
림 뒤의 골짜기에 숨어 있다가 남방에 불길이 오르면 즉시
출격하여 박망성의 식량 저장소에 불을 지르도록 하오. 관평
(關平)·유봉(劉封)은 500명의 군사를 이끌고 박망 언덕 뒤

양편에 숨어 있다가 첫번째 북이 울리고 적군이 쳐들어오면 불을 지르고, 조운은 앞장서되 적과 싸워 이기려고 하지 말고 패한 체하고 도망쳐 나오도록 하오."

관우가 말했다.

"우리는 모두 싸우러 나가는데, 군사(軍師)께서는 무엇을 하실 겁니까?"

"나는 이 성을 지키겠소."

장비가 껄껄 웃고 나서 말했다.

"우리는 싸우러 나가는데, 당신은 집 안에서 편안히 앉아 있겠다 이 말이오? 참 태평스럽소."

공명이 말했다.

"나는 칼과 관인을 갖고 있소. 명령을 어기는 자는 목을 베겠소."

현덕이 말했다.

"전략은 본진에서 세우고 승리는 천 리 밖에서 거둔다는 말을 모르오? 아우들은 명령에 복종하시오."

장비는 비웃으면서 출전했으나, 관우는 말했다.

"아무튼 그의 계략이 잘 먹혀 들어가나 어디 한번 지켜봐야지. 그 다음에 조치를 해도 늦지 않아."

다른 장수들도 공명의 지모가 어느 정도인지 알 수 없어 명령을 받기는 했으나, 마음속으로는 의심을 품고 있었다.

공명은 현덕에게 말했다.

"주공은 박망산 기슭에 진을 치고 계십시오. 내일 저녁때 적이 반드시 쳐들어올 테니, 그때는 진지를 버리고 도망치십시오. 그랬다가 횃불이 타오르면 곧 되돌아와 공격하십시오.

저는 미축·미방 등과 함께 성을 지키겠습니다. 손건·간옹
은 축하연 준비를 하고 대기하게 하십시오."

이 말에는 현덕까지도 의심을 품었다.

하후돈의 패전

한편 하후돈과 우금은 군사를 이끌고 박망성에 도착해서,
정예병을 골라 앞장서게 하고 나머지 군사는 모두 식량 수레
를 호위하도록 했다. 가을 바람이 서늘하게 불어왔다. 사람
과 말이 길을 재촉하는데 전방에 흙먼지가 뿌옇게 이는 것이
보였다. 안내자에게 여기가 어디냐고 물었더니,

"저 앞에 보이는 것이 박망 언덕이고 그 뒤가 나천구(羅川
口)입니다."

하후돈은 말을 몰아 적을 바라보다가 갑자기 껄껄 웃었다.

"서원직이 승상 앞에서 제갈량을 천인(天人)이나 되는 것
처럼 칭찬한 것을 생각하니 우습기 짝이 없다. 저 포진(布
陣)이 무슨 꼴이냐. 겨우 이 정도의 기병을 앞세워 우리 군
사와 싸우겠다니, 개나 양을 호랑이나 표범 앞에 내세우는
격이다. 내가 승상 앞에서 유비와 제갈량을 사로잡아 보여드
리겠다고 큰소리를 친 대로 그들을 사로잡고 말겠다."

말을 마치고 채찍을 가하자 저쪽에서 조운이 나섰다. 두
필의 말이 엇갈리면서 몇 차례 싸우지도 않았는데 조운이 도
망쳤다. 하후돈이 그 뒤를 쫓아갔다. 십 리 남짓 도망친 조운
이 말 머리를 돌려 다시 싸우다가 몇 차례 싸우지도 않고 또

다시 도망쳤다. 부하 한호(韓浩)가 급히 달려와서 말했다.

"조운은 우리를 유인하는 것 같습니다. 필시 복병이 숨어 있을 것입니다."

하후돈이 말했다.

"이 정도의 적이라면 사방에 복병이 숨어 있어도 두려울 것이 없다."

하후돈은 한호의 말을 귀담아 듣지 않고 박망 언덕까지 단숨에 진격했다. 그때 갑자기 쇠뇌포 소리가 울리더니 현덕이 군사를 이끌고 돌진해 왔다. 하후돈은 웃으면서 한호에게,

"이게 복병이구나. 오늘 밤 안으로 신야에 쳐들어가지 못하면 군사를 파하지 않겠다."

하고 군사를 몰고 더욱 앞으로 나아갔다. 현덕과 조운은 계속 후퇴했다.

날이 저물어 검은 구름이 하늘을 온통 뒤덮고 있었고 낮부터 불어대던 바람이 밤에는 더욱 기승을 부렸다.

하후돈은 선발대를 몰고 진격을 거듭했다. 길이 점점 좁아지고 양쪽에 갈대만 울창한 것을 보고 이전이 우금에게 말했다.

"이제부터 남쪽은 길이 험한 데다 산과 강이 좁고 나무가 울창해서 만일 적이 불로 공격해 오면 꼼짝없이 당할 수밖에 없소."

"과연 그렇군. 나는 선두에 가서 진격을 멈추게 할 테니 자네는 후방을 정지시키게."

하고 우금이 말했다.

이전은 곧 말을 돌려 큰소리로,

敗軍魏望博燒犬

박망에 불을 지르니 위군은 패하다. ≪新鋟全像通俗演義≫ 三國志傳卷之七

"뒤에 오는 대열은 멈춰 서라!"
하고 외쳤으나, 대열의 발길을 멈추게 할 수가 없었다.

우금은 말을 몰아 하후돈을 쫓아갔다.

"이제부터 남쪽은 길이 험한 데다 산과 강이 좁고 나무가 울창합니다. 적이 불로 공격해 올 것을 경계하십시오."

하후돈은 그제야 상황을 알아차리고 말을 세우고 진격을 중지하라고 명령했다.

그의 명령이 채 끝나기도 전에 갑자기 후방에서 함성이 일어나더니 어느새 불길이 치솟았다. 양쪽 갈대 숲에도 불이 옮겨 붙어 순식간에 사방이 불바다로 변했다. 때마침 바람이 세차게 불어와 불길이 더욱 사나워졌다.

하후돈의 군사가 수라장이 되어 수많은 사상자를 내고 있을 때 조운이 쳐들어왔다. 하후돈의 군사는 불과 연기 속에서 갈팡질팡하며 도망치려 했으나, 불길이 이는 아래쪽에서 한 떼의 적이 또 나타났다. 앞장선 장수는 관우였다. 군량을 실은 수레에도 불길이 번지고 있어 그것을 건지기 위해 달려 갔으나, 그곳에선 장비가 군사를 이끌고 나타났다.

하후돈은 간신히 목숨만 건져 도망쳤다. 그의 군사는 불바 다 속에서 큰 변을 당했던 것이다.

현덕은 새벽녘에 군사를 일단 철수시켰다. 관우와 장비는,

"공명의 전술은 실로 보통이 아니군."

하고 말했다. 얼마 후에 미축과 미방이 병사들과 함께 한 대 의 작은 수레를 밀면서 나타났다. 수레 속에 단정히 앉아 있 는 사람은 공명이었다. 관우와 장비는 말에서 내려 수레 앞 에 엎드렸다.

이윽고 현덕은 신야로 개선했다. 공명이 현덕에게,

"하후돈은 도망쳤지만 조금 있으면 조조가 대군을 이끌고 쳐들어올 것입니다."

하고 말했다.

하후돈이 대패해 허창에 돌아오자, 조조는 유비 · 유표 · 손권을 정벌하기 위해 50만 대군을 이끌고 출전했다.

조인 · 조홍을 제1대, 장요 · 장합을 제2대, 하후연 · 하 후돈을 제3대, 우금 · 이전을 제4대, 조조 자신이 여러 장 수를 거느리고 제5대로, 각 대마다 10만의 군사를 이끌고 별도로 허저가 이끄는 3천 명의 군사를 선발대로 편성한 다 음, 길일을 택해 건안 13년 7월, 병오일(丙午日) 출전했다.

천자의 고문관 공융(孔融)은, 대의(大義)에 벗어나는 싸 움이므로 이길 리가 없다고 조조를 말렸다. 조조는 공융을 꾸짖어 물러가게 했는데, 공융은 승상의 저택에서 나오면서

하늘을 쳐다보고 길게 한숨을 쉬며,

"불의한 자가 의로운 자를 치니 패할 수밖에 없지."

하고 한탄했다. 이 말을 들은 자가 조조에게 고자질을 하여 조조는 크게 화가 나서 공융 일족의 목을 모조리 베어 버렸다.

유표의 죽음

한편 형주의 유표는 병이 더욱 심해져 신야에 있는 현덕을 불러들여,

"나는 병으로 죽게 되었소. 유기는 재능이 없어 뒤를 이어도 다스려 나가기가 어려울 것이오. 내가 죽은 후에 공이 이 형주를 다스려주지 않겠소?"

현덕은 눈물을 흘리면서 말했다.

"제 힘이 미치는 데까지 유기를 돕겠습니다."

이렇게 말할 때, 조조가 대군을 이끌고 쳐들어왔다는 보고가 날아들었다. 현덕은 급히 신야로 돌아왔다.

유표는 현덕에게 장남 유기를 도와 형주의 자사가 되어 달라는 유언장을 쓰려고 했으나 채 부인이 화를 내며 못 쓰게 했다.

이때 유기는 강하에 있다가 부친의 병이 위독하다는 말을 듣고 문병하러 돌아왔다. 그가 집에 들어서자 채모가 가로막고 말했다.

"그대는 부친의 명령으로 강하의 수비라는 막중한 임무를

琦止不得入府

채모가 금하니 유기는 입성하지 못하다. ≪新鋟全像通俗演義≫ 三國志傳
卷之七

맡고 있네. 마음대로 임지를 비웠다가 만일 강동의 군사가
쳐들어오면 어떻게 하려나? 자사께서는 도리어 그 때문에
화가 나서 병이 더 심해질 걸세. 이것은 효도의 길이 못 되
네. 빨리 돌아가게."

한편 유표는 더 위독해졌으나 아무리 기다려도 유기가 나
타나지 않았다. 그는 8월 무신일(戊申日)에 큰소리로 아들
유기를 부르다가 숨을 거두었다.

채 부인은 채모와 의논하여 가짜 유언장을 만들어 자기가
낳은 차남 유종(劉琮)을 형주의 후계자로 정했다.

유종과 채씨 일족에게는 조조의 50만 대군보다도 오히려
강하에 있는 유기와 신야의 현덕이 골칫거리였다. 그들은 참
모들을 모아놓고 의논했다. 누군가가 이렇게 말했다.

"형주 양양의 아홉 고을을 조조에게 바치는 것이 상책입
니다. 조조는 반드시 주공을 후히 대접할 것입니다."

채 부인은 형주를 조조에게 바치려 하다. ≪繡像全圖三國演義≫에서

괴월(蒯越)과 왕찬(王粲)도 이 의견에 동의했다.

왕찬은 자가 중선(仲宣)이었는데 깡마르고 키가 작았으나, 어렸을 때부터 재주가 비상했다. 길가에 서 있는 비석의 글을 한 번만 읽어도 욀 수 있었고, 남들이 바둑을 두는 것을 옆에서 보고 있다가 도중에 바둑판이 흐트러지더라도, 본래대로 하나도 틀리지 않고 다시 놓았다. 게다가 산수에도 능하고 문장도 뛰어났다. 형주에 식객으로 와 있었는데, 그도 조조에게 항복할 것을 주장했다.

유종은 드디어 결심하고 항복한다는 편지를 조조에게 보냈는데, 그 사자가 돌아오는 길에 관우에게 붙잡혔다.

현덕은 이 소식을 듣고 깜짝 놀랐다. 그때 유기가 보낸 이적이 와서,

"일이 이렇게 된 이상 양양에 가서 유종을 유인하여 사로 잡고 일당을 죽이면 형주는 주공의 손에 들어올 것입니다." 하고 권했다. 공명도 이에 찬성했으나 현덕은 듣지 않았다.

"형님은 유사시에 아들을 보살펴 달라고 말했소. 지금 그 아들을 사로잡고 영토를 빼앗는다면 저승에 가서 무슨 낯으로 형님을 대하겠소."

조조의 신야 공격

이렇게 말하고 있는데, 조조의 군사가 이미 박망성에 쳐들어왔다는 급보가 들어왔다.

공명은 또다시 불로 공격할 작전을 세우고, 우선 신야의 주민들에게 곧 번성으로 피난가라는 포고령을 내렸다.

그리고 장수들에게 명령을 내렸다. 관우에게는 1천 명의 병사에게 각각 포대 하나씩을 나누어주어 백하(白河)에 몸을 숨기고 지시에 따르게 하라고 했다.

"포대에 돌과 진흙을 가득 채워서 백하의 물을 막았다가 내일 3경이 지나 개천 아래서 사람의 목소리와 말 우는 소리가 들리면 즉시 포대를 치워 물을 흘려 보내고, 하류로 가서 공격하라."

다음에 장비에게는 1천 명의 병사를 이끌고 박릉(博陵)의 나루터에 숨어 있으라고 한 뒤,

"그곳은 물의 흐름이 특히 느리므로, 적은 물 공격을 받으면 반드시 이곳으로 후퇴할 것이다. 그때 지체없이 공격

號 旗 紅 青 揮 劉 糜

미방과 유봉은 청홍기를 흔든다. ≪新錄全像通俗演義≫ 三國志傳卷之七

하라."
고 명령했다.

또한 조운에게는 3천의 군사를 이끌게 하고 명령했다.

"갈대나 마른 장작 등을 신야의 관청에서 가까운 민가 옆에 쌓아놓고 유황이나 염초(焰硝) 따위의 발화물(發火物)을 감춰 두어라. 내일 저녁때는 강한 바람이 불어올 것이다. 바람이 불면 적군은 성내로 돌아가 잠자리를 구할 것이니, 전군 3천의 군사를 4대(隊)로 나누어 남·북·서의 3문에 각각 500명씩 배치하여 불이 붙은 화살로 성을 공격하라. 불길이 크게 번지면 성 밖에서 함성을 지르라. 그러나 동문만은 열어놓아 적이 도망치게 하고, 한 부대 1천 5백 명의 군사는 동문 밖에 숨겨놓았다가 도망치는 적을 등 뒤에서 추격하게 하라. 새벽에는 전군을 모아 관우·장비 두 장수와 함께 번성으로 오라."

공명은 다시 미방과 유봉을 불러, 2천의 군사를 이끌고 반은 푸른 기를, 나머지 반은 붉은 기를 갖게 하여 신야성 30리 밖에 있는 작미파(鵲尾坡)에 진을 치게 하고, 처음에는 푸른 기와 붉은 기를 뒤섞어 정렬시키라고 명령했다.

"적군이 쳐들어오면 붉은 기의 대열은 왼쪽으로, 푸른 기의 대열은 오른쪽으로 이동시켜라. 적은 그것을 이상히 여겨 추격하지 않을 것이다. 그때 각각 군사를 숨겨놓았다가 적의 패주병을 공격하라. 그 후 백하 상류로 가서 관운장을 도와라."

공명은 군사의 배치를 마치자, 현덕과 함께 산 위에 올라가 형세를 내려다보고 있었다.

불과 물의 공격

조인·조홍은 10만의 군사를 이끌고 선발대로 출발했으며, 그 전방에는 허저가 3천 명의 철갑 기병을 이끌고 앞장서서 산과 들을 메우고 신야로 쳐들어왔다. 정오경에 작미파에 도착해보니 고갯길에 푸른 기와 붉은 기를 세운 적병이 있었으나, 그 수는 알 수 없었다. 허저가 전진하자 푸른 기와 붉은 기가 금세 양쪽으로 갈라섰다.

"복병인가?"

하고 허저는 진격 정지를 명령하고 혼자 말을 되돌려 달려가서 조인에게 이것을 보고했다. 조인이 말했다.

"이건 의병(疑兵)이라는 거요. 복병은 아닌 게 분명하오.

빨리 진격하도록 하시오!"

허저가 고개로 되돌아와 군사를 이끌고 쳐들어가니 이미 적병은 한 사람도 보이지 않았다.

해는 서산으로 저물고 있었다. 허저는 다시 진격하려고 했다. 그때 산 위에서 갑자기 북과 음악 소리가 들려왔다. 바라보니 산꼭대기에서 깃발이 나부끼고 두 개의 일산 아래서 현덕과 공명이 마주 앉아 술을 마시고 있었다.

허저는 화가 나서 산으로 공격해 올라가려고 했다. 그때 산꼭대기에서 통나무와 큰 돌덩이가 마구 굴러 떨어졌다. 당황하여 주저하고 있는데 뒤쪽에서 갑자기 함성이 들려왔다. 허저는 어떻게 해서든지 적진으로 진격하려고 했으나, 이미 해가 져서 어두웠으므로 더 이상 손쓸 수가 없었다.

그때 조인도 군사를 이끌고 당도했다. 먼저 성을 빼앗고 나서 병사들을 쉬게 하려고 성 밑에 가보니 성문이 열려 있었다. 일제히 쳐들어갔으나 대항하는 자가 없었다. 성 안에는 사람의 그림자조차 찾아볼 수 없었다.

조홍이 말했다.

"적은 이제 쓸 계략이 없어져서 주민들을 데리고 도망친 것이 분명하다. 오늘 밤은 이곳에서 쉬고 내일 아침 일찍 떠나도록 하자."

병사들은 지칠 대로 지치고 배도 고팠으므로, 앞을 다투어 민가로 들어가 식사 준비를 시작했다.

이윽고 바람이 강하게 일기 시작했다. 성문을 지키던 병사가 황급히 달려와 불이 났다고 보고했다.

조인이 말했다.

"저녁 식사를 준비하면서 불조심을 하지 않은 모양이구나. 소란 떨지 말고 불을 꺼라……."

하고 말을 마치기도 전에 남문·북문·서문이 모두 불바다가 되었다. 조인은 불길 속에서 도망칠 길을 찾아보았다. 다행히 동문만은 불이 붙지 않았다는 말을 듣고 급히 달려갔다. 앞을 다투어 빠져 나가려는 병사들이 서로 떠미는 바람에 밟혀 죽는 자가 헤아릴 수 없이 많았다.

불길을 피해 간신히 도망쳤구나 했을 때 다시 뒤에서 갑자기 함성이 일어나며 조운의 군사가 쳐들어왔다. 정신없이 도망을 치는데 이번에는 미방이 이끄는 군사와 마주쳐 한바탕 곤욕을 치렀다. 조인은 간신히 도망쳤으나, 또다시 함성이 일어나더니 이번에는 유봉의 군사가 추격해 왔다.

새벽녘이 되자 사람도 말도 지칠 대로 지치고 병사들은 머리와 이마 등에 화상을 입은 채 백하의 기슭에 이르렀다. 다행히 물이 깊지 않아 사람과 말이 함께 내려가 물을 마셨다. 병사들은 저마다 왁자지껄 떠들어대고 말도 크게 울었다.

백하 상류에 있던 관우는 포대로 물을 가로막고 있다가, 신야성에 불길이 이는 것이 보인 뒤 이어서 하류에서 사람과 말이 떠들썩하는 소리가 들리자 곧 명령을 내려 포대를 일제히 치우게 했다.

그러자 갑자기 물이 불어나 조인의 군사는 물살에 휩쓸려 수없이 죽어갔다. 조인이 장수들과 함께 물살이 느린 곳을 찾아 헤매면서 박릉의 나루터까지 왔을 때 갑자기 함성이 들리더니 한 떼의 군사가 길을 가로막았다. 앞장선 장수는 장비였다. 그가 허저와 싸우는 사이에 조인이 도망쳐버리자 허저도 싸울 의욕을 잃고 달아났다.

현덕·공명과 장비는 강을 건너 전군을 번성으로 이동시켰다.

간신히 도망친 조인은 불과 물의 공격을 받은 경위를 조조에게 보고했다. 조조는

"공명 그놈이 잘도 노는구나!"

하고 화가 나서 대군을 모두 신야로 이동시키고 여덟 방면으로 나눠서 번성을 공격할 준비를 했다.

22. 두 영웅의 싸움

유비의 위기

현덕은 공명과 의논하여 번성을 포기하고 양양을 손을 넣기로 했다. 신야에서 따라온 주민과 번성의 주민들은 저마다,

"우리는 목숨을 잃는 한이 있어도 따라가겠습니다."

하고 함께 떠났다. 노인은 부축하고 어린이는 안아 남녀를 불문하고 길게 늘어서서 강을 건넜으며, 양쪽 기슭에서는 고향을 떠나는 슬픈 울음 소리와 고함 소리가 그치지 않았다.

간신히 강을 건너 양양에 다다르니 성문이 굳게 닫혀 있었다. 현덕이 큰소리로,

"조카 유종은 빨리 문을 열어라."

하고 외쳤다. 그러자 채모와 장윤(張允) 등이 성문 망루 위에서 군사에게 명령하여 활을 쏘게 했다.

현덕은 이들과 싸우면 주민들의 희생이 많을 것을 염려하여 양양에 입성하는 것을 단념했다.

"강릉은 형주의 요지입니다. 먼저 그곳을 점령하는 것이

陽襄往姓百德玄

현덕은 백성을 이끌고 양양으로 가다. 《新錄全像通俗演義》 三國志傳卷 之七

좋겠습니다."

하고 공명이 말하자 다시 주민들을 데리고 강릉으로 향하였다.

그때 한 병사가 말을 타고 달려와,

"조조의 대군이 벌써 번성을 점령했습니다. 배와 뗏목을 준비하는 것을 보니, 곧 강을 건너 쳐들어올 모양입니다." 하고 보고했다. 그러자 장수들이 입을 모아 말했다.

"지금 데리고 가는 10만의 주민들은 하루 종일 걸어도 불과 십 리밖에 가지 못합니다. 이래 가지고는 언제 강릉에 도착할지 알 수 없습니다. 조조의 군사가 쳐들어오면 이 상태로는 도저히 맞설 수 없습니다. 어쩔 수 없이 주민들은 뒤에 남겨두고 길을 재촉해야 합니다."

현덕이 말했다.

"그건 아니 되오. 큰일을 이루려면 무엇보다도 백성이 근본이어야 하오. 백성들이 나를 따라 나섰는데 버리고 갈 수는 없소."

주민들은 이 말을 듣고 다들 감동했다.

현덕은 많은 주민들을 거느린 채 천천히 나아갔다. 공명이 말했다.

"조조의 군사가 곧 추격해 올 것입니다. 운장을 강하에 보내어 유기에게 원군(援軍)을 청해야 합니다."

현덕은 이에 동의하여 관우와 손건에게 편지를 들려 강하로 보냈다. 이들은 500명의 군사를 이끌고 강하로 떠났고 현덕은 장비에게 후미(後尾)를 경비하게 하고 조운에게 가족을 호위하게 하면서 하루에 십 리씩 걸어가서는 한참 쉬곤 했다.

한편 조조는 번성에서 양양에 있는 유종을 불러들였다. 유종은 마음이 내키지 않아 채모와 장윤을 대신 보냈다.

조조를 만난 두 사람의 말과 행동에는 아부하는 태도가 역력히 나타났다. 조조가 형주의 군비에 대해 묻자 채모가 솔직하게 털어놓았다.

"기병이 5만, 보병이 15만, 수군(水軍)이 8만, 도합 28만입니다. 군량은 1년분이 있고 거의 강릉에 저장되어 있습니다. 선박은 크고 작은 것 모두 합쳐서 7천 척이며, 우리 둘이 이끌고 있습니다."

조조는 유종을 형주의 자사로 책봉하도록 천자에게 상주하겠다고 약속하고 채모를 수군의 대도독(大都督)으로, 장윤을 부도독으로 임명했다. 조조의 군사는 북방 출신이어서 수상전(水上戰)에 익숙치 못했으므로 두 사람을 등용했던

飛保後軍民隨走

장비가 뒤를 보호하니 군사와 백성은 좇아가다. 《新錄全像通俗演義》 三
國志傳卷之七

것이다.

이윽고 조조는 유종의 공손한 영접을 받고 양양으로 입성
했다. 그리고 괴월과 왕찬을 대장으로 삼고 유종을 멀리 청
주의 자사로 임명하여 즉시 출발하라고 명령했다.

놀란 유종은 부모의 향리인 형주에 머물기를 원했으나,
조조는 허락하지 않았다. 그래서 할 수 없이 모친 채 부인
과 함께 청주로 향하였다. 조조는 우금에게 명하여 500명의
기병을 이끌고 그 뒤를 좇아가 모자를 한꺼번에 죽여버리게
했다.

양양을 손에 넣은 조조는 현덕이 강릉을 점령하기 전에 그
를 무찌르기 위해 각 부대에서 철기병(鐵騎兵) 5천을 뽑아
스스로 말을 몰아 밤낮으로 추격했다.

현덕은 10여 만의 피난민에 3천 가량의 군사를 이끌고 강
릉으로 향하고 있었다. 조운은 가족들을 보호하고 장비는 후

德玄救兵曹殺飛

장비는 조조의 군사들을 죽이고 현덕을 구해내다. ≪新鋟全像通俗演義≫
三國志傳卷之七

미(後尾)를 지켰다.

강하의 유기에게 원군을 청하러 갔던 관우가 돌아오지 않으므로, 공명은 유봉과 함께 500명의 군사를 이끌고 강하로 떠났다.

현덕 일행은 당양현(當陽縣)에 이르러 경산(景山) 기슭에서 야숙했다. 늦가을이라 찬바람이 뼛속까지 스며들어 저녁 때에는 주민의 울음 소리가 산과 들에 가득 찼다.

다음날 새벽 갑자기 서북쪽에서 함성이 천지를 울리더니 조조의 군사가 일제히 쳐들어왔다. 현덕은 즉시 말을 몰아 본진의 정병(精兵) 2천을 이끌고 적을 맞아 죽음을 각오하고 싸웠다.

현덕이 위기를 맞았을 때 장비가 달려와 한 가닥 혈로를 열어 동쪽으로 도망쳤다.

먼동이 터서 주위를 돌아보니 따라온 기병은 100여 명뿐이고, 피난민과 미축·미방·간옹·조운 등은 보이지 않았다.

현덕이 한탄하고 있는데, 얼굴에 여러 군데 상처를 입은 미방이 비틀거리면서 나타나 말했다.

"조자룡이 우리를 배반했습니다."

"자룡은 옛 친구다. 적에게 넘어갈 리가 없다."

하고 현덕이 말했다.

"그가 조조에게 가는 것을 두 눈으로 분명히 보았습니다."

"내가 찾아보겠소. 만약 그 말이 사실이라면 단칼에 찔러 죽여버리겠소."

하고 장비가 외치더니, 그 길로 20여 명의 기병을 이끌고 장판교(長坂橋)로 말을 몰았다.

돌아보니 다리 동쪽에 숲이 있었다. 장비는 한 가지 꾀를 생각해내어, 나뭇가지를 잘라 20필의 말 꼬리에 붙잡아 매고 숲속을 뛰어다니게 했다. 흙먼지가 뿌옇게 일었다.

"이만하면 500명 정도로는 보일 테지."

하고 장비는 창을 옆에 끼고 다리 위에 섰다.

조운의 활약

한편 조운은 경산 기슭에서 조조의 군사를 맞아 정신없이 싸웠다. 그러나 날이 밝아 돌아보니 현덕이 보이지 않고 현덕의 가족도 온데간데없었다.

'가족 20여 명 가운데 감(甘) 부인과 미(麋) 부인, 그리고 작은 아들 아두를 나에게 맡겼는데, 뿔뿔이 흩어져 행방을 알 수 없으니 무슨 낯으로 주공을 만나러 간단 말인가.'

이렇게 생각한 조운은 겨우 남은 30여 명의 기병을 이끌고 사방을 찾아 헤매었다.

피난민들이 비탄에 빠져 울부짖는 소리가 천지를 뒤흔들고 화살에 맞아 부상을 입은 자식이 부모를 버리고 피투성이가 된 채 도망치는 자도 수없이 많았다.

조운은 말을 몰아 찾아 다니다가 숲속에 쓰러져 있는 간옹을 발견했다. 조운이 물었다.

"감 부인과 미 부인을 보지 못했소?"

"수레도 호위자도 잃어버린 채 아드님을 데리고 달아나는 것을 보았소. 나는 적의 장수에게 등을 찔려 말을 빼앗기고 이곳에 죽은 척하고 쓰러져 있었소."

조운은 말 한 필을 간옹에게 주고 병사 두 사람을 시켜 간옹을 돌보게 한 다음 다시 말을 몰았다. 그때,

"장군님!"

하고 부르는 자가 있었다.

"제가 적의 화살을 맞고 쓰러져 있을 때 보니 감 부인이 머리가 흐트러진 채 피난민과 함께 남쪽으로 가셨습니다."

조운은 곧장 남쪽으로 말을 달렸다. 수백 명의 피난민들이 앞을 다투어 달아나고 있었다.

"혹시 감 부인은 안 계신지요?"

하고 조운은 피난민을 향해 외쳤다. 그러자 뒤처져 가던 감 부인이 조운을 발견하고 울음을 터뜨렸다. 조운도 눈물을 글썽이며,

"감 부인을 잘 보위하지 못한 것은 저의 죄입니다. 미 부인과 아드님은 어디 계십니까?"

"도중에 헤어지고 말았어요."

이렇게 말하고 있는데, 갑자기 난민들의 고함 소리가 들리더니 또다시 한 떼의 적군이 나타났다. 바라보니 미축이 적에게 사로잡혀 말 위에 묶여 있었다. 그 뒤에는 한 장수가 칼을 들고 1천여 명의 병사를 거느리고 있었다. 그들은 미축을 생포하여 돌아가는 길이었다. 조운은 크게 소리를 지르며 적의 장수를 단칼에 찔러 죽이고 미축을 구해낸 다음, 말 한 필을 빼앗아 감 부인을 태우고 적진을 헤치면서 장판교까지 왔다.

다리 위에는 장비가 창을 들고 서 있었다. 그는 방금 돌아온 간옹의 입에서 조운이 배반하지 않았다는 이야기를 듣고 있었다. 조운은 미축에게 감 부인을 주공께 모셔 갈 것을 부탁하고 미 부인과 아두를 찾기 위해 몇 사람의 기병을 데리고 다시 적진으로 향하였다.

이윽고 적장 하나가 기병 10여 명을 이끌고 덤벼들었다. 조운은 단칼에 그를 찔러 말에서 떨어뜨렸다. 이 장수가 등에 멘 칼을 보니 손잡이에 '청강(靑釭)'이라는 두 글자가 씌어 있었다.

본래 조조는 두 자루의 보검(寶劍)을 갖고 있었다. 한 자루는 '의천(倚天)'이라고 부르고, 다른 한 자루는 '청강'이라고 불렀다. 의천은 자기 허리에 차고 청강은 측근인 하후은(夏侯恩)에게 들고 다니게 했다. 이 칼은 쇠도 나무처럼 벨 수 있었다. 조운이 쓰러뜨린 장수는 바로 하후은이었다.

조자룡은 단기로 공자 아두를 구하다. ≪繡像全圖三國演義≫에서

　조운은 이 칼을 들고 다시 적의 포위를 뚫고 쳐들어갔는데, 좌우를 돌아보니 자기 편 군사들은 다 없어지고 혼자뿐이었다. 그러나 물러서지 않고 이리저리 달리면서 사람들을 만날 적마다 미 부인을 보았느냐고 물었다. 겨우 한 농부가,

　"미 부인은 왼쪽 넓적다리를 창에 찔려 걷지도 못하고 아기씨를 안고 저 흙담 아래 앉아 계십니다."

하고 말했다.

　조운이 뛰어가 보니, 타버린 민가의 무너진 흙담 밑에 미 부인이 아두를 안고 땅바닥에 엎드려 울고 있었다. 조운은 말에서 내려 무릎을 꿇었다.

　"장군을 만나게 되어 아두는 목숨을 건지게 되었어요. 이 아이는 주공께서 귀히 얻은, 하나밖에 없는 자식이니 잘 보호하여 주공께 데려다주십시오. 그렇게만 해준다면 나는 죽어도 한이 없어요."

"미 부인께서 재난을 당하게 된 것은 저의 탓입니다. 어서 말에 올라타십시오. 저는 앞장서서 적을 무찌르겠습니다."

"그건 안 됩니다. 장군에게 말이 없으면 이 아이도 위험합니다. 나는 이렇게 상처를 입었어요. 죽어도 괜찮아요. 빨리 이 아이를 안고 돌아가십시오. 나같은 건 거추장스럽기만 해요."

"적군의 함성이 들려옵니다. 빨리 타십시오."

조운이 아무리 권해도 부인은 말을 타려고 하지 않았다. 사방에서 또 함성이 들려왔다. 조운은 큰소리로 아뢰었다.

"적이 쳐들어오면 어쩌려고 그러십니까?"

하고 말하자 미 부인은 아두를 땅바닥에 내려놓더니 옆에 있는 깊은 우물에 몸을 던져 죽어버렸다.

조운이 적에게 부인의 시체가 발견되지 않도록 흙담을 무너뜨려 그 우물을 메웠다. 그리고 아두를 갑옷 속에 품고 말을 몰아 그곳을 떠났다.

어느새 적은 흙담을 에워쌌다. 조운은 적장을 창으로 찔러 죽이고 적의 포위망을 빠져 나왔다.

그러자 또 한 떼의 기병이 앞을 가로막았다. 장수는 장합이었다. 조운은 10여 차례 싸워보았으나 좀처럼 승부를 낼 수 없자 도망쳐버렸다. 곧 그의 앞뒤를 네 명의 장수가 에워쌌다. 그들은 본래 원소의 부하로 조조에게 항복한 자들이었다.

조운은 '청강'을 뽑아 닥치는 대로 적을 무찔렀다. 한 번 내리칠 적마다 마치 무를 자르듯 투구도 송두리째 잘라져 나갔다.

當可不勇雲觀操

조조는 조자룡의 대적할 수 없는 용맹을 보다. ≪新錄全像通俗演義≫ 三
國志傳卷之七

　　조조는 경산 위에서 이것을 내려다보고 있었다.

　　"저건 누군고?"

하고 묻고, 조운이라는 것을 알자 다음과 같이 명령을 내
렸다.

　　"호랑이 같은 장수로다. 저 자는 활로 쏘아서는 안 된다.
생포해서 부하로 삼겠다."

　　덕분에 조운은 목숨을 건졌고 아두도 무사했다.

　　조운은 열 겹, 스무 겹으로 둘러싼 포위망을 빠져 나와 적
의 군기(軍旗) 두 개를 쓰러뜨리고 적의 장수 50명의 목을
베었다. 간신히 장판교까지 왔을 때는 그도, 말도 모두 지칠
대로 지쳐 있었다. 그래도 아직 함성이 들리고 적장이 쫓아
왔다.

　　장비가 다리 위에 말을 타고 창을 들고 있는 것을 보자 조
운이 큰소리로 말했다.

主見斗阿救龍子

조자룡은 아두를 구해 주공에게 보이다. ≪新鋟全像通俗演義≫ 三國志傳
卷之七

"장비, 나를 도와주시오!"

"빨리 가오, 뒷일은 내가 맡을 테니까."

조운이 다리를 건너 20리 남짓 말을 달리니, 현덕이 나무
그늘에서 쉬고 있었다.

"저의 죄는 백 번 죽어 마땅합니다. 미 부인께서는 상처가
심해 말을 타려고 하지 않으시더니, 우물에 몸을 던지셨습니
다. 할 수 없이 흙담을 헐어 매장했습니다."

하고 조운은 흐느껴 울면서 말했다.

"아드님은 조금 전까지도 제 품속에서 울고 계셨는
데……"

하고 갑옷을 헤쳐 보니, 아두는 새근새근 잠들어 있었다. 조
운은 기뻐하면서,

"무사하여 무엇보다도 다행입니다."

하고 양손으로 아두를 들어 현덕에게 바쳤다.

그러나 현덕은 아들을 받아 땅바닥에 내동댕이쳤다.

"이놈 때문에 뛰어난 장수 한 사람을 잃을 뻔했다."

조운은 얼른 아두를 안아 올렸다. 그는 그렇게까지 부하를 사랑하는 현덕의 은혜에 크게 감격했다.

장비에게 겁먹은 조조

조운을 추격해 온 적이 장판교에 이르니, 장비가 창을 들고 다리 위에 버티고 서서 호랑이 같은 수염을 곤추세우고 눈을 부릅뜨고 있었다. 그리고 다리 동쪽 숲에 흙먼지가 나는 것을 보니 병사들이 많이 있는 것 같았다.

조조의 장수들이 잇달아 추격해 왔으나 이것을 보고는 제갈공명의 계략일지도 모른다는 생각에서 아무도 가까이 가려고 하지 않았다.

이윽고 뒤에서 푸른 비단 양산과 흰 털로 장식한 깃발이 도착한 것이 보였다. 장비는 조조 자신이 출전한 것이 틀림없다고 생각하고 큰소리로 말했다.

"나는 연인(燕人) 장비다. 나와 겨룰 자가 있거든 앞으로 나오너라!"

그 목소리는 우레와 같아 조조의 군사들은 모두 벌벌 떨었다. 조조도 얼른 비단 양산을 감추게 하고 측근에게 말했다.

"전에 관우의 말에 의하면, 장비는 백만 군중을 제치고 적장(敵將)의 목을 자르는 것이 주머니 속에서 물건을 꺼내는 것보다도 쉽다고 했다. 함부로 덤비지 마라."

장비는 장판교에서 조조의 대군을 물리치다. ≪繡像全圖三國演義≫에서

　장비는 눈을 부릅뜨고 다시 큰소리로,

　"연인 장비가 여기 있다. 겨룰 자가 없느냐?"

　조조는 그 기백에 눌려 쩔쩔맸다. 장비는 적의 후미가 도
망치려는 낌새를 보이자 창을 들고 다시 큰소리로,

　"싸울 테냐? 도망칠 테냐? 태도를 분명히 해라."

하고 외치자, 조조의 옆에 있던 하후걸(夏侯傑)이 혼비 백산
(魂飛魄散)하여 말에서 곤두박질쳤다.

　그러자 조조를 비롯하여 장수들도 일제히 말 머리를 돌려
서쪽으로 도망쳐버렸다. 병사들 중에는 창을 땅바닥에 던져
버리고 투구를 떨어뜨리는 자가 수두룩했으며, 사람은 썰물
이 빠지듯 말은 산이 무너지듯 서로 밀고 밀리면서 모두 도

망치고 말았다.

장비는 적이 한꺼번에 퇴각하자 뒤쫓아가지 않고 장판교를 허물어버리고 현덕에게로 돌아왔다.

현덕이 말했다.

"다리는 허물지 않을 걸 그랬다. 조조는 병법에 통달해 있으므로 반드시 추격해 올 것이다."

"그놈은 내 한마디 호령 소리에 몇십 리나 도망쳤어요. 추격해 오지 않을 것입니다."

"아니, 다리를 허물지 않았다면 복병이 있을까봐 진격해 오지 않을 것이나, 다리를 허물어버렸으니 그는 우리 쪽이 약하다고 생각할 것이다. 적은 백만 대군이다. 장강과 한수를 메우고도 건너갈 군세인데, 다리 하나쯤 끊었다고 해서 넘어오지 못하겠느냐?"

현덕은 이렇게 말하고 강릉으로 가는 것을 단념하고 좁은 길을 택해 한진(漢津)의 나루터를 거쳐 면양(沔陽)을 향하여 달렸다.

하구와 강하

한편 일단 후퇴하여 진영을 정비한 조조는 장비가 장판교를 허물어버린 것을 알자 즉시 추격해 왔다.

현덕 일행이 한진의 나루터 근처에 이르렀을 때, 뒤에서 흙먼지가 일더니 북소리가 하늘에 진동하고 함성이 대지를 흔들었다. 앞에는 큰 강이 가로놓여 있고 뒤에는 적이 추격

孔明劉琦玄德會

공명과 유기는 현덕과 만나다. ≪新鋟全像通俗演義≫ 三國志傳卷之七

해 오니, 현덕은 도망칠 곳이 없었다.

"지금이야말로 유비는 우물 안에 든 물고기요, 올가미에 걸린 호랑이다. 여기서 붙잡지 못하면 물고기를 바다에 놓아 주고 호랑이를 산에 풀어놓는 격이다. 각자 힘껏 싸워라."

조조의 명령에 장수들은 용기 백배하였다. 이때 갑자기 산 뒤쪽에서 북소리가 울리더니 한 떼의 기병이 뛰쳐나왔다.

"여기서 기다리고 있는 걸 몰랐느냐?"

하고 외치는 선두의 장수는 청룡도를 들고 적토마를 타고 있었다. 천하가 다 아는 관우였다. 그는 강하(江夏)에서 1만의 기병을 빌려왔는데, 당양(當陽) 장판교에서 현덕이 고전한다는 말을 듣고 출동했던 것이다. 조조는 관우를 보자,

"이번에도 제갈량의 계략에 걸렸구나."

하고 전군에 후퇴 명령을 내렸다.

관우는 현덕을 만나 한진의 나루터에 도착했다. 마침 배가 준비되어 있어 한시름 놓을 수 있었다.

그때 장강의 남쪽 기슭에서 북소리가 울리더니, 배들이 개미 떼처럼 까맣게 몰려왔다. 깜짝 놀라 바라보니 가까운 뱃머리에 은빛 투구에 갑옷을 걸친 무사가 버티고 서서,

"숙부님, 마중 나왔습니다!"

하고 외쳤다. 그는 강하에서 온 유기였다.

현덕은 크게 기뻐하며 유기의 손을 덥석 잡았다.

그때 장강의 서남쪽에서 배를 타고 휘파람을 불면서 다가오는 자가 있었다. 적인가 했더니 뱃머리에 앉아 있는 사람은 푸른 두건을 두르고 도복(道服)을 걸친 공명이었다. 그 뒤에는 손건이 서 있었다.

공명은 강하에 도착한 후에 현덕이 강릉까지 못 가고 반드시 좁은 길로 해서 한진으로 피신했을 것으로 짐작하고 먼저 관우를 한진으로 상륙시키고 이어서 유기를 떠나게 한 다음 자기는 나머지 배를 이끌고 도착했던 것이다.

현덕은 크게 기뻐하며 배들을 정비하고 조조를 무찌를 방법을 의논했다. 공명이 말했다.

"하구(夏口)의 성은 요지이고 군량도 많으니 주공께서는 그곳에 가 계십시오. 유기 자사님은 강하로 돌아가 군비를 갖추고 하구와 강하가 두 개의 소뿔처럼 서로 돕게 되면 조조를 무찌를 수 있을 것입니다. 두 분이 모두 강하에 계시면 오히려 고립될 우려가 있습니다."

유기가 말했다.

"군사의 말씀은 지당합니다. 그러나 숙부님도 일단 강하에 가셨다가 병마를 정비하신 다음에 하구로 돌아가셔도 늦지 않을 것입니다."

현덕은 이에 찬성하여, 관우로 하여금 5천의 군사로 하구
를 지키게 하고 자기는 공명·유기와 함께 강하로 향했다.

23. 강동의 세력자는 어느 편에

손권의 방향

관우의 군사가 갑자기 나타나, 현덕에 대한 추격을 단념한 조조는 군사를 진격시켜 강릉을 점령하고 장수들과 의논했다.

"지금 유비는 이미 강하에 가 있소. 그가 강동의 손권과 손을 잡고 세력을 확장하지 않을까 걱정이오."

순유가 말했다.

"강동에 사자를 보내어, 강하에서 함께 유비를 사로잡고 형주의 땅을 나눠 갖고 오래도록 우의를 돈독히 하자고 손권에게 요청하는 것이 좋을 줄 압니다."

조조는 이에 동의하여 사자를 강동으로 보내는 한편, 기병·보병·수군(水軍)을 합쳐 83만을 100만 대군이라 거짓으로 떠들어대고 수륙 양면에서 장강을 따라 동쪽으로 향하였다.

한편 강동의 손권은 시상군(柴桑郡)에 군사를 모아놓고 있었으나, 조조가 대군을 이끌고 양양을 함락시키고 유종을 살해하고 다시 강릉을 점령했다는 소식을 듣자 참모들을 불러 대책을 협의했다. 노숙이 말했다.

"형주는 이곳과 이웃이고 요새는 견고하며, 백성들도 잘 살고 있습니다. 만일 형주를 손에 넣으면 제왕이 될 기틀이 마련될 것입니다. 그런데 유표는 죽고 여기 의지하고 있던 유비도 패하여 도망쳤습니다. 제가 유표를 조문한다는 명목으로 강하에 가서 유비를 설득하여, 힘을 합쳐 조조를 무찌르게 할까 합니다."

한편 강하에 도착한 현덕은 공명과 의논했다. 공명이 말했다.

"조조의 세력은 대단히 강대하기 때문에 도저히 우리 단독으로는 대적할 수 없습니다. 강동의 손권에게 도움을 청할 수밖에 없습니다. 그래서 남북에서 대결하게 하고, 우리는 그 중간에서 이득을 얻는 것이 좋을 줄 압니다."

"강동에는 지자(智者)가 많소. 이쪽의 뜻대로 되겠소?"

공명이 웃으면서 말했다.

"조조는 지금 100만 대군을 이끌고 장강과 한수 사이에 진을 치고 있습니다. 손권도 이것을 두려워하여 이곳 형편을 알아 보기 위해 사람을 보낼 것입니다."

이때 노숙이 조문하러 왔다. 공명이 유기에게 물었다.

"지난번 손책이 죽었을 때, 이쪽에서 조문하러 사람을 보낸 적이 있습니까?"

"강동과 우리는 부친을 죽인 원수 사이요. 조문할 계제가 못 되오."

노숙은 유기에게 조의를 표한 다음, 현덕을 만나 조조에 대해 여러 가지로 물었다.

현덕은 공명이 시킨 대로 아무것도 모른다고 대답했다.

"제갈공명의 계략으로, 두 번이나 불로 공격하여 조조에게 큰 타격을 주었다는데 그것도 모르고 계십니까?"

"그 이야기는 공명에게 물어보시오."

현덕이 공명을 불러 둘을 대면시켰다. 노숙이 말했다.

"선생의 소문은 전부터 듣고 있습니다. 뵙게 되어 천만 다행입니다. 먼저 묻고 싶은 건 전국(戰國)의 정세에 대해서입니다."

"나는 조조의 계략을 잘 알고 있습니다. 다만 힘이 미치지 못해 잠시 난을 피하고 있습니다."

"손 장군은 여섯 고을을 차지하고 있고 군사는 사기가 충천하여 있으며 군량도 충분합니다. 뿐만 아니라 현자를 존경하여 호걸들이 구름 떼처럼 모여 있습니다. 유 장군을 위하신다면 강동과 화친을 맺고 힘을 합쳐서 조조를 무찌르는 것이 어떨까요?"

"유 장군과 손 장군은 지금까지는 가까운 사이가 아닌 줄 알고 있습니다."

"선생의 형님은 지금 강동의 참모가 되어 선생과 만나기를 고대하고 있습니다. 함께 손 장군 앞에서 대사를 의논하는 것이 어떻겠습니까?"

이리하여 공명은 현덕의 허락을 받아 노숙과 함께 배를 타고 시상현으로 향하였다.

두 사람은 배 안에서 이야기를 나누었다. 노숙이 말했다.

"선생, 손 장군을 만나면 조조의 병력이 강대하고 장수들

孔明子敬往江東

공명과 노숙은 강동으로 떠나다. ≪新鋟全像通俗演義≫ 三國志傳卷之七

도 많다는 것은 말씀드리지 않는 것이 좋겠습니다."

공명은 말했다.

"걱정 마시오."

배가 닿자 노숙은 공명을 숙소에서 쉬게 하고 혼자서 손권을 만났다.

손권은 마침 문무백관을 모아놓고 의논하는 중이었다. 그 전날 조조가 보낸 사자가 서한을 가지고 왔었다. 그 서한에는 다음과 같이 씌어 있었다.

"장군과 강하에서 함께 유비를 격파하고 그 영토를 나누어 오랫동안 화친을 도모하고 싶으니 답장 바랍니다."

노숙은 그 서한을 보고 나서 물었다.

"장군의 뜻은 어떠하십니까?"

손권이 대답했다.

"아직 결정을 내리지 못했소."

장소가 말했다.

魯到舡明孔敬孫

노숙과 공명은 오나라에 당도하다. ≪新鋟全像通俗演義≫ 三國志傳卷之八

"조조는 100만 대군을 이끌고 천자의 이름을 빌려 사방을 정벌하고 있으므로, 그를 대적하는 것은 왕명에 따르지 않는 것이 됩니다. 뿐만 아니라 우리가 조조를 막을 수 있는 발판은 장강인데, 조조는 이미 형주를 점령하여 수군을 손에 넣었습니다. 그렇다면 장강의 요해처(要害處)는 적과 아군이 나눠 가진 격이 되며, 이러한 대세에 저항할 수는 없습니다. 항복하는 것이 안전한 방법이라고 생각합니다."

참모들이 입을 모아,

"장소의 의견이 하늘의 뜻에 합당하다고 생각합니다."

하고 말했다.

그러나 손권은 생각에 잠긴 채 아무 말도 하지 않았다.

이윽고 손권이 자리에서 일어나자 노숙이 그 뒤를 따랐다.

"그대는 어떻게 생각하오?"

"방금 여러 사람들이 한 말은 장군의 입장을 생각하지 않은 것입니다. 그들은 조조에게 항복해도 무방하지만 장군은 그렇지 않습니다."

"왜 그렇소?"

"가령 저같은 것이 조조에게 항복한다면 점점 승진하여 주(州)나 도(都)의 관직을 맡을 수 있을지 모르지만, 장군께서 항복하게 되면 명목상 제후 자리 하나밖에 차지할 수 없을 텐데, 고작 수레 한 대와 말 한 필, 부하 열 명 가량을 거느리고야 어떻게 한 나라의 주인으로 군림할 수 있겠습니까? 그들의 말은 자기 하나 잘 살자는 데서 나온 것이니 받아들여서는 안 됩니다."

손권은 한숨을 내쉬더니,

"말 잘 했소. 나도 그렇게 생각하고 있었소. 그러나 조조는 원소를 무찌르고 형주까지 손에 넣었소. 그 세력을 도저히 당할 수가 없소."

"저는 강하에 가서 제갈근의 동생 제갈량을 데리고 왔습니다. 그에게 조조의 형편을 물어보시는 것이 어떻겠습니까?"

"와룡 선생이 왔소?"

이튿날 노숙은 공명을 손권에게 안내하기에 앞서,

"장군께 조조의 병력이 강대하다는 말은 하지 마시오."
하고 거듭 당부했다. 공명이 웃으면서 말했다.

"나는 임기응변(臨機應變)으로 말씀을 드리겠습니다. 절대로 걱정은 끼치지 않겠습니다."

공명과 장소의 입씨름

　공명이 손권의 본진에 와보니, 장소 이하 20여 명의 부하들이 위엄 있게 앉아 있었다. 공명은 한 사람씩 차례로 인사를 하고 나서 자리에 앉았다. 장소를 비롯한 막료들은 공명의 인품이 보통과 다르며, 모습이 의젓한 것을 보고는 자기들을 설득하러 온 것이라고 생각했다.

　장소가 먼저 입을 열었다.

　"선생은 오랫동안 융중에 은거하면서 스스로를 관중(管仲)과 악의(樂毅)에 견주었다고 듣고 있습니다. 그것이 사실입니까?"

　"그것은 괜한 비유입니다."

　"듣자니 유비는 선생의 초가에 세 번이나 찾아가서 물고기가 물을 얻은 듯이 기뻐하면서 형주·양양의 영토를 한꺼번에 차지할 기세였다는데, 곧 조조의 손에 들어가고 만 것은 무슨 연고입니까?"

　공명은 마음속으로 생각했다. '장소야말로 손권의 부하 중에서 첫째 가는 참모다. 이자의 입을 막지 못하면 손권을 설득할 수 없을 것이다.' 그래서 공명은 이렇게 대답했다.

　"제가 보기에는 형주 땅을 손에 넣는 것은 손바닥을 뒤집는 것보다 쉬운 일입니다. 우리 주공은 인의(仁義)를 존중하여 종친의 땅을 빼앗는 것을 애써 피해왔습니다. 그런데 유종은 하찮은 사나이의 말을 믿고 몰래 항복하여 조조의 콧대가 높아졌습니다. 지금 우리 주공께서는 강하에 계시는데,

좋은 계략을 세워놓고 계십니다. 다른 사람들은 알지 못할 테지만……."

"선생은 스스로를 관중과 악의에 견주었습니다. 그러나 관중은 제(齊) 환공(桓公)의 중신으로서, 환공이 제후의 우두머리가 되어 천하를 통일하는 데 크게 공헌했고, 또 악의로 말하면 미약한 연(燕)을 도와 제의 70여 성을 함락시켰습니다. 이 두 사람이야말로 세상을 건진 인재입니다. 선생이 초가에 묻혀 풍월을 즐긴 때와는 달리 유비의 군사가 된 이상 백성을 이롭게 하고 해를 제거하는 것은 당연한 일입니다. 삼척 동자까지도 호랑이가 날개를 얻은 격이라고 말하며 한나라의 왕실을 부흥하고 조조를 멸망시키기를 기대하고 있었습니다. 조정의 대신이나 산야에 묻혀 있는 사람들도 먹구름이 걷히고 해와 달이 빛나기를 바라고, 백성은 물과 불의 재해에서 벗어날 때를 기다리고 있었습니다.

그런데 조조의 군사가 한번 쳐들어오자 투구를 버리고 창을 던지고 도망쳐서, 위로 유표의 은덕에 보답하여 백성을 평안히 살게 하지도 못하고, 아래로 유종을 도와 형주를 지키지도 못했습니다. 신야를 버리고 번성으로 도망치고, 당양에서 패하여 하구로 피신해서 몸둘 곳도 변변치 못합니다. 유비가 선생을 얻은 후로 정세는 오히려 전보다 못하지 않습니까? 관중이나 악의가 과연 그랬을까요? 이거 너무 솔직하게 말씀드려 죄송합니다. 귀에 거슬리는 말은 흘려버리십시오."

공명은 이 말을 듣고 빙긋이 웃고 나서 대답했다.

"만 리의 하늘을 나는 대붕(大鵬)의 뜻을 작은 새가 어찌

孔明舌辨昭謀士

공명은 모사 장소와 변론을 벌이다. ≪新鋟全像通俗演義≫ 三國志傳卷之八

알 수 있겠습니까? 환자의 몸에 비유해 말씀드리자면, 병이
중할 때에는 죽을 주고 순한 약을 먹여 오장이 기능을 다 하
고 몸이 회복되기를 기다렸다가, 육식을 시켜 원기를 북돋
아준 후에 효력이 강한 약으로 치료하면 병의 원인이 모두
제거되어 완전히 낫게 됩니다. 호흡과 맥이 정상으로 돌아
오기를 기다리지 않고 극약이나 딱딱한 음식을 주어 병을
고치려고 한다면 오히려 병을 더하게 될 것입니다. 우리 주
공께서는 처음에 여남의 전투에서 패하여 유표에게 의지해
있었습니다. 병력은 불과 1천 명밖에 되지 않았으며 장수는
관우·장비·조운 정도였습니다. 신야는 산이 많은 조그마
한 현으로 주민도 적고 군량도 얼마 되지 않았습니다. 무기
도 충분치 않고 성도 견고하지 못하며 병사들도 전쟁 경험
이 없었으므로, 이 성을 지키려는 것은 다만 잠자코 쓰러지
기를 기다리는 것과 같았으며, 황금을 개천에 버리는 것과
같았습니다.

그러나 박망을 불로 공격하고 백하를 물로 공략하여, 하후돈이나 조인은 제 이름만 들어도 벌벌 떨었습니다. 관중과 악의가 만일 이 세상에 다시 태어나더라도 나를 따르지는 못할 것입니다. 유종이 항복한 것은 우리 주공께서도 미처 몰랐던 일입니다. 그리고 혼란을 틈타 남의 땅을 빼앗는 짓은 할 수 없다고 말씀하셨습니다. 이것을 가리켜 대의(大義)라고 합니다. 당양에서 패전했을 때는 10여 만의 주민이 따라와 노인과 어린이까지 데리고 있었으므로 하루에 겨우 십 리밖에 가지 못했습니다. 강릉을 공략하려고 했었지만, 백성을 버리고 가느니 차라리 여기서 싸우다 죽겠다고 말씀하셨습니다. 이것도 대의를 위한 것입니다. 승패는 병가의 상례입니다. 옛날 한나라 고조는 때때로 항우(項羽)에게 패했지만 해하(垓下)의 일전에서 승리를 거두었습니다. 이것이야말로 한신(韓信)의 계략이 아닙니까? 한신이 오랫동안 고조를 섬겼지만 언제나 승리한 것은 아닙니다. 국가의 대계를 세우는 데에는 안목이 필요합니다. 말재주를 자랑하는 자들의 허명(虛名)과는 다릅니다. 혀끝으로 의논만 앞세울 뿐 큰일을 앞두고 속수무책(束手無策)이라면 천하의 웃음거리밖에 되지 않을 것입니다.”

공명의 말에 장소는 입을 다물 수밖에 없었다.

공명의 승리

그러자 좌중에서 한 사람이 큰소리로 말했다.

"조조는 지금 100만의 군사에 1천 명의 장수를 거느리고 용과 호랑이처럼 강하를 단숨에 삼키려고 합니다. 당신은 어떻게 할 작정입니까?"

그는 회계(會稽) 사람 우번(虞翻)이었다.

"조조가 원소의 개미 떼처럼 많은 군사를 손에 넣고, 유표의 오합지졸을 거느리게 되었지만, 그것은 설사 몇백만이 되더라도 두려워할 것이 못 됩니다."

우번은 비웃으면서 말했다.

"당양에서 지고 궁지에 몰려 하구로 도망쳐 할 수 없이 남의 도움을 청하는 처지에 적을 두려워하지 않는다고 큰소리만 치니, 사람을 속이는 것밖에 되지 않소."

"우리는 정의의 군사지만 겨우 몇천 명이니 백만 폭도를 당하지 못하는 것은 당연한 일입니다. 그래서 물러나 하구를 지키면서 때를 기다리는 것입니다. 그런데 이곳 강동의 군사는 정예고, 군량도 충분한 데다가 장강이라는 요해처까지 있는데도 무릎을 꿇고 항복하도록 영주께 권하는 것은 비겁한 일입니다. 우리 주공은 조조 따위는 결코 두려워하지 않습니다."

우번은 아무 대꾸도 하지 못했다. 그때 좌중에서 또 한 사람이,

"공명은 조조를 어떻게 생각하고 있습니까?"

하고 물었다.

그는 패군 죽읍(沛郡竹邑)의 설종(薛綜)이었다.

"조조는 한(漢)의 역적입니다."

하고 공명이 대답하자 설종이 말했다.

"그것은 잘못된 생각입니다. 하늘이 정한 한의 운명은 벌써 다해가고 있습니다. 조조는 이미 천하의 3분의 2를 소유했고 민심도 그에게 쏠리고 있습니다. 유비가 하늘의 뜻을 무시하고 항거하려고 하는 것은, 마치 달걀로 바위를 치는 격이며 패하지 않는 것이 이상한 일입니다."

공명은 그를 꾸짖어 말했다.

"한나라의 신하라면 간신을 함께 쳐부수려고 맹세하는 것이 도리가 아니오? 조조는 조상 대대로 한나라의 봉록을 먹으면서 그 은혜에 보답하기는커녕 반역하였기 때문에 세상 사람들이 모두 미워하오. 하늘의 뜻이 그의 편이라는 것은 말도 안 되오. 그는 천자를 천자로 알지 않는 인간이오."

설종은 얼굴이 빨개져서 아무 말도 하지 못했다. 좌중의 한 사람이 또 말했다.

"조조는 그래도 상국(相國) 조참(曹參)의 후손이 분명한데, 유비는 중산(中山) 정왕(靖王)의 후손이라고는 하지만 분명한 증거가 없어요. 그는 멍석을 짜고 신발을 파는 직인(職人)이 아니오? 그렇다면 조조와 감히 맞서서 싸울 상대도 못 되오."

그는 오군(吳郡)의 육적(陸績)이었다. 공명은 웃으면서 말했다.

"한의 고조는 사상(泗上)의 정장(亭長)에서 출세하여 마침내 천하를 통일하였소. 멍석을 짜고 신발을 판 것이 무슨 수치란 말이오. 당신의 생각은 어린애의 소견에 지나지 않소."

"……."

侯吳見亮請蓋黃

황개는 공명에게 손권 만나기를 권하다. ≪新鋟全像通俗演義≫ 三國志傳
卷之八

육적은 할 말이 없었다.

엄준(嚴畯)·정병(程秉) 등이 잇달아 일어나 공명을 의론
으로 꺾으려고 했다. 공명의 답변은 세워놓은 판자에 물을
흘려 보내는 것과 같았다. 자리에 앉아 있던 사람들은 얼굴
빛이 달라졌다. 그러나 장온(張溫)과 낙통(駱統)이 또 질문
을 하려고 했다. 그때 갑자기 밖에서 들어오면서 큰소리로
말하는 사람이 있었다.

"공명은 참으로 당대의 기재(奇才)입니다. 여러분이 변론
으로 꺾으려고 하는 것은 손님에 대한 실례가 아닌가요? 조
조의 대군이 국경까지 밀려왔는데, 적을 물리칠 생각은 하지
않고 입씨름만 하고 있습니까?"

그는 영릉(零陵) 사람 황개(黃蓋)로, 자는 공복(公覆)이며
현재 강동의 군량계를 담당하고 있었다. 그는 공명에게,

"침묵이 금이라는 속담이 있습니다. 우리 주공께 고견(高

見)을 들려주시지 않고 어찌하여 이들과 왈가 왈부하고 계십니까?"

"이분들이 당면한 임무를 중요하게 생각하지 않고 잇달아 질문을 던지니 답변하지 않을 수 없었습니다."

황개가 노숙과 함께 공명을 안내하여 중문까지 왔을 때 제갈근과 마주쳤다.

"이곳 강동까지 왔으면서 어째서 나한테 오지 않느냐?"

"공무를 마치고 찾아뵈려고 했습니다."

"그럼 주공을 만나 뵌 후에 오너라."

손권과 공명의 만남

공명이 손권이 있는 당상에 이르니 손권은 자리에서 일어나 맞았다. 공명은 절한 다음에 자리에 앉아 현덕의 뜻을 전했다.

쳐다보니 손권은 눈이 푸르고 수염은 자색이며, 위풍이 당당한 인물이었다.

'이 사람에게는 강력한 말을 써야겠구나. 순순히 설득하기가 어렵겠다. 질문을 하면 좀 튕겨야지.'

공명은 마음속으로 이렇게 생각했다.

손권은 차를 권하고 나서 조조의 병력에 대해 물었다.

공명이 대답했다.

"보병과 기병, 수군을 합쳐서 100만 가량 됩니다."

"그건 과장이 아니겠지?"

"과장이 아닙니다. 조조는 연주에 있을 때 벌써 4, 50만의 군사를 거느리고 있었습니다. 원소를 무찌르고 4, 50만의 병력을 손에 넣은 데다 중원(中原)에서 모집한 군사가 3, 40만입니다. 지금은 형주의 병력 2, 30만을 합치면 150만 가량 됩니다. 100만이라고 말씀드린 것은 여기 계신 분들이 놀랄까봐 걱정했기 때문입니다."

"장수는 얼마나 되오?"

"지모가 훌륭하고 무용이 뛰어난 자만 1, 2천입니다."

"조조는 형주를 정복한 후에 더욱 큰 야심을 품고 있소?"

"지금 장강 기슭에 진을 치고 군선(軍船)을 갖추고 있는데, 이것은 강동을 치려는 계획이 아니고 무엇이겠습니까?"

"그럼 그와 싸워야 하는가, 싸우지 말아야 하는가?"

"그것에 대해 생각한 것이 있는데 들어주시겠습니까? 만일 오월(吳越)의 병력으로 조조의 군사와 싸울 생각이라면 빨리 조조와 손을 끊는 것이 좋습니다. 그렇지 않으면 여러 사람의 의견에 따라 군사를 이끌고 신하로서 조조를 섬기십시오."

손권은 아무 말도 하지 않았다. 공명은 말을 이었다.

"이처럼 사태가 긴박할 때 결단을 내리지 않으면 재앙이 눈앞에 닥치게 됩니다."

"그럼 유비는 어찌하여 항복을 하지 않는가?"

"옛날 제(齊)의 전횡(田橫)은 한 장사(壯士)에 불과했으나, 의를 지켜 수치를 당하지 않았습니다. 더구나 유비 주공으로 말씀드리면 황실의 일족으로 영재(英才)가 뛰어나 사람들의 존경을 한 몸에 받고 계십니다. 어찌 조조 아래 몸을 굽힐 수 있겠습니까?"

손권은 공명의 말을 듣자 얼굴빛이 변하면서 자리에서 벌떡 일어나 안으로 들어가버렸다.

노숙이 공명의 무례를 탓하자 공명은 껄껄 웃으며,

"저도 조조를 무찌를 계략은 갖고 있습니다."

하고 말했다.

노숙에게서 이 말을 들은 손권은,

"그렇다면 일부러 내 기분을 건드린 건가?"

하고 다시 공명을 만나 말했다.

"지금까지 조조를 눈 위의 혹으로 생각해온 것은 여포·유표·원소·유비 그리고 나였지만, 지금은 유비와 나만 남았소. 이 오나라를 차지한 내가 남의 밑에 들어간다는 것은 말도 안 되오. 내 마음은 이미 정해졌소. 유비 이외에는 조조와 싸울 사람이 없을 것이오. 그러나 얼마 전에 싸움에서 패했으니, 지금은 대적하기가 어렵지 않겠소?"

"싸움에 패하기는 했지만 관우가 이끄는 정병이 1만, 유기가 강하에서 이끄는 병력만도 1만은 됩니다. 조조는 대군을 거느리고 있지만, 경기병(輕騎兵)은 하루에 300리나 달려 먼 길을 쳐들어왔으므로 지쳐 있습니다. 게다가 북쪽 지방 사람들은 수상(水上) 전투에 익숙하지 못합니다. 그리고 형주의 백성들은 조조를 따르고는 있지만, 그것은 본심이 아닙니다. 지금 만일 장군께서 유비 장군과 힘을 합친다면 반드시 조조를 무찌를 수 있을 것입니다."

손권은 크게 기뻐하여,

"선생의 말을 들으니 내 가슴의 응어리가 풀리는 것 같소.

이제 나는 결심했소. 즉시 군사를 일으켜 조조를 멸하려 하오."

이 말을 들은 장소는 손권에게,

"공명의 말재주에 이끌려 함부로 군사를 일으키는 것은 그야말로 장작을 지고 불 속에 뛰어드는 격입니다."

하고 말했다. 고옹도 출병에 반대했다.

그러나 노숙은 싸움을 시작할 것을 권했다. 손권은 또다시 결심이 흔들려 고민한 나머지 식사도 제대로 하지 못했으나,

"나라 안의 정치에서 결정하기 어려운 일이 있을 때에는 장소와 의논하고 나라 밖의 일은 주유와 의논하라."

는 손책의 유언이 생각났다. 그래서 곧 사자를 파양(鄱陽)으로 보내어 주유를 불러들였다.

손권의 결심

주유는 파양호에서 수군을 훈련시키고 있다가 즉시 시상현의 본진으로 향하였다. 노숙이 마중을 나와 지금까지의 경위에 대해 말하자, 주유는 공명을 만나 보고 싶다고 말했다.

주유가 휴식하고 있는데, 장소·고옹·장굉·보즐 등이 와서 영주에게 항복을 권할 것을 주장했다. 주유가 말했다.

"나도 전부터 항복할 것을 생각하고 있었소. 내일 영주를 만나 뵙고 결정하겠소."

장소 일행이 물러가자 곧 정보·황개·한당(韓當) 등의 장수가 와서 싸울 것을 주장했다. 주유가 말했다.

정보 등은 조조를 칠 것을 주유와 의논하다. ≪新鋟全像通俗演義≫ 三國
志傳卷之八

"나도 조조와 승부를 겨룰 생각이오. 결코 항복은 하지 않
을 것이오. 영주를 만난 후에 결정하겠소."

그 후에 제갈근·여범 등의 문관이 찾아왔다. 이들은 항복
을 주장했다. 주유는 웃으면서,

"나도 생각이 있소. 내일 영주 앞에서 결정하도록 하겠
소."

이번에는 여몽·감녕 등이 인사하러 왔다. 이들 중에는 개
전론자와 항복론자가 있어 서로 논쟁이 벌어졌다. 주유는,

"지금 이 자리에서 왈가 왈부할 것 없소. 내일 영주 앞에
서 의논하여 결정하겠소."

하고 말했다. 그의 얼굴에는 웃음이 번지고 있었다.

저녁때 노숙이 공명을 소개하였다. 노숙은 주유의 견해를
물었다. 주유는,

"싸우면 패할 가능성이 많고 항복하면 안전하오."

하고 말했다. 노숙은 깜짝 놀라,

"이 강동 땅을 호락호락 남에게 넘겨줄 작정이오? 손책의 유언에 따라 군사는 장군에게 맡기고 있는데, 겁쟁이들의 주장을 따르려고 하오?"

공명은 팔짱을 낀 채 두 사람의 이야기를 들으면서 차갑게 웃고 있었다.

"선생, 어찌하여 웃고 계시오?"

하고 주유가 탓하자 공명이 대답했다.

"제게 계략이 하나 있습니다. 조조에게 예물로 나라를 드릴 필요도 없고 강을 건너 싸울 필요도 없습니다. 다만 한 척의 조각배에 두 사람을 태워 보내면 됩니다. 조조가 이 두 사람을 손에 넣으면 100만 대군의 갑옷을 벗기고 깃발을 말아 가지고 강북으로 돌아갈 것입니다."

"두 사람이라니, 대체 누구 말입니까?"

하고 주유가 말했다.

"내가 융중에 있을 때 조조는 장하(漳河)의 기슭에 동작대(銅雀臺)라는 망루를 지었는데, 강동의 교공(喬公)에게는 대교(大喬)와 소교(小喬)라는 두 딸이 있습니다. 조조는 이 두 딸이 달도 얼굴을 가리고 꽃도 낯을 붉히는 미녀라는 말을 듣고 두 가지 맹세를 했다고 합니다. 하나는 천하를 평정하여 제왕이 되는 것이고, 또 하나는 강동의 두 아름다운 자매를 손에 넣고 동작대에서 만년을 즐기는 것이랍니다. 이 소원을 이루면 죽어도 한이 없다고 말했다고 합니다. 지금 100만의 군사를 이끌고 강동을 노리고 있는 것도 사실은 이 두 딸이 탐나기 때문입니다."

공명은 지략으로 주유를 설득시키다. ≪繡像全圖三國演義≫에서

"그 말에 어떤 증거가 있습니까?"

"조조가 셋째 아들 조식에게 시를 짓게 했는데, 동작대를 읊은 노래에서, '대교와 소교를 동남(東南)에 두고 아침 저녁으로 어울리기를 즐기나니'라고 읊조리고 있습니다."

주유는 이 말을 듣자 자리에서 벌떡 일어났다.

"역적 조조 놈이 우리를 너무 우롱하는구나!"

"일반 백성 여자 둘을 가지고 뭘 그리 흥분하시는지요?" 하고 공명이 물었더니,

"당신은 모르고 있나 본데, 대교는 돌아가신 손책 장군의 부인이고, 소교는 내 아내요."

"아, 그건 미처 몰랐군요."

"나는 손책 어른으로부터 뒷일을 부탁받았소. 수치를 무

릅쓰고 조조에게 항복할 의사는 조금도 없소. 아까한 말은 일부러 해본 것이오. 나는 처음부터 북벌(北伐)을 결심하고 있었소. 공명, 힘이 되어주시오. 조조를 함께 무찌르지 않겠소?"

이튿날 아침에 손권은 문무백관을 모아놓고 회의를 열었다.

주유가 조조의 편지를 보고 나서,

"이 늙은 역적 놈이 우리 강동에 사람이 없다고 이렇게 얕보는군 그래."

하고 화를 냈다.

그리고 장소가 항복을 주장하자, 주유는 계속 싸우자고 주장했다.

"조조가 한나라 승상이라는 것은 이름뿐이고 사실은 역적입니다. 장군께서는 무용이 뛰어날 뿐만 아니라 부친과 형님의 유업을 이어받아 강동을 차지하셨고, 군사는 용감하고 군량은 풍족합니다. 국가를 위해 포악한 놈을 제거하는 것은 당연하며 항복이란 말은 있을 수 없습니다. 강북은 아직도 평정이 되어 있지 않고 수상전(水上戰)이 미숙한 데다가 지금은 엄동이라 추위가 심하고 말 먹이도 적으며, 병사를 멀리 이동시켰으므로 풍토가 맞지 않아 병자가 많습니다. 조조의 군사는 이런 약점을 안고 있으므로 반드시 패배할 것입니다. 저는 정예 부대 몇천 명만 있으면 하구까지 진격하여 반드시 적을 무찌를 자신이 있습니다."

손권은 자리에서 벌떡 일어나,

"나는 저 늙은 역적과 화해할 수 없다. 나도 주유의 말에 동감이다."

"저는 장군을 위해 혈전을 각오하고 있습니다. 목숨을 내걸고 싸우겠습니다. 이제는 다만 장군의 결단만 남아 있습니다."

손권은 허리에 차고 있던 칼을 뽑아 들고 눈앞의 책상 모서리를 자른 다음,

"모두들 잘 들어라. 앞으로 조조에게 항복하자고 주장하는 자는 이 책상과 같이 될 것이다."

하고 그 칼을 주유에게 주어 대도독으로 임명하고, 정보를 부도독으로, 노숙을 찬군교위로 임명했다.

24. 주유와 공명의 지모

주유의 속셈

주유는 집에 돌아오자 곧 공명을 불러 의논했다.

"오늘 회의에서 조조와 싸우기로 결정했습니다. 조조를 쳐부술 계획을 알고 싶습니다."

"손 장군의 마음은 아직 안정되어 있지 않습니다. 지금은 계획을 세울 때가 아닙니다."

"마음이 안정되어 있지 않다니 무슨 말입니까?"

"조조의 군사가 많아 도저히 이기지 못할 것이라고 걱정하고 계십니다. 그 불안을 제거하지 않고서는 큰일을 이룰 수 없습니다."

주유가 즉시 손권에게 가보니 과연 공명의 말대로였다. 주유가 말했다.

"조조의 대군이 100만이라고 하지만 본래 병력은 15, 6만밖에 되지 않으며, 그것도 오랜 동안의 전투로 지쳐 있습니다. 원소에게 얻은 병력도 7, 8만이라고 하지만 아직 진심으로 따르고 있는 것이 아닙니다. 수가 많아도 두려울 것이 없

曹破計求亮請瑜

주유는 공명을 청하여 조조를 무찌를 계책을 구하다. 《新鐫全像通俗演義》
三國志傳卷之八

습니다. 저에게 5만의 병력만 주시면 쉽게 무찌를 수 있습니다."

손권은 그제야 마음을 놓았다.

그러나 주유는 '공명은 영주의 마음속을 환히 들여다보고 있다. 그놈은 나보다 한 수 위다. 나중에 강동의 화근이 될 것이 분명하니, 일찌감치 없애야 한다'고 내심 생각하였다.

노숙에게 이것을 털어놓자 노숙은,

"제갈근이 그의 형이므로, 제갈근에게 우리 쪽에서 일하게 설득하도록 하는 것이 좋을 것입니다."

하고 말했다.

이튿날 주유는 본진에 문무백관을 모아놓고 출전 명령을 내렸다. 한당·황개를 선발대 장수로 임명하고, 본대의 군선(軍船) 500척을 이끌고 즉시 출발하여 삼강구(三江口)에 진을 치고 별도의 명령이 있을 때까지 기다리게 했다. 장흠·

주태를 제2대, 능통·반장을 제3대, 태사자·여몽을 제4대, 육손·동습으로 하여금 제5대를 인솔하게 하고, 여범·주치에게 사방의 경비를 맡게 하여, 전군이 수륙으로 진격해서 날짜를 정해 만나게 했다.

이튿날 주유는 제갈근을 불러 말했다.

"동생 공명이 제왕을 도울 만한 재능을 갖고 있으면서 유비와 같은 사람을 섬기고 있는 것은 당치도 않습니다. 선생이 동생더러 유비를 버리고 우리 쪽에서 일하라고 설득해주지 않으시렵니까?"

제갈근은 즉시 말을 타고 공명의 숙소로 향하였다. 오래간만에 만난 형제는 눈물을 흘리면서 그 동안 지내온 이야기를 주고받았다.

제갈근은 옛날 백이(伯夷)·숙제(叔齊)의 이야기를 끄집어내면서 말했다.

"나와 너는 형제지만 섬기는 주인이 달라 자주 만날 수도 없구나. 함께 일하다가 같이 죽은 백이·숙제를 생각하면 부끄러운 일이야."

공명은 곧 주유가 시켰다는 것을 알아채고,

"형님과 저는 모두 한나라 사람입니다. 유비 장군은 한나라 왕실의 후손입니다. 형님이 강동을 버리고 유비 장군을 섬기게 되면, 한나라의 신하로 충성할 수도 있고, 또 나와 함께 부모의 산소를 지켜 효도할 수도 있습니다. 그렇게 하시는 것이 어떻겠습니까?"

제갈근은 동생을 설득하러 왔다가 오히려 동생에게 설득을 당하게 되었다.

힘없이 돌아가 주유에게 보고하자, 주유는 더욱 공명을 미워하며 죽일 뜻을 굳혔다.

이튿날 주유는 정보·노숙 등과 함께 군사를 이끌고 출발하면서 공명도 동행하게 했다.

군선은 돛을 달고 상류로 거슬러 올라가, 삼강구에서 5, 60여 리쯤 떨어진 곳에서 닻을 내렸다. 주유는 강기슭에서 가까운 서산 기슭에 진을 치도록 한 뒤 공명을 불렀다.

"전에 조조의 군사가 적고 원소의 군사가 많았는데도 조조가 오히려 원소를 이긴 것은, 허유의 계략에 따라 먼저 오소(烏巢)의 군량을 불살랐기 때문입니다. 지금 조조의 군사는 83만이고 우리는 겨우 5, 6만밖에 없으니 어떻게 막을 수 있겠습니까? 반드시 적이 군량을 운반하는 길을 차단해야 합니다. 첩자에게 탐지하게 했더니 조조의 군량과 말 먹이는 모두 취철산(聚鐵山)에 저장되어 있다고 합니다. 선생은 오랫동안 한강 근처에서 살았기 때문에 지리에 밝을 줄 압니다. 나도 1천 명의 군사를 이끌고 도울 테니 수고스럽지만 관우·장비·조운을 데리고 밤 사이에 취철산을 공격하여 적의 군량 길을 차단해주십시오."

공명이 기꺼이 승낙하고 출발하자, 노숙이 주유에게 물었다.

"어째서 공명을 보내십니까?"

"나는 그놈을 죽이고 싶지만 남의 웃음거리가 되어서는 곤란하오. 그래서 조조의 손을 빌려 없애고, 후에 말썽이 일어나지 않게 하려는 거요."

노숙은 공명에게 가서 혹시 눈치를 채고 있지 않나 살펴보았으나, 공명은 조금도 두려워하지 않고 마구를 손질하면서 떠날 준비를 하고 있었다.

노숙이 말했다.

"이번 싸움에 승산이 있습니까?"

공명은 웃으면서 대답했다.

"나는 수상전, 도보전(徒步戰), 마상전(馬上戰), 차전(車戰) 할 것 없이 어디에서나 이길 자신이 있소. 강동 사람인 주유나 노공은 한 가지 싸움에만 능하지만, 나는 그렇지 않소."

"한 가지만 능하다니요?"

"강동 어린이들의 동요를 보면, '복병을 가지고 관문을 잘 지키기는 자경(子敬), 물에서 잘 싸우기는 주랑(周郞)'이라고 노래하고 있지 않습니까? 당신은 육상전에 능하고 주유는 수상전에 능하지만 다른 데서 싸우는 것은 서툴지 않습니까?"

노숙이 이 말을 주유에게 전하자, 주유는 화가 나서,

"뭐, 내가 육상전에 서툴다고? 말도 안 되는 소리야. 내가 1만의 기병을 거느리고 취철산의 군량 길을 차단하겠다."

노숙은 이 말을 공명에게 전했다. 공명은 웃으면서,

"주유가 나더러 적의 군량 길을 차단하라고 명령한 것은 조조의 손으로 나를 죽이려는 속셈일 것입니다. 지금은 사람을 등용할 때입니다. 손 장군과 현덕 장군의 마음이 하나가 되면 큰일을 성취할 수 있습니다. 서로 해치는 일이 있어서는 안 됩니다. 조조는 본래 적의 군량 길을 차단하는 것이 장기이므로 엄중히 방비하고 있을 것입니다. 주유가 가도 반드

事之亮說瑜回肅

노숙은 돌아와 주유에게 공명의 일을 전하다. ≪新鏤全像通俗演義≫ 三國
志傳卷之八

시 사로잡히고 말 것입니다. 지금은 다만 수상전으로 적의
사기를 떨어뜨리고 다시 좋은 계략으로 물리쳐야 합니다. 주
유에게 잘 전하십시오."

노숙이 다시 이 말을 주유에게 전하자, 주유는 깜짝 놀라
고개를 치켜들면서,

"그의 지혜는 무섭소. 지금 없애버리지 않으면 후에 두고
두고 동오에 화근이 될 것이오."

하고 말했으나, 노숙이 말리는 바람에 일단 보류했다.

한편 현덕은 유기에게 강하를 지키게 하고 자신은 군사를
이끌고 하구로 향했으나, 강동의 군사가 출동하는 것을 멀리
서 바라보고 번구(樊口)에 진을 쳤다.

공명이 강동에 간 지 오래 되었는데 아무 소식이 없자, 현
덕은 미축을 강동에 보내 형편을 알아보게 했다.

그런데 미축을 만난 주유는 이렇게 말했다.

"여러 가지 의논할 일이 있으니 유현덕께서 직접 와주셨으면 좋겠소."

미축이 이것을 전하러 돌아간 뒤에 주유는 노숙에게,

"현덕은 마음을 놓을 수 없는 인물이오. 살려둬서는 안 되오. 이 기회에 불러내어 죽여버려야 하오. 나라를 위해서 하는 일이오."

하고 말하며,

"현덕이 오거든 미리 무사 50명을 천막 안에 숨겨두었다가 내가 술잔을 던지는 것을 신호로 하여 일제히 달려들어 죽여버리게 하라."

고 비밀 지령을 내렸다.

미축의 보고를 들은 현덕은 관우와 부하 20여 명을 거느리고 배를 타고 강동으로 향하였다.

주유는 현덕을 본진에 안내하여 상좌에 모시고 술을 내어 접대하였다.

공명이 현덕이 왔다는 말을 듣고 본진에 와서 보니, 주유의 얼굴에는 살기가 어려 있었고 양쪽 천막 안에 무사들이 숨어 있었다.

'이거 큰일났구나!' 싶어 현덕을 바라보니, 태연한 얼굴로 이야기를 나누면서 조금도 두려워하는 기색이 보이지 않았다. 그리고 현덕의 뒤엔 관우가 칼을 들고 서 있었다.

공명은 그제야 한시름 놓고 '영주께서 위태롭지는 않겠구나' 하고 생각하고 강변으로 가서 기다리고 있었다.

주유는 몇 차례 술을 권하고 난 뒤 일어나서 술잔을 던지려고 했으나, 현덕의 뒤에 서 있는 관우를 보고 깜짝 놀라,

長雲惧備殺欲瑜

주유는 유비를 죽이고자 하나 운장을 두려워하다. ≪新鋟全像通俗演義≫
三國志傳卷之八

"전에 안량과 문추의 목을 벤 사나이군."
하고 식은땀을 흘렸다.

　이윽고 현덕은 자리에서 일어나 주유에게 인사를 하고, 관
우와 함께 공명이 기다리고 있는 강변으로 갔다. 현덕은 공
명을 보고 기뻐하면서,

"나와 함께 번구로 돌아가도록 하오."
하고 말했다. 공명이 대답했다.

"저는 호랑이 입 안에 있어도 태산처럼 안전합니다. 장군
은 군선(軍船)과 병마(兵馬)를 준비하고 기다려주십시오.
11월 스무날이 지나면, 조운에게 조각배를 타고 이 남쪽 기
슭으로 마중을 나오도록 지시해주십시오. 날짜를 잊지 마십
시오!"

　현덕이 이유를 묻자,

"동남풍이 불기 시작하면 반드시 돌아가겠습니다."
라고 대답했다.

주유와 장간

　현덕 일행이 배를 타고 떠난 지 얼마 안 되어, 조조에게서 사자가 왔다. 주유는 사자가 내놓은 편지를 펴보려고 하지도 않고 박박 찢어서 바닥에 내동댕이치고는 사자의 목을 베어 버렸다.

　조조는 노발 대발하여 즉시 채모·장윤 등 형주에서 항복한 장수들을 앞세워 군선을 출격시켰다. 건안 13년 11월 초하루의 일이었다.

　이날은 바람이 일지 않아 파도는 없었다. 북군의 대 수병이 삼강구에 진격하자, 남군의 수병들은 이미 대기하고 있었다.

　뱃머리에 앉아 있던 장수가 큰소리로,

　"나는 감녕이다. 싸울 용기가 있는 놈은 나오너라!"

하고 외쳤다.

　채모는 동생 채훈에게 진격을 명령했으나, 감녕이 쏜 화살에 맞아 채훈은 그 자리에서 쓰러졌다. 감녕은 선대(船隊)를 한꺼번에 진격시켜 석궁(石弓)을 맹렬히 쏘아대었으므로, 북군은 당해내지 못했다. 남군은 다시 오른쪽에선 장흠이, 왼쪽에선 한당이 쳐들어갔다. 조조의 병력은 태반이 서주나 청주의 군사로, 수상전엔 익숙하지 못했다. 그들은 배가 흔들리면 몸을 가누지 못하고 비틀거렸다. 감녕은 이들을 모조리 물리치고 돌아왔다.

　패전한 조조는 채모·장윤에게 수군의 재건을 명령했다.

두 장수는 수군을 훈련시키는 한편, 장강 일대에 24개의 수문(水門)을 만들어 큰 배들이 성처럼 밖을 에워싸게 하고 작은 배들은 그 안에 두어 자유롭게 내왕하게 했다. 밤이 되면 배마다 등불이 켜져 하늘과 수면이 밝게 빛났다. 강기슭에도 300여 리의 진지를 구축하여 불길에서 오르는 연기가 그치지 않았다.

주유는 멀리서 이것을 바라보고 깜짝 놀랐다. 그는 이튿날 노숙·황개 등을 데리고 배로 조조의 진지에 몰래 접근하여 동태를 살폈다. 그리고는 물었다.

"이것은 수군을 아주 잘 아는 자의 소행임에 틀림없소. 수군의 도독이 누구요?"

"채모와 장윤입니다."

"그 두 놈을 먼저 처치하지 않고는 조조를 무찌를 수 없소."

하고 주유는 말했다.

조조의 군사는 주유의 배를 발견하고 추격하려고 했다. 그러나 주유의 배는 나는 듯이 사라졌다. 조조는 주유의 군사를 무찌를 계략을 장수들에게 물었다. 그러자 이름은 장간(蔣幹), 자는 자익(子翼)이라고 하는 장수가 말했다.

"저와 주유는 어렸을 때부터 같은 선생에게 배운 사이입니다. 강동에 가서 세 치의 혀를 움직여 그를 항복시키겠습니다."

"자익, 그대는 정말 주유와 친한 사이인가?"

"그렇습니다. 제가 가면 반드시 성공할 것입니다."

장간은 한 척의 조각배를 타고 곧장 주유의 진지로 향하였다.

주유는 장간이 찾아왔다는 말을 듣고 장수들에게,

"세객(說客)이 왔군."

하고 웃으면서 작은 소리로 뭐라고 지시했다.

이윽고 옷매무시를 바로잡은 주유는 비단옷을 걸치고 꽃모자를 쓴 부하를 수백 명 거느리고 나왔다. 장간은 푸른 옷을 입은 한 소년을 데리고 나타났다.

"공근, 오래간만이네. 그 동안 잘 있었나!"

하고 장간이 말했다.

주유가 말했다.

"자익, 오느라고 수고했네. 조조를 위해 세객으로 왔군."

장간은 핵심을 찔려 은근히 놀랐으나,

"자네와 오랫동안 헤어져 있었으므로 옛이야기나 나누려고 왔네. 세객이라니 천만에."

"나는 옛날 예언자만은 못하지만, 가야금 소리를 들으면 가락의 뜻은 아네."

"자네가 옛친구를 그렇게 생각한다면 나는 돌아가겠네."

주유는 웃으면서 그의 팔을 잡고,

"아니네, 약간 마음에 걸렸을 뿐이야. 그럴 의사가 없었다면 서둘러 돌아갈 거야 없지 않나."

하고 본진으로 데리고 들어가 자리를 권하고 강동의 호걸들을 불러들여 한 사람씩 소개하고 나서, 군악을 곁들인 큰 주연을 베풀었다.

"이 사람은 나와 동문 수학한 옛 친구요. 강북에서 왔지만 조조의 세객은 아니므로 의심하지 않아도 되오."

주유는 이렇게 말하고 허리에 찬 칼을 빼어 태사자에게 넘
겨주었다.

"이 칼을 가지고 주연의 사회를 맡아주게. 오늘 잔치는 옛
친구를 위로하는 것이 목적이니, 조조나 강동의 군사에 대해
한마디라도 입 밖에 내는 자가 있으면 목을 베어버리게!"

그리하여 장간은 입을 열지 못했다. 주유가 말했다.

"대군을 거느리게 된 후로 나는 술을 한 방울도 입에 대지
않았으나, 오늘은 옛 친구를 만나 기분이 좋으므로 마음껏
마셔야겠네."

하고 껄껄 웃고 나서 즐거운 듯이 술을 마시기 시작했다. 이
윽고 술에 거나하게 취했을 무렵 주유는 장간의 손을 잡고
본진 밖으로 나왔다. 병사들은 완전 무장을 하고 창을 들고
서 있었다.

"내 부대가 어떤가, 용감해 보이지?"

"실로 호랑이나 늑대와 같네."

진지 뒤에는 군량과 말 먹이가 산더미같이 쌓여 있었다.
주유는 장간에게 말했다.

"우리의 군량을 보게. 이거면 충분하네."

"군사는 용감하고 군량도 충분하다는 평판이 거짓이 아닐
세."

주유는 기분이 좋아 껄껄 웃고 나서 말했다.

"내가 자네와 같이 공부할 때에는 이렇게 되리라고는 꿈
에도 생각지 못했네."

"자네의 재능으로 보면 조금도 과분하지 않네."

"대장부가 자기를 알아주는 영주를 만나 군신의 의리를

지키면서 형제와 같은 은의를 맺었고, 진언(進言)은 반드시 실천에 옮겨지며 계략은 틀림없이 채택되네, 이제는 소진이나 장의가 다시 태어나 청산 유수로 설득한다 해도 내 마음을 움직이게 할 수 없을 걸세."

주유는 이렇게 말하고 다시 껄껄 웃었다.

장간은 얼굴이 새파랗게 질려 있었다. 주유는 다시 장간을 본진으로 데리고 와서 장수들과 술을 나누면서,

"강동에는 영웅 호걸들이 득실거리고 있네. 오늘의 연회를 군영회(群英會)라고 부르기로 하세."

하고 날이 저물자, 주유는 자리에서 일어나 칼을 휘두르면서 노래를 불렀다. 밤이 깊어 잔치가 끝나자 주유는,

"오랫동안 함께 하지 못했네. 오늘 밤에는 같이 자지 않겠나?"

하고 술에 대취한 체하고 침상에 누웠다. 주유는 옷도 벗지 않고 혁대도 풀지 않은 채 거꾸로 누워 침상에다 마구 토해 댔다.

채모 · 장윤의 죽음

장간은 잠시도 눈을 붙이지 못했다. 자정을 알리는 북소리가 들려와 일어나보니, 타다 남은 등잔불이 아직도 환히 비치고 있었다. 주유는 우레 같은 소리를 내며 코를 골고 있었다.

가만히 주위를 살펴보니 책상 위에 많은 편지가 쌓여 있었

군영회가 열리고 장간은 주유보다 한 수 아래 계책을 쓰다. ≪繡像全圖三國演義≫에서

다. 살짝 집어보니, '채모·장윤 올림'이라고 씌어 있었다.

"우리가 조조에게 항복한 것은 녹(祿)을 탐내서가 아니라 부득이한 일 때문이었습니다. 지금 북군의 진중을 포위하고 있으므로, 기회를 보아 조조의 목을 베어 바치려고 합니다. 후에 또 보고를 드리겠습니다."

라고 씌어 있었다. 장간은 채모와 장윤이 내통한 사실을 알고 그 편지를 호주머니에 숨겼다. 그리고 다른 편지도 보려고 하는데, 주유가 몸을 뒤척였으므로 장간은 급히 불을 끄고 침상으로 돌아왔다.

주유가 입 속으로 뭐라고 중얼거리다가,

"자익, 며칠 후에 자네에게 조조의 목을 보여주겠네."

하기에, 장간은 적당히 대꾸를 했다. 주유는 다시 말했다.

"자익, 좀더 묵어 가게. 조조의 목을 보여줄 테니까……."

장간이 물으려고 하는데, 주유는 다시 잠들어버렸다.

장간은 뜬눈으로 밤을 세웠다. 새벽이 가까울 무렵 인기척이 나며 한 사람이 들어와 말했다.

"도독, 깨어나셨습니까?"

주유는 꿈에서 깨어난 사람처럼 그 사나이에게 물었다.

"내 침상에 잠들어 있는 건 누구냐?"

"도독께서는 장간 선생과 주무셨는데 잊으셨습니까?"

주유는 후회하는 듯이,

"나는 좀처럼 술에 취한 적이 없는데, 어젯밤에는 인사 불성이었네. 취중에 실언은 없었나?"

"네, 그런데 강북에서 사람이 왔습니다."

주유는,

"소리가 너무 크구나."

하고 꾸짖고 나서,

"자익."

하고 불렀으나, 장간은 깊이 잠든 듯이 아무 대꾸도 하지 않았다.

주유는 가만가만 걸어서 침실 밖으로 나왔다. 장간은 귀를 기울여 엿들었다.

"장윤·채모 두 도독이 말씀하시길, 급히 손쓸 수는 없지만……."

그 다음에는 목소리가 낮아 들리지 않았다.

얼마 후에 주유는 다시 침실 안으로 들어와,

"자익."

하고 불렀다. 그러나 장간은 아무 대꾸도 하지 않고 이불을 뒤집어쓴 채 잠든 체했다.

'주유는 세심한 사나이므로, 날이 밝아 편지가 보이지 않으면 나를 죽일 것이다.'

그래서 장간은 날이 밝기 전에 일어나 주유를 불렀다. 이번에는 주유가 쿨쿨 자고 있었다.

장간은 가만가만 침실 밖으로 나와 소년을 불러 진중의 문을 나섰다.

파수병이 물었다.

"선생님, 어디로 가십니까?"

"내가 있으면 도독의 군무에 방해가 될 것 같아 일찍 작별하려고 하네."

장간은 배를 타고 급히 강북으로 돌아와 조조를 만났다.

"자익, 어땠나?"

"주유의 마음은 철석 같아 도저히 움직일 수 없었습니다."

조조는 화를 내면서,

"실패했나? 적의 웃음거리만 되었군."

하고 퉁명스럽게 말했다.

"설득은 하지 못했지만 긴히 드릴 말씀이 있습니다."

좌우의 사람들을 물러나게 한 다음 장간은 편지를 꺼내 조조에게 보이고 자초 지종을 보고했다.

조조는 화가 머리끝까지 치밀어 채모와 장윤을 불러들였다.

"수군을 몰아 진격하는 게 어떻겠나?"

하고 조조가 물었다. 채모가 대답했다.

"아직 훈련이 충분하지 못하므로, 지금은 경솔히 진격할 수 없습니다."

조조는 노기가 등등하여 말했다.

"훈련이 충분하면 내 목을 주유에게 바치겠구나."

채모와 장윤은 이 말이 무슨 뜻인지 전혀 알지 못했다. 이들은 그저 당황하여 벌벌 떨기만 했다.

조조는 무사에게 명하여 둘을 밖으로 끌어내어 목을 베게 했다. 얼마 후에 두 사람의 목을 가져왔을 때, 조조는 비로소 알아차렸다. 적의 계략에 속아넘어갔던 것이다.

장수들은 두 사람이 죽임을 당하자 조조에게 그 이유를 물었다. 조조는 적의 계략에 말려든 것을 알면서도 자기의 실수를 인정하려고 하지 않았다.

"이 두 사람은 군법을 어기고 태만했기 때문에 처치한 것이다."

장수들은 한숨을 내쉬었다. 조조는 채모·장윤의 후임으로 모개·우금을 수군의 도독으로 임명했다.

주유는 이상의 경위를 첩자에게서 듣고 크게 기뻐했다.

"마음에 걸리는 것은 그 두 사람이었다. 그들이 없어졌으니 이젠 걱정없다."

주유는 이번의 계략도 안목이 높은 공명은 알고 있을 것으로 생각하고 노숙을 공명에게 보내어 알아보았더니, 과연 공명은 모든 것을 꿰뚫어 보고 있었다.

주유는 말했다.

"그놈을 살려둬서는 안 되오. 반드시 죽여야겠소."

노숙이 말했다.

明孔探中舟肅魯

노숙은 배에서 공명을 탐지하다. ≪新鋟全像通俗演義≫ 三國志傳卷之八

"공명을 죽이면 조조의 비웃음을 살 뿐이오."

주유가 말했다.

"나는 그놈이 죽어도 원망을 하지 못하도록 공명 정대하게 목을 자를 거요."

"공명 정대하게라니, 어떻게 말이오."

"그건 지금 묻지 마오. 내일이면 알게 될 테니까."

10만 개의 화살

이튿날 주유는 공명과 장수들을 본진에 모아놓고 회의를 했다. 공명은 웃는 얼굴로 회의장에 들어섰다. 주유가 물었다.

"드디어 조조의 군사와 싸울 때가 다가왔는데, 수상군에게 우선 필요한 것은 어떤 무기요?"

공명이 대답했다.

"큰 강 위에서 싸울 때에는 활과 화살이 제일 필요하겠지요."

"나도 그렇게 생각하고 있었습니다. 그러나 우리 진중에는 화살이 부족해요. 선생이 10만 개의 화살 제조를 감독해 주셔야겠습니다. 다른 사람은 어려울 것이므로 선생께 부탁할 수밖에 없군요."

"도독의 부탁이라면 거절하지 않겠습니다. 그런데 10만 개의 화살을 언제까지 만들어야 합니까?"

"10일 안에 만들 수 있을까요?"

"적이 언제 쳐들어올 지 알 수 없는데, 10일이나 기다려서는 쓸모가 없지 않을까요?"

"그럼 선생은 며칠 안에 만들 수 있겠습니까?"

"사흘이면 됩니다. 그 안에 반드시 10만 개의 화살을 만들어 내겠습니다."

"군대에서 농담은 용서받지 못합니다."

"농담이라니, 천만에요. 사흘 이내에 만들어 바치지 못하면 기꺼이 엄벌을 받겠습니다."

공명이 물러간 후에 주유는 노숙에게 말했다.

"그는 죽음을 자청한 거나 마찬가지요. 나는 기한을 단축하지 않았는데, 스스로 사람들 앞에서 사흘 안에 만들겠다고 약속했소. 이번에야말로 놓치지 않겠소. 난 화살 만드는 일꾼들에게 일부러 일을 늦추어 납품을 하지 못하게 할 거요. 그러면 반드시 기한이 늦어질 테니까. 그렇지만 그의 동태를 잘 살피도록 하오."

箭取舟借肅問亮

공명은 노숙에게 화살을 얻고자 하니 배를 빌릴 수 있는지 물어보다.
≪新鑱全像通俗演義≫ 三國志傳卷之八

노숙은 명령을 받고 공명을 만나러 갔다. 공명이 말했다.

"자경, 배 20척에 각기 병사 30명씩 빌려줄 수 없을까요? 그리고 배에 푸른 천의 막을 치고 짚을 천 다발 가량 양쪽에 세워놓도록 해주시오. 이것만 준비가 되면 나한테 생각이 있소."

노숙은 그대로 준비했으나, 공명의 의도를 알 수 없었다.

첫째 날엔 공명은 별로 움직이는 것 같지 않았다. 둘째 날에도 잠자코 있었다. 사흘째 되는 날 밤중에 공명은 몰래 노숙을 배로 불러들였다.

"무슨 일로 부르셨습니까?"

"자경을 부른 것은 이제부터 화살을 가지러 가려구요."

"화살이 어디에 있습니까?"

"그건 묻지 마시오. 가보면 압니다."

그리하여 20척의 배를 밧줄로 매어 연결시키고 북쪽 기슭을 향해 떠났다. 그날 밤에 장강 위에는 안개가 자욱하여 노숙에게는 마주 앉은 공명의 모습도 보이지 않았다.

공명은 배에서 노숙과 술을 마셨는데, 새벽이 가까워질 무렵에 배는 조조의 수군의 진지까지 가까이 가 있었다.

공명은 뱃머리를 서쪽으로, 고물[船尾]을 동쪽으로 돌려 20척의 배를 나란히 한 일자로 늘어서게 하고 갑자기 북을 치면서 함성을 질렀다. 노숙은 깜짝 놀라,

"아니, 공명, 만일 조조의 대군이 한꺼번에 쳐들어오면 어찌하려고 이러시오?"

공명은 웃으면서 말했다.

"조조도 이 깊은 안개 속에서는 싸울 엄두를 내지 못할 겁니다. 천천히 술이나 마시다가 안개가 걷히면 돌아가도록 합시다."

한편 조조의 진지에서는 북소리와 함성에 깜짝 놀라 모개와 우금 두 장수가 조조에게 보고했다. 조조는,

"이 깊은 안개 속에 갑자기 쳐들어온 걸 보니 복병이 있는 것이 분명해. 함부로 움직여서는 안 된다. 활과 석궁으로 응수하라."

하고 명령을 내린 다음, 장요와 서광을 불러 각각 3천 명의 사수를 이끌고 강기슭에 나가 쏘도록 지시했다.

모개와 우금은 수군의 사수를 진지 앞에 세우고 활을 쏘아 응전하게 했다.

이윽고 육상에서 사수가 도착하여 약 1만여 명의 군사가 강을 향해 화살을 비오듯 쏘아댔다.

공명은 배를 저어 뱃머리를 동쪽으로, 고물을 서쪽으로 돌

기묘한 꾀로 공명은 화살을 얻다. ≪繡像全圖三國演義≫에서

려 적진에 더욱 접근하여 화살을 맞으면서 계속해서 북을 울리고 함성을 지르게 했다.

이윽고 날이 밝아 안개가 걷힐 무렵, 공명은 급히 뱃머리를 돌렸는데, 20척의 배에 세워놓은 짚단과 휘장에는 화살이 무수히 꽂혀 있었다. 공명은 병사들로 하여금 일제히 외치게 했다.

"조 승상, 화살은 고맙게 받겠소!"

그리고 일시에 고함을 지르고 나서 급류를 타고 재빨리 돌아왔다. 조조는 이 소리를 듣고 추격하려고 했으나, 이미 때를 놓쳐 분개할 뿐이었다.

공명은 노숙에게,

"배마다 화살이 약 5, 6천 개는 될 거요. 강동 사람의 손을 빌리지 않고 이제 10만여 개의 화살을 얻게 되었습니다. 내

일이라도 이 화살로 조조의 군사를 쏘아댈 수 있으니 얼마나 편리합니까?"

"선생은 참으로 귀신 같은 분이구려. 오늘 안개가 이렇게 많이 낄 것을 어떻게 알았습니까?"

"싸움을 하는 장수가 천문(天文)이나 지리에 밝지 못하면 어떻게 진형(陣形)이나 병법을 제대로 운용할 수 있겠습니까? 나는 사흘 전부터 짙은 안개가 낄 것을 미리 알고 있었지요. 그래서 사흘을 기한으로 잡은 거요. 공근은 10일 이내에 만들게 하고, 일꾼과 재료를 얻지 못하게 하여 나를 죄에 빠트리려고 일을 꾸몄지요. 그렇지만 나의 목숨은 하늘에 달려 있습니다. 공근이 아무리 나를 죽이려고 해도 헛수고요."

노숙은 크게 감탄했다.

배가 강기슭에 도착하자, 주유가 보낸 500명의 병사가 기다리고 있었다. 공명이 화살을 세어보니 10만여 개가 되었다. 그것을 모두 본진으로 운반했다.

주유는 깜짝 놀라,

"공명은 귀신 같아 나는 도저히 따를 수 없군."

하고 한숨을 내쉬었다. 그리고 공명을 문까지 마중하여 본진에 돌아가 술을 나누었다. 주유가 말했다.

"어제 영주로부터 빨리 진군하라는 전갈이 왔습니다. 좋은 계략이 있으면 가르쳐주십시오."

"나같은 사람에게 무슨 묘한 계략이 있겠습니까?"

"얼마 전 조조의 수군 진지를 보니 대단히 잘 정비되어 있어 섣불리 공격할 수가 없습니다. 내가 한 가지 계략을 생각해내었는데 어떨지 판단해주십시오."

"잠깐만 기다려주십시오. 나도 한 가지 계략이 생각났습니다. 서로 손바닥에 글자를 써서 맞는지 알아보는 것이 어떻겠습니까?"

주유는 재미있는 생각이다 싶어 곧 붓과 벼루를 가져오게 하여 공명이 보지 않게 손바닥에 글자를 쓰고 나서 붓을 공명에게 넘겨주었다. 공명도 손바닥에 글자를 쓰고 나서 서로 손을 들어 보이고 껄껄 웃었다. 왜냐하면 주유가 손바닥에 쓴 글자도 '화(火)'자이고, 공명이 손바닥에 쓴 글자도 '화'자였기 때문이다. 두 사람은 다 크게 웃고 나서 다른 사람에게 발설하지 않기로 다짐했다.

25. 조조와 주유의 대결

채중과 채화

조조는 15, 6만 개의 화살을 쓸데없이 낭비하고 몹시 억울해 하고 있었다. 이때 순유가 진언했다.

"강동에서는 주유와 제갈량이 계략을 세우고 있으므로 쉽게 무찌르기는 어려울 것 같습니다. 누가 강동에 항복하여 첩자로서 내통하게 하는 것이 어떻겠습니까?"

"나도 그렇게 생각하오. 누가 그것을 해낼 수 있겠는가?"

"전에 죽은 채모의 사촌인 채중(蔡中)과 채화(蔡和)가 적임자라고 생각합니다."

조조는 그날 밤 몰래 두 사람을 불러, 거짓으로 강동에 항복하여 적의 동태를 보고하도록 명령하였다. 두 사람은 500명의 병사를 이끌고 배를 타고 강동으로 향하였다.

그들은 강동에 도착하여 주유 앞에 엎드려 말했다.

"우리는 사촌인 채모가 죄도 없이 조조에게 처형당하여 그 원수를 갚기 위해 항복하려고 합니다."

주유는 대단히 기뻐하며 두 사람에게 상을 주고 즉시 선봉

橋降詐將二命操

조조는 두 장군에게 거짓으로 주유에 투항할 것을 명하다. ≪新鋟全像通俗演義≫ 三國志傳卷之八

대의 장수로 임명하는 한편, 몰래 감녕을 불러 말했다.

"저 두 사람은 처자를 두고 왔소. 진짜로 항복한 것이 아니오. 조조가 보낸 첩자가 분명하오. 그렇지만 나는 적의 계략을 거꾸로 이용할 작정이오. 그리 알고 동태를 잘 살피도록 하오."

어느 날 밤, 주유가 본진에 있는데 황개가 불쑥 나타났다. 주유가 말했다.

"이 밤중에 갑자기 나타난 걸 보니 틀림없이 좋은 계략이 있나보구려."

"적은 다수인데 우리는 소수이니 장기전에는 견디지 못할 것입니다. 불로 공격하는 것이 좋지 않을까요?"

"그걸 누가 권했소?"

"제가 생각해낸 것입니다. 누가 가르쳐준 게 아닙니다."

"나도 사실은 그렇게 생각하고 있었소. 그래서 채중·채

화가 가짜 항복한 것을 알고 있으면서도 일부러 살려두고 있소. 다만 유감스러운 것은 우리 쪽에서 적진으로 가짜 항복을 하러 가겠다는 자가 없는 것이오."

"제가 그 역을 맡겠습니다."

"그렇게 하려면 크게 변을 당하지 않고서는 적이 믿지 않을 텐데요."

"저는 손견 장군 때부터 은혜를 입고 있습니다. 머리가 깨지고 창자가 흙투성이가 된다고 해도 후회하지 않겠습니다."

황개는 이렇게 말하고 밖으로 나갔다.

황개와 감택

이튿날 주유는 장수들을 본진에 모이게 하고 공명도 그 자리에 참석하게 했다. 주유가 말을 꺼냈다.

"조조는 100만의 대군을 이끌고 300여 리에 걸쳐 진을 치고 있소. 하루에 무찌를 수는 없는 일이오. 지금부터 여러 장수들에게 각각 석 달 치의 군량을 줄 터이니 그것으로 적을 막도록 하시오."

그러자 황개가 앞으로 나와 말했다.

"3개월은 커녕 30개월분의 군량을 주어도 소용이 없을 것입니다. 이 달 중으로 적을 무찌르지 않으면, 역시 장소가 말한 대로 갑옷을 벗고 창을 던져 적에게 항복하는 편이 나을 것입니다."

주유는 금세 얼굴빛이 변하며 노기를 띠고,

"나는 영주의 명령으로 군사를 지휘하고 있으며, 다시 항복을 운운하는 자가 있으면 목을 베라는 지시를 받고 있다. 양군이 대진하고 있는 이때 말을 함부로 해서 아군의 사기를 떨어뜨리다니, 네 목을 베지 않으면 기강을 바로잡을 수 없다."

황개도 화를 내며 큰소리로 외쳤다.

"나는 손견 장군을 보필한 후로 오늘까지 동남(東南)을 종횡으로 뛰어다니면서 3대째 영주를 섬겨왔다. 너같은 애송이가 웬 큰소리냐?"

주유는 더욱 화가 치밀어 목을 베라고 명령했다. 감녕이,

"황개 장군은 우리 나라의 구신(舊臣)입니다. 너그럽게 용서해주십시오."

하고 말하자 주유는 다짜고짜로,

"입을 함부로 놀려 군율을 문란케 하지 마라."

하고 먼저 감녕을 곤장으로 쳐서 내쫓으라고 명령했다. 장수들은 일제히 무릎을 꿇고 황개를 살려 달라고 간청했다.

주유는 분노가 좀처럼 가시지 않았으나,

"목을 베야겠지만 여러 장수들의 얼굴을 보아 죽음만은 면하게 해주겠다. 그러나 곤장으로 등을 100대 쳐라."

장수들이 다시 탄원했으나, 주유는 앞에 놓인 탁자를 걷어차며 모두 물러가게 하고, 옥졸에게 명하여 우선 황개의 옷을 벗기고 그 자리에서 곤장을 세게 치게 했다.

50대를 쳤을 때 장수들이 다시 탄원하므로 주유는,

"이래도 나를 얕잡아 보겠느냐? 나머지 50대는 보류해두겠다."

하고 안으로 들어가버렸다.

　장수들은 황개를 부축하여 일으켰는데, 살갗이 벗겨지고 살점이 찢어져 피가 낭자하였다. 막사로 돌아와서도 여러 차례 의식을 잃었다. 문병을 온 자들은 저마다 눈물을 흘렸다.

　노숙도 문병하고 돌아오는 길에 배에 있는 공명을 찾아가서 말했다.

　"어제 주유 도독이 황개에게 화를 내었을 때 우리는 모두 그의 부하이므로 말리지 못했습니다. 그러나 선생은 손님인데 어찌하여 구경만 하고 말 한마디도 하시지 않았습니까?"

　"당신은 알아차리지 못했소? 공근이 오늘 황개를 치게 한 것은 계략이었습니다. 내가 말린들 무슨 소용이 있었겠소."

　이 말을 듣고 노숙은 비로소 알아차렸다. 공명이 말했다.

　"고육지계(苦肉之計)를 사용하지 않고서는 조조의 눈을 속일 수 없소. 황개는 적진에 가짜 항복을 하는 역할을 맡게 되었는데, 채중과 채화에게 진짜로 보여 적에게 보고하도록 한 거요. 그러나 당신은 공근 도독을 만나 내가 이 계략을 알고 있다는 말은 하지 마오."

　노숙이 본진에 돌아와 주유를 만나자 주유는,

　"장군은 날 어떻게 생각하오?"

　"마음이 편안하지 않습니다."

　"공명은 나를 어떻게 생각하고 있소?"

　"그도 도독이 너무했다고 말했습니다."

　주유는 웃으면서 말했다.

　"이번에야 그의 눈을 속일 수 있었군."

　"무슨 뜻입니까?"

疾杖盖探密灊闞

감택은 황개가 장병을 앓자 찾아와 의중을 떠보다. 《新錄全像通俗演義》
三國志傳卷之八

　"오늘 황개를 세게 친 것은 실은 계략이었소. 가짜 항복을
시키기 위해 우선 고육지계를 써서 조조의 눈을 속이고 나서
불로 공격하면 이길 수 있을 것이오."
　노숙은 마음속으로 공명의 명찰(明察)을 실감했으나, 입
밖에 내지는 않았다.
　황개는 막사에 누워 있으면서 장수들이 문병을 와도 입을
열지 않고 길게 한숨을 내쉴 뿐이었다.
　이윽고 참모인 감택(闞澤)이 문병을 오자 옆에 있던 사람
들을 물러가게 했다. 감택이 말했다.
　"장군은 도독에게 원한이 있습니까?"
　"그런 건 없소."
　"그렇다면 변을 당한 것은 고육지계가 아닌가요?"
　"그걸 어떻게 알았소?"
　"공근 도독의 태도를 보고 틀림없다고 짐작했습니다."

감택은 황개의 거짓 항복서를 비밀리에 조조에 바치다. ≪繡像全圖三國演義≫에서

감택은 자를 덕윤(德潤)이라고 부르는 회계 산음(會稽山陰) 사람이었다. 집이 가난했으나 글을 좋아하여 막일을 하면서 책을 빌려다가 열심히 읽었는데, 한 번 읽으면 잊어버리지 않았다. 그는 또 변설에 능하고 담대하였다. 손권의 부름을 받아 참모가 되었으며, 황개와는 특히 친한 사이였다.

황개는 그의 변설과 담력을 신뢰하여 흉금을 털어놓고 조조에게 항복한다는 편지를 갖고 갈 것을 부탁했다. 감택은 기꺼이 응했다.

감택은 그날 밤 어부로 가장하여 혼자 배를 타고 조조의 수군 진지로 떠났다. 하늘에서는 별들이 반짝이고 있었다.

이윽고 감시병이 감택을 붙잡아 조조에게 끌고 갔다.

"오나라 참모인 그대가 이곳에 웬일로 왔소?"

조조의 심문에 감택이 대답했다.

"황개는 3대째 오나라에 봉직한 구신인데도 여러 장수들 앞에서 주유에게 치욕을 받아 울분을 이기지 못한 나머지, 승상께 항복하여 원한을 풀겠다고 저에게 속마음을 털어놓았습니다. 저는 그와 혈육과 같은 사이므로 그의 편지를 가지고 왔습니다."

이렇게 말하고 감택은 주머니에서 편지를 꺼내어 공손히 전하였다. 조조는 편지를 여러 번 되풀이해서 읽다가 갑자기 탁자를 치고 눈을 번뜩이며 큰소리로,

"황개는 고육지계로 네놈에게 가짜 편지를 보내서 내통하려는 계략을 꾸몄구나. 내가 속을 줄 아느냐?"

하고 외치고 감택을 끌어내어 목을 베라고 명하였다.

부하들이 감택을 에워싼 후 끌고 가려 했으나 감택은 얼굴 빛을 바꾸지 않고 하늘을 향해 껄껄 웃었다.

"네놈의 계략을 알아차리고 목을 베겠다는데, 네놈은 나를 비웃는 거냐?"

"네놈을 비웃는 게 아니다. 황개가 사람을 잘못 본 것을 비웃는 거다."

"사람을 잘못 보다니 그게 무슨 소리냐?"

"죽이고 싶으면 어서 죽여라. 그걸 물어 뭣하느냐."

"네놈이 죽어도 한이 없도록 가르쳐주지. 진짜 항복하는 편지라면 항복하는 날짜를 분명히 썼을 것이다. 그게 빠져 있다. 어때, 변명의 여지가 있나?"

이 말을 듣고 감택은 다시 껄껄 웃고 나서,

"배반자를 속이는 데 기일을 약속하지 않는다는 속담도 모르고 있나? 항복할 날짜를 정했다가 그날에 갑자기 갈 수 없는 일이 생겨 이를 어기면, 발각되는 것은 뻔하지 않으냐. 기회를 보아 단행하는 일에 기일을 약속할 수 있다고 생각하느냐? 이만한 이치도 모르다니 과연 무식한 사나이로구나. 황개가 네놈을 잘못 보았다는 것은 그런 뜻이다."

조조는 이 말을 듣자 갑자기 태도를 바꾸어 자리에서 내려와 지금까지의 무례를 사과하고 말했다.

"두 사람이 이곳에 와서 큰 공을 세운다면 누구보다도 높은 작위(爵位)를 주겠소."

얼마 후에 한 사나이가 들어와서 조조의 귀에 대고 뭐라고 소곤거렸다. 조조가 말했다.

"편지를 내놔봐."

그 사나이가 꺼낸 편지를 읽는 조조의 얼굴에 미소가 가득 번졌다.

감택은 마음속으로 이것은 틀림없이 채중·채화가 황개가 심한 매를 맞은 것을 알리는 편지이며, 이제 자신의 항복을 진짜로 받아들일 것이라고 생각했다.

조조는 감택에게 다시 한 번 강동에 돌아가 황개와 만반의 준비를 한 후에 내통하도록 부탁했다.

감택은 즉시 강동에 돌아가 황개에게 보고한 다음 감녕의 진지에 가서,

"장군께서 어제 황개 장군을 구하려다가 오히려 주공근 도독에게 수치를 당한 것을 보고 몹시 가슴 아팠습니다."

蓋黃見歸舟乘澤

감택은 배를 타고 돌아가 황개를 만나다. ≪新鏤全像通俗演義≫ 三國志傳
卷之八

하고 말했다. 감녕은 웃기만 할 뿐 아무 대답도 하지 않았다.

그때 채중과 채화가 나타났다. 감택이 감녕에게 눈짓을 했
다. 감녕은 그 뜻을 알아차리고,

"주공근은 자기 재능만 내세우고 우리를 언제나 무시하
오. 나는 창피를 당해 강동 사람들의 얼굴을 대하기가 겁나
오."

하고 이를 뿌드득 갈았다. 과연 괘씸하게 생각하는 것 같았
다. 감택이 감녕의 귀에 대고 뭐라고 소곤거리자, 감녕은 아
무 말 없이 고개를 숙이고 크게 한숨을 내쉴 뿐이었다.

채중과 채화는 이 두 사람이 낙심하는 모습을 보고 말했다.

"장군, 무엇을 망설이고 있습니까? 그리고 선생도 불평이
많으신 모양이군요."

"우리의 괴로운 심정을 당신들이 어떻게 짐작이나 하겠
소?"

채화가 말했다.

"혹시 오(吳)를 배반하고 조조에게 항복하려는 것 아니오?"

감택은 금세 얼굴빛이 달라졌다. 감녕은 칼을 빼들고 자리에서 일어나,

"큰일이 탄로난 이상 목을 베어 입을 막아야겠다."

하고 말했다. 채화와 채중이 당황하여 말했다.

"두 분께서는 걱정 마십시오. 우리도 흉금을 털어놓지요."

감녕이 말했다.

"어서 말해보게."

채화가 말했다.

"우리 두 사람은 승상의 계략에 따라 거짓으로 항복했습니다. 두 분께서 항복할 뜻이 계시다면 연락을 취하겠습니다."

"그게 정말인가?"

"어찌 감히 거짓말을 할 수 있겠습니까?"

두 사람은 입을 모아 말했다.

"황개 장군에 대해서도 이미 승상께 알렸습니다."

감택이 말했다.

"나는 황개 장군을 위해 승상에게 편지를 전했네. 그리고 오늘은 감녕 장군을 만나 항복을 권했네."

감녕이 말했다.

"대장부로서 현명한 군주를 섬길 기회를 만났는데 어찌 망설이겠소. 순순히 항복하겠소."

이리하여 네 사람은 술을 나누면서 이야기를 주고받았다.

채중은 곧 조조에게 밀서를 보내어, 감녕도 내통하려고 한

다는 것을 보고했다. 감택은 편지를 써서 몰래 조조에게 보냈다.

그 편지에는 이렇게 씌어 있었다.

"황개는 좀처럼 탈출할 기회를 찾지 못하고 있습니다. 그러나 뱃머리에 푸른 깃발을 세우고 가는 자가 있으면 그가 황개인 줄 아십시오."

봉추와 연환의 계략

조조는 채중과 채화가 보낸 밀서와 감택이 보낸 밀서를 잇따라 받았지만, 아직도 의혹이 풀리지 않아 참모들을 모아놓고 의논했다.

"강동에서 감녕이 주유로부터 치욕을 당해 투항하고 싶다고 하며, 황개도 심한 벌을 받고 감택을 보내어 항복하겠다고 했소. 그러나 섣불리 믿을 수 없으니, 누가 주유의 진지에 가서 확실한 정보를 알아 오지 않겠소?"

그러자 장간이 나섰다.

"저는 전에 강동에 갔었지만 성공을 거두지 못해 한이 됩니다. 다시 한 번 기회를 주신다면 반드시 공을 세우겠습니다."

조조는 기꺼이 승낙하고 곧 떠나게 했다.

주유는 장간이 또 왔다는 말을 듣고 말했다.

"내 계략의 성공 여부는 이 사나이에게 달려 있다."

라고 하면서 노숙을 불렀다.

"방사원(龐士元)에게 부탁할 일이 있는데……."

하고 노숙에게 뭐라고 지시했다.

방사원이란 양양 사람으로 이름은 방통(龐統), 자는 사원(士元)이라고 부르며, 전에 수경 선생이 현덕에게 말한 복룡·봉추 중에서 복룡은 제갈공명이고, 봉추는 바로 이 방사원을 가리키는 말이었다. 그는 전란을 피해 강동에 살고 있었다.

주유는 이 사람을 직접 만난 적은 없지만 노숙을 통하여 조조를 무찌르는 방법에 대해 들은 적이 있었다. 그때 방통은 이렇게 말했다.

"조조를 무찌르려면 불로 공격하시오. 그러나 강물 위에서 한 척의 배에만 불이 붙으면 다른 배들은 뿔뿔이 흩어질 것입니다. 그러므로 화공(火攻)에 성공하려면 연환(連環)의 계략을 사용하여 적의 배를 하나로 연결시켜야 합니다."

주유는 노숙을 시켜 방통에게 연락을 취하게 하고, 장간이 들어오자 얼굴을 붉히면서 갑자기 호령했다.

"자익, 나를 얕보아도 정도가 있지 않나?"

장간은 웃으면서,

"자네와는 옛날부터 형제처럼 가까운 사이가 아닌가. 오늘은 흉금을 털어놓고 이야기를 하려고 왔는데 왜 그렇게 화부터 내는가?"

"전에는 옛날 정의를 생각해서 진탕 마시고 같은 침상에 재웠더니 네놈은 남의 편지를 훔쳐내어 조조에게 갖다 바치고 채모와 장윤을 죽게 해서 내 계략을 망치게 했다. 이번에는 또 무슨 흉계를 꾸미려고 왔나? 옛정이 아니었으면 단칼에 목을 자르겠지만 목숨만은 살려두겠다. 그러나 2, 3일 안에 조조를 칠 계획이니, 그때까지는 돌려보내지 않겠다."

하고 곁에 있는 부하에게 명령했다.

"서산 암자(庵子)에 가둬놔라."

부하들은 장간을 말에 태워 서산의 조그마한 암자에 가두고 두 사람의 병사로 하여금 지키게 했다.

장간은 불안하여 잠을 자지 못했다. 그날 밤에는 별들이 유난히 반짝였다. 감시병이 잠든 사이에 장간이 밖으로 살짝 나와 걸어다니고 있는데 어디선가 책 읽는 소리가 들려왔다.

소리 나는 쪽으로 가까이 가보니 바위 옆에 불이 켜진 조그마한 초가집이 있었다. 고개를 숙여 들여다보니 한 사나이가 칼을 벽에 걸어놓고 등불 아래서 큰소리로 병서를 읽고 있었다.

보통 사람이 아니라고 생각한 장간이 문을 두드리니 사나이가 문을 열고 맞아들였다. 인품과 골격이 보통 사람으로 보이지 않아 이름을 물으니,

"성은 방, 이름은 통, 자는 사원이라고 부르오."

"그럼 봉추 선생이 아니십니까?"

"그렇소."

"전부터 존함은 듣고 있었습니다. 어찌하여 이런 벽지에 살고 계십니까?"

"주유는 자기의 작은 재주만 앞세우고 사람을 몰라보오. 그래서 여기 묻혀 있소. 당신은 뉘시오?"

"나는 장간이라고 부릅니다."

방통은 그와 마주 앉아 이야기를 시작했다. 장간이 말했다.

統罷見謁戶扣幹

장간은 문을 두드린 후 방통을 뵙다. 《新鑱全像通俗演義》 三國志傳卷之八

"선생의 재능이라면 어느 곳으로든지 가실 수 있습니다. 만일 조조를 도울 의향이 계시다면 제가 주선해드리겠습니다."

"나도 언제까지나 이 강동에 머물러 있으려고 생각하지는 않았소."

방통은 이렇게 말하고 장간의 말을 받아들였다.

그리하여 두 사람은 그날 밤으로 산에서 내려왔다. 강기슭에서 장간의 조각배에 올라 쏜살같이 강북으로 향하였다.

조조는 봉추 선생이 왔다는 말을 듣고 직접 마중을 나가 막사로 안내했다. 인사를 마치자 조조는 방통과 나란히 말을 타고 높은 언덕 위에 올라가 육상의 진지를 바라보았다.

"산을 따라 숲을 세로로 끼고 앞뒤가 연결되어 있고, 각각 출입문이 마련되어 있으며 드나드는 길이 교묘히 구부러져 있으니, 옛날의 손자(孫子)·오자(吳子)나 사마양저(司馬穰苴)와 같은 병법가가 다시 태어난다고 해도 이 이상의 진지

環連計求統宴操

조조는 연회에서 방통에게 연환의 계책을 얻다. ≪新錄全像通俗演義≫ 三
國志傳卷之八

는 마련할 수 없을 것입니다."

하고 방통이 감탄했다.

"지나친 찬사로군요. 앞으로 많은 가르침을 바라오."

조조는 다음에 수군의 진지를 보여주었다.

남쪽으로 24개의 수문이 있고 큰 군선으로 에워싸여 있으
며 그 안으로는 작은 배가 질서 정연하게 내왕했다.

"승상의 용병을 보니 과연 소문이 틀리지 않습니다."

조조는 무척 기뻐하여 막사에 돌아와 술을 마시면서 병법
을 논의했다.

방통은 술에 취한 체하고 물었다.

"진중에는 훌륭한 의사가 있습니까?"

"그건 왜 묻소?"

"수군에는 환자가 많을 것 같아서 그럽니다."

하고 방통이 대답했다.

조조의 군사는 모두 북쪽 출신이었으므로, 수상(水上)에

익숙하지 못해 구토증을 일으켜 죽는 자들이 많았다. 조조는 전부터 이것을 걱정하고 있었으므로 물었다.

"어떻게 하면 좋겠소?"

"큰 강에는 물결이 세차고 풍파가 그칠 사이가 없습니다. 북국 사람들은 물에 약해 병이 자주 납니다. 만일 크고 작은 배를 연결하여 30척이나 50척을 하나로 묶고 그 위에 넓은 판자를 깔면 사람은 물론이고 말도 달릴 수 있을 것입니다. 이렇게 연결해 놓으면 풍파가 심해도 걱정할 것 없습니다."

조조는 높은 자리에서 내려와 고맙다고 인사를 했다.

"보잘것 없는 착상입니다."

하고 방통은 말했다. 조조는 즉시 대장장이를 모아 큰 못과 고리를 만들게 해서 배와 배를 연결했다.

방통은 다시 조조에게 말했다.

"제가 보기에는 강동의 호걸들 중에도 주유의 행동에 원한을 품고 있는 자들이 적지 않습니다. 저는 세 치의 혀로 승상을 위해 그들을 설득하여 모두 항복하게 하려고 합니다. 그러면 주유는 고립되어 반드시 사로잡히고 말 것이고 유비쯤은 문제도 되지 않을 겁니다."

조조는 크게 기뻐하고 이 일에 성공하면 천자에게 상주하여 방통을 삼공의 자리에 앉히겠다고 말했다.

방통은 작별 인사를 하고 강동으로 돌아오기 위해 강기슭에서 배를 타려고 했다.

이때 도사(道士)의 옷을 입고 죽관(竹冠)을 쓴 한 사나이가 뒤에서 불쑥 나타나 방통의 손을 붙잡았다.

"대체 자네는 간덩이가 얼마나 큰가? 황개는 고육지계를

龐徐遇出曹辭統

방통은 조조에게 하직을 고하고 나와 서서를 만나다. ≪新錄全像通俗演義≫
三國志傳卷之八

사용하고 감택은 거짓 항복의 편지를 갖고 오더니, 자네는
연환의 계략을 가르쳐서 한 사람도 남기지 않고 불살라 죽일
작정인가? 자네들의 계략에 조조는 완전히 넘어갔지만, 나
만큼은 속이지 못하네."

　방통은 가슴이 철렁했다. 뒤돌아보니 그는 바로 서서였다.
서서는 방통의 옛 친구였다. 그제야 한시름 놓고 주위를 돌
아보니 아무도 보이지 않았다.

　"자네가 만일 이 계략을 남에게 알리면 강동 81주의 백성
의 목숨을 자네가 죽인 것이 되네."

　서서는 웃으면서 말했다.

　"이곳에 있는 83만 군대의 목숨은 어떻게 되나?"

　"원직(元直), 자네는 진심으로 내 계략의 내막을 캘 참인
가?"

　"나는 유 황숙의 은혜를 잊은 적이 없네. 조조는 내 모친

을 죽였네. 그 후로 나는 한평생 남을 위한 계략을 세우지 않기로 맹세했네. 자네들의 계략을 알아내서 뭐하겠나. 다만 조조의 부하로 있는 몸이라 싸움에 지면 골탕먹을 우려가 있네. 어떻게 빠져 나갈 방법이 없겠나?"

방통은 서서의 귀에 입을 대고 뭐라고 소곤거렸다. 그러자 서서는 기쁜 표정으로 고맙다고 말했다. 방통은 서서와 헤어져 배를 타고 강동으로 돌아왔다.

서서는 그날 밤 자기 시중 드는 자들을 몰래 각 진지로 보내 유언 비어를 퍼뜨리게 했다. 이튿날 진중에서는 몇 사람씩 모여 수군거렸다.

"서쪽 양주에 있는 한수와 마등이 반란을 일으켜 허창으로 쳐들어온다."

이 소문은 조조의 귀에도 들어갔다. 조조는 깜짝 놀라 참모들을 모아 의논했다.

"내가 이번 남부 정벌에 한 가지 마음에 걸리는 것은 한수와 마등이었소. 이 소문은 확실하지는 않지만 방비만은 잘해야 하오."

서서가 말했다.

"승상을 섬기게 된 후로 한 번도 공을 세우지 못해 안타깝게 생각하고 있었습니다. 3천 명의 기병을 주신다면 당장 산관(散關)으로 가서 밤낮으로 요해를 지키겠습니다."

조조는 기꺼이 승낙하고,

"원직이 가준다면 걱정이 없겠네."

하고 3천 명의 기병을 주어 떠나게 했다. 이것이 방통이 서서에게 일러준 계략이었다.

속아넘어간 조조

조조는 겨우 마음을 놓고 말을 몰아 강기슭의 육상 진지를 돌아보고 다시 수군의 진지도 돌아보았다. 그리고 큰 배에 올라, 가운데에 '수(帥)' 자를 쓴 깃발을 세우고 배 위에 1천 개의 활과 석궁을 숨겨놓았다.

건안 12년 11월 보름이었다. 하늘은 맑고 바람 한 점 없고 물결 또한 잠잠했다.

"오늘 밤에 큰 잔치를 베풀어야겠다."

조조는 배 위에 술과 음악을 준비하고 장수들을 불렀다. 밤이 되자 달이 동산에 떠올라 낮과 같이 밝아 양자강은 마치 넓은 비단 폭처럼 번들거렸다.

남병산의 경치는 마치 그림 같았고, 동쪽으로는 시상에 접하고, 서쪽으로는 하구, 남쪽으로는 번산, 북쪽으로는 오림의 요해가 바라보였다. 조조는 눈앞에 탁 트인 광경을 보자 흐뭇하기만 했다.

"내가 의용군을 일으킨 후로 나라를 위해 장애가 되는 자들을 제거하고 사해(四海)를 평정하여 천하를 통일하려고 맹세했는데, 손에 넣지 못한 것은 오직 강남뿐이다. 지금 내게는 100만의 대군이 있고, 또 여러 장군들이 도와주고 있으니 성공은 확실하다. 강남을 평정하면 천하가 태평할 테니 여러 장수들과 함께 부귀를 누리며 평화를 누릴 수 있지 않겠는가."

장수들은 일제히 일어나 이구 동성으로 외쳤다.

"저희는 하루 빨리 승리를 거두어 승상께 만복이 깃들기를 축원합니다."

조조는 점점 기분이 좋아져서 손을 들어 멀리 남쪽 기슭을 가리키며,

"주유여, 노숙이여, 천운을 알지 못하는 자들이여!"

하고 외치고 다시 하구 쪽을 가리키면서 외쳤다.

"유비여, 제갈량이여, 벌레 같은 힘으로 태산을 움직이려는 어리석은 자들이여!"

그리고는 여러 장수들을 향해,

"내 나이 올해 54세, 강남을 손에 넣으면 기쁜 일이 하나 생길 것이다. 옛날에 나에게 호의를 갖고 있던 교공(喬公)의 딸은 둘 다 절세의 미인이었으나 뜻밖에도 손책과 주유의 아내가 되었다. 그러나 강남을 평정한 다음 동작대에 데려다가 만년을 즐길 것이다."

라고 말하고 껄껄 웃는 순간, 갑자기 까마귀가 울면서 남쪽으로 날아갔다.

조조는 이미 술이 거나했으나, 창을 들고 뱃머리에 버티고 서서 술을 따라 강신(江神)에게 올린 다음, 다시 술잔에 술을 가득 부어 연거푸 석 잔을 들이키더니 창을 든 채 시를 읊기 시작했다.

달은 밝고 별은 총총한데

까마귀가 남쪽으로 날아가도다.

나무를 세 번 돌고 돌아도

의지할 가지 하나 보이지 않네.

　사람들은 목소리를 높여 노래를 따라 부르며 즐거워했다. 이 때 수군 도독 모개·우금이 본진에 와서 보고했다.
　"크고 작은 배들을 모조리 사슬로 연결하고 깃발과 무기도 모두 준비하였습니다."
　조조는 수군의 중앙에 있는 큰 배에 올라 장수들을 모아놓고 명령을 내렸다.
　"수군과 육군은 각각 오색 깃발로 표시한다. 수군의 가운데 황색 깃발은 모개와 우금, 선발대의 붉은 깃발은 장합, 후진의 검은 깃발은 여건(呂虔), 왼쪽의 푸른 깃발은 문빙(文聘), 오른쪽의 흰 깃발은 여통(呂通)이 각각 거느리고 육상의 기병과 보병에서 선발대의 붉은 깃발은 서황, 후진의 검은 깃발은 이전, 왼쪽의 푸른 깃발은 악진, 오른쪽의 흰 깃발은 하후연이 맡도록 하라."
　수륙 양군의 총예비대로는 하후돈과 조홍이 유군(遊軍)이 되어 연락을 취하고, 감시와 위생은 허저와 장요가 맡고, 그밖의 장수들도 각각 전열에 가담했다.
　명령을 내리자 수군의 진중에서는 북을 세 번 치고, 각각의 군선이 항행 연습을 시작했다. 이윽고 서풍이 불기 시작하자 배는 곧 돛을 올리고 파도를 헤치며 나아갔다. 배는 평지를 달리는 것처럼 흔들림이 없었다.
　조조는 망루에서 이것을 바라보고 돛을 내려 차례로 진지로 돌아가게 했다. 그는 장병들의 수고를 위로한 후에 참모들에게 말했다.

"봉추의 묘계야말로 하늘이 도운 것이다. 배를 쇠사슬로 연결해 강을 평지와 같이 만들었구나."

정욱이 말했다.

"배를 사슬로 연결하면 흔들림은 막을 수 있지만 만일 적이 불로 공격해 오면 도망칠 길이 없습니다. 어떻게 하는 것이 좋겠습니까?"

조조는 껄껄 웃으면서 말했다.

"자네는 만사에 신중하지만 생각이 얕아서 탈이야."

순유가 말했다.

"정욱의 말이 지당합니다. 그런데 승상은 어찌하여 웃고 계십니까?"

"불로 공격하려면 바람의 힘을 빌어야 해. 지금은 한 겨울이라 서풍과 북풍만 불고 동풍과 남풍은 불지 않는다. 우리는 서북쪽에 진을 쳤지만 적은 남쪽 기슭에 진을 치고 있다. 그쪽에서 불을 지르면 자기들만 태울 뿐이야. 그렇기 때문에 두려워할 것이 없다. 만일 10월이라면 나도 충분히 대비를 했을 거다."

장수들은 그 자리에 엎드려,

"승상의 지략은 우리로서는 도저히 헤아릴 수 없습니다." 하고 말했다.

이때 주유는 장수들을 거느리고 산 위에서 적진을 바라보고 있었다. 강북의 군선은 아름다운 깃발을 나부끼면서 질서 정연하게 움직였다. 주유가 말했다.

"북군의 배는 벌판의 갈대보다도 많고, 조조에게는 뛰어난 참모도 많으니 어떤 계략으로 무찌르면 좋겠는가?"

그때 갑자기 조조의 진지에서 돌개바람이 일어나더니 중앙의 노란 깃발이 부러져 물 속에 떨어지는 것이 보였다. 주유는 껄껄 웃고 나서,
　"저것은 적에게 불길한 징조로다."
하고 말했다.
　그런데 바람은 다시 미친 듯이 불어닥쳐 파도가 강기슭에 덮치더니 그 바람이 산 위에까지 불어와 주유 옆의 깃대가 그의 얼굴을 후려쳤다. 그와 동시에 주유는,
　"앗!"
하고 외마디 소리를 지르면서 거꾸로 쓰러져 입에서 시뻘건 피를 토했다. 장수들이 깜짝 놀라 곧 부축해 일으켰으나, 그는 정신을 잃고 말았다.

26. 적벽 싸움

칠성단을 세우다

주유가 산꼭대기에 서서 잠시 적의 동태를 살피다가 갑자기 쓰러져 피를 토하고 실신하자, 측근들은 본진까지 부축해 갔으나 몹시 당황하였다.

"강북에서는 백만의 적이 호시탐탐 우리를 노리고 있는데, 도독이 이 지경이 되었으니 그들이 쳐들어오면 어떡하나?"

하며 저마다 한마디씩 하고 손권에게 보고하는 한편, 의사를 불러들였다.

노숙은 걱정이 되어 공명에게 의논하러 갔다. 공명은 웃으면서 말했다.

"공근 도독의 병은 내가 고쳐드리지요."

노숙은 곧 공명과 같이 주유에게 문병을 갔다. 주유는 머리까지 이불을 뒤집어쓰고 누워 있었다. 노숙이 물었다.

"좀 어떠하십니까?"

"가슴이 답답하고 가끔 어지럽소."

病瑜周治医明孔

공명은 주유의 병을 치료하다. 《新鋟全像通俗演義》三國志傳卷之九

"약은 좀 잡수셨습니까?"

"숨이 막혀 넘어가질 않소."

공명이 베갯머리에 앉자, 주유는 측근들의 부축을 받으며 자리에서 일어나 앉았으나, 얼굴은 창백하고 괴로운 듯이 신음 소리를 내고 있었다.

"가슴이 답답합니까?"

"그렇소."

"병은 마음에서 온다고 합니다. 먼저 마음을 안정시켜야 합니다. 마음이 안정되면 자연히 나을 것입니다."

주유는 공명이 자기 마음을 꿰뚫어 보고 있다고 생각했다.

"마음을 안정시키려면 어떤 약을 써야 하오?"

공명은 웃으면서,

"좋은 약이 있지요."

하고 종이와 붓을 가져오게 하여 쓱쓱 써 내려갔다.

"조조를 무찌르기 위해서는
불로 공격해야 하는데
모든 준비가 다 되었지만
다만 동풍이 불지 않는다."

공명은 다 쓰고 나서 종이를 주유에게 주면서 말했다.
"이것이 병의 원인입니다."
주유는 그것을 보고 깜짝 놀랐다.
'공명은 신인가, 인간인가? 내 마음속을 훤히 들여다보고
있다. 이제는 감추지 말고 털어놓을 수밖에 없다.'
이렇게 생각한 주유는 빙그레 웃었다.
"선생, 내 병의 원인을 안 이상, 무슨 약을 쓰는 것이 좋을
지 말씀해주시오."
"나는 전에 어떤 스승으로부터 '기문둔갑(奇門遁甲)'이라
는 천문학의 가르침을 받아, 바람을 일으키고 비를 내리게
하는 방법을 알고 있습니다. 그러니 우선 높이 9척의 '칠성
단(七星壇)'을 세 겹으로 쌓아 올리고, 120명에게 깃발을 주
어 그것을 에워싸게 하십시오. 그러면 내가 그 단 위에 올라
가 하늘에 기원하여 3주야 동안 동남풍이 불게 하겠습니다."
"3주야까지는 필요없소. 다만 하룻밤만 바람이 세차게 불
어 오면 일은 끝나는 거요. 그러나 지체는 마오."
"11월 스무날에 바람이 일게 하고 스무이튿날에 그치게
하지요."
주유는 크게 기뻐하여 당장에 병이 다 나아 즉시 500명의
건장한 병사들을 보내어 남병산에 단을 쌓게 하고, 다시 120

명에게 깃발을 주어 단을 지키면서 공명의 지시를 따르라고
명령했다.

공명은 노숙과 함께 남병산에 가서 산세를 돌아보고 병
사들에게 동남쪽의 적토(赤土)로 단을 쌓게 했다. 둘레 24
장(丈), 높이 3척의 단을 세 개 쌓으니 그 높이는 9척이 되
었다.

아랫단에는 28개의 별을 그린 기를 세웠다. 동방은 푸른
기, 북방은 검은 기, 서방은 흰 기, 남방은 붉은 기를 7개씩
세우고 그 기에 각각 방향대로 성좌(聖座)를 그려 넣었다.

가운데 단에는 노란 기를 64개 두르고 64괘(卦)의 형태를
그려서 8개씩 팔방에 세웠다.

상단에는 속발(束髮)하여 관(冠)을 쓰고 검은 명주 윗옷
을 걸쳤으며, 봉황(鳳凰) 무늬의 옷에 넓은 띠를 두르고 주
홍색 구두를 신은 네 사람이 서 있었다.

앞의 왼쪽에 선 사람은 기다란 대나무를 갖고 그 끝에 닭
의 날개로 만든 기를 달아 바람의 세기를 알 수 있게 했다.
앞의 오른쪽에 선 사람도 역시 기다란 대나무를 갖고 있었는
데, 그 대나무에는 일곱 개의 별을 그린 헝겊이 달려 있어 바
람의 방향을 나타냈다.

후방 왼쪽의 사람은 보검을 들고 오른쪽의 사람은 향로(香
爐)를 들고 있었다.

단 아래에는 24명이 창과 도끼와 황색 · 백색 · 주홍색 ·
흑색 깃발을 갖고 사방을 에워싸고 있었다.

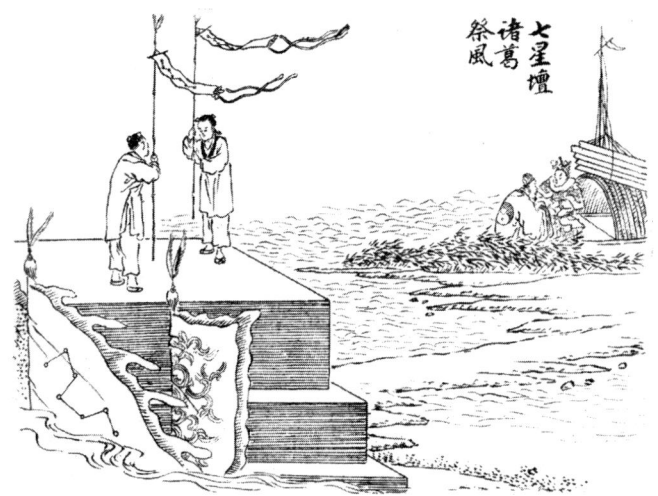

공명은 단에 올라 바람을 비는 제를 올리다. ≪繡像全圖三國演義≫에서

한겨울의 동남풍

공명은 11월 스무날에 몸을 깨끗이 씻고 나서 도복을 갈아 입고, 머리를 마구 흩뜨린 채 맨발로 성큼성큼 걸어서 단 위로 올라갔다.

그는 방향을 정한 다음 향을 피우고 대접에 물을 떠놓고, 하늘을 우러러 정성 들여 기도한 다음 단에서 내려와 휴식을 취했다.

그날 공명은 단 위에 세 번이나 올라가 기도하고 세 번이나 내려와 휴식을 취하면서 열심히 기도했으나, 바람이 불어올 기미는 좀처럼 보이지 않았다.

이 무렵에 주유는 정보·노숙 등의 장수를 본진으로 불러 동남풍만 불면 즉시 출전할 만반의 준비를 갖추고 있었다.

황개는 화공용(火攻用) 군선 20척의 준비를 마쳤다. 뱃머리에는 커다란 못을 잔뜩 박고 배 안에는 갈대와 마른 풀을 쌓고 어유(魚油)를 뿌린 다음, 그 위에 유황·염초와 같은 인화물을 얹어 푸른 기름 종이를 씌워놓았다. 선두에는 청룡(靑龍)을 그린 장군의 기를 세워놓고, 고물에는 전마선을 매어놓았다. 그리고 주유의 본진에서 공격 명령이 내리기를 고대하고 있었다.

감녕과 감택은 채중과 채화를 잘 포섭하여, 수군의 진중에서 날마다 술을 먹이고 항복한 병사가 한 사람도 상륙하지 못하도록 조치하는 한편 그 주위를 동오(東吳)의 군대로 물샐틈없이 둘러싸고, 역시 본진의 진격 명령을 기다리고 있었다.

손권의 배는 본진에서 100리 밖에 정박하고, 승전보를 기다리고 있다고 전령이 보고했으므로, 주유는 각 진지의 장병들에게,

"모두 듣거라. 군선과 병기와 돛과 노 등을 정비하여, 명령을 내리면 즉각 출동하도록 만반의 준비를 하라!"

고 말했다. 장병들은 이 말을 듣고 저마다 주먹을 불끈 쥐고 진격 명령이 내리기를 기다렸다.

이윽고 날이 저물었으나, 하늘은 구름 한 점 없이 맑게 개고 산들바람조차도 일지 않았다.

주유는 노숙에게 말했다.

"공명은 허풍쟁이요. 이 한겨울에 동남풍이 불어올 까닭이 없지 않소."

"그렇지만 공명은 결코 거짓말을 할 사람이 아니라고 생각합니다."

그런데 밤중이 되자 갑자기 바람 소리가 들리더니 깃발이 나부끼기 시작했다.

주유가 진지에서 나와 바라보니 서북쪽으로 나부끼던 깃발이 금세 동남쪽으로 심하게 나부꼈다.

주유는 깜짝 놀라,

"그놈은 귀신이 곡할 이상한 술수를 쓰고 있다. 무서운 사나이야. 살려두면 우리 오나라의 재앙이 될 것이다. 훗날의 화근을 제거하기 위해 죽여버려야겠다."

하고 정봉(丁奉)과 서성(徐盛) 두 장수를 불러 명령했다.

"각자 100명의 군사를 이끌고 서성은 배로, 정봉은 육로를 거쳐 남병산 칠성단에 가서 무조건 제갈공명의 목을 베어가지고 오너라!"

정봉이 이끄는 기병이 먼저 칠성단에 도착했다. 장병들이 기를 들고 바람 속에 서서 제단을 지키고 있는 것이 보였다. 정봉은 말에서 내려 칼을 들고 단상으로 올라갔으나, 공명의 모습은 보이지 않았다. 단을 지키고 있는 장병에게 공명은 어디에 있느냐고 물었더니,

"조금 전에 단에서 내려가셨습니다."

정봉은 급히 단에서 뛰어내려 여기저기 찾아다녔다. 그때 서성의 배가 도착했다. 두 사람이 강기슭에서 만났을 때 한 병졸이 말했다.

"어젯밤에 배 한 척이 이 기슭에 매어 있었는데, 아까 선생이 머리를 흩뜨린 채 배를 타고 상류로 갔습니다."

두 사람은 곧 수륙으로 갈라져 뒤쫓아갔다.

서성의 배는 돛을 달고 있어서 금세 공명의 배에 접근했다. 서성은 뱃머리에 서서 큰소리로 외쳤다.

"군사, 되돌아오십시오. 도독께서 부르십니다."

그러자 공명은 배 뒤편에 서서 껄껄 웃고 나서,

"도독에게 전해주게. 전투에 소홀함이 없게 하라고 말이야. 나는 하구로 돌아가네. 훗날 또 만나세."

"잠시 머물러주십시오. 중대한 이야기가 있습니다."

"나는 이미 도독이 나를 눈 위에 혹으로 여겨 해치러 올 것을 알고 있었네. 그래서 조자룡에게 맞으러 오게 했네. 아무리 쫓아와도 헛수고네."

서성은 공명의 배가 돛을 달지 않은 것을 보고 열심히 뒤쫓아갔다. 드디어 가까이 접근했을 때, 조자룡이 뱃머리에 버티고 서서 활을 당기며 큰소리로 외쳤다.

"나는 상산(常山)의 조자룡이다. 명령을 받고 선생을 맞으려 왔는데, 네놈은 언제까지나 뒤쫓아올 셈이냐? 당장 쏘아 죽이고 싶지만 두 나라의 친분을 해치지 않기 위해 우선 내 솜씨만 보여주겠다."

하고 쏜 화살이 서성의 배 돛줄을 맞혀 그것을 끊어버렸다. 돛이 물 속으로 떨어지자 배가 기우뚱했다. 조자룡은 돛을 높이 달고 순풍을 받아 재빨리 물 위를 미끄러져 갔다.

曹肅瑜先破操

노숙은 주유에게 먼저 조조를 격파하도록 권하다. ≪新鐫全像通俗演義≫
三國志傳卷之九

다가오는 조조의 위기

주유는 서성 등의 보고를 받고 공명을 더욱 무서운 사나이라고 생각했으나, 지금은 우선 조조를 물리쳐야 한다는 노숙의 의견에 동의하고 장수들을 불러 명령을 내렸다.

먼저 감녕에게 제1대를 인솔하게 하고,

"채중을 위시해서 항복한 병사들을 이끌고 남쪽 기슭을 따라 진격하여 북군의 깃발을 세우고 곧장 오림으로 쳐들어가라. 그곳은 조조의 군량이 저장되어 있는 곳이니 몰래 적진에 깊숙이 들어가 불을 질러 신호를 하도록 하라. 채화는 내게 따로 생각이 있으니 본진에 남아 있어라!"

하고 지시했다.

다음에 태사자에게 제2대를 지휘하게 했다.

"태사자는 군사 3천을 이끌고 황주의 경계로 향하여 조조의 원병(援兵)이 오는 길을 차단하라. 그리고 적군에게 접근했을 때 불을 질러 신호를 보내라. 붉은 기가 보이면 손권 영주의 원병이 도착한 줄로 알라."

제3대의 지휘관 여몽에게는,

"3천의 병사를 이끌고 오림의 후방 부대가 되어 감녕이 조조의 진지를 불사르는 것을 도와라."

제4대의 지휘관 능통에게는,

"3천의 병사를 이끌고 곧장 이릉(彝陵)의 경계에 잠입하여 오림쪽에서 불길이 오르면 쳐들어가라."

제5대 지휘관 동습에게는,

"3천의 병사를 이끌고 곧장 한양(漢陽)을 공격하여, 한천(漢川)에서 조조의 진지로 쳐들어가 백기를 든 원병을 기다려라."

고 지시한 다음,

제6대의 지휘관 번장에게는,

"3천의 병사를 이끌고 모두 백기를 갖게 하여 한양으로 가서 동습의 후속 부대가 되라."

고 지시했다. 그리하여 여섯 부대는 각각 출발했다.

그리고 수군 쪽은 황개에게 화공(火攻)의 배를 준비하게 하는 동시에 조조에게는 오늘 밤에 항복하겠다는 내용의 편지를 보내게 했다. 황개의 화공용 군선 20척의 후방에는 제1대의 대장 한당, 제2대의 대장 주태, 제3대의 대장 장흠, 제4대의 대장 진무로 하여금 각각 300척의 군선을 이끌게 하고, 주유는 정보와 함께 대형 군선 위에서 총지휘를 하기로 하고 좌우의 호위는 서성과 정봉에게 맡겼다.

한편 하구에서 기다리고 있던 현덕에게 공명과 조자룡이 배를 타고 도착했다. 공명이,

"전에 부탁한 병마와 군선은 준비가 되었습니까?"

하고 물었다. 현덕이 대답했다.

"그건 벌써 준비되어 있소. 군사의 지시를 기다리고 있을 뿐이오."

공명은 곧 조운 · 장비 · 미축 · 미방 · 유봉 · 유기를 불러 작전을 지시했다.

각자 양자강을 건너 숲속과 산기슭에 복병을 숨겨두고 조조가 퇴각할 때 불을 지르라는 것이었다.

그들은 명령을 받고 출발했다.

그런데 공명은 그들의 옆에 있던 관우는 거들떠보지도 않는 것이었다. 관우가 참다못해 말했다.

"나는 형님을 따라 전투에 참가한 후로 한 번도 남에게 뒤진 일이 없소. 지금 대적(大敵)을 앞에 두고 나한테만 소임을 맡기지 않는 것은 어찌된 일이오?"

공명이 웃으면서 말했다.

"운장, 기분이 상하셨구려. 나는 당신한테 제일 중요한 임무를 맡기려고 했는데 좀 언짢은 일이 있어서 보류하고 있다오."

"언짢은 일이라니요?"

"당신은 전에 조조가 당신을 후히 대접한 적이 있어 그에게 고마움을 느끼고 있소. 지금 조조가 싸움에 패하여 당신 앞에서 도망치게 되면 당신은 용서하여 그냥 보낼 것이오."

"의심이 좀 지나치구려. 조조가 나를 후히 대해준 건 사실

제갈량은 조조가 화용을 거쳐 도망칠 것을 미리 알다.《繡像全圖三國演義》에서

이지만, 나는 이미 안량과 문추의 목을 자르고 또 백마에서 포위를 뚫어 이미 그 은혜는 갚았소. 이제 조조를 놓치지 않을 것이오."

"만에 하나라도 놓치면 어떻게 하겠소?"

"군율에 따라 처벌해주시오."

관우가 굳게 맹세했으므로 공명은 그에게 조조를 유인하는 소임을 맡겼다. 관우는 기꺼이 출발했다.

불타는 조조의 배

조조는 진중에서 장수들과 의논하면서, 무엇보다도 황개

로부터 소식을 고대하고 있었다. 그런데 동남풍이 점점 세차게 불어닥쳤으므로 정욱이,

"동남풍이 불기 시작하는데, 이것은 우리에게 불길한 일입니다."

하고 말했다. 조조는 웃으면서 대수롭지 않게 여겼다.

"그야 동지(冬至)에는 잠시 그럴 수도 있지."

이때 갑자기 동남쪽에서 한 척의 작은 배가 나타나더니, 황개가 밀서를 보내왔다.

"주유의 경계가 엄하여 빠져 나올 수 없었으나, 오늘은 파양호에서 군량을 실어와 그 감시역을 맡게 되어 겨우 기회를 잡았습니다. 어떻게 해서든지 강동의 장수를 베어 그 목을 선물로 드리고 항복하고 싶습니다. 오늘 밤 세 번째 북이 울릴 무렵에 청룡기를 세운 배가 갈 것입니다. 이것이 항복하는 군량선입니다."

조조가 크게 기뻐하여 장수들을 이끌고 수군의 큰 배를 타고 가서 황개의 배가 도착하기를 기다리기로 했다.

한편 강동의 주유는 날이 저물자 채화를 불러내어 목을 베고 즉시 진군 명령을 내렸다.

황개는 앞에서 세 번째 배에 올라탔다. 가슴에 흉패(胸牌)를 달고 예리한 칼을 들고 있었다.

기에는 '선봉 황개'라고 커다란 글씨가 씌어 있었다. 배는 순풍에 돛을 달고 적벽으로 향하였다.

그때 동풍은 점점 세차게 불어와 크게 파도치는 가운데, 조조는 큰 배 위에서 멀리 양자강 쪽을 바라보고 있었다. 이윽고 달이 떠올라 수면을 비추었다. 마치 몇만 마리의 금빛

뱀이 파도 사이에서 희롱하고 있는 것 같았다.

그때 갑자기 한 병사가 한쪽을 가리키면서 말했다.

"저기 한 무리의 배가 돛을 달고 바람에 밀려오고 있습니다."

조조는 망루에 올라 바라보고 있는데, 다시 보고가 들어왔다.

"배마다 청룡 깃발을 세우고, 큰 기에는 '선봉 황개'라고 씌어 있습니다."

"황개가 항복하는 것은 하늘이 도왔기 때문이다."

하고 조조는 기뻐했다. 배는 점점 가까이 다가왔다. 그것을 지그시 바라보고 있던 정욱이 말했다.

"저 배에는 틀림없이 흉계가 숨어 있습니다. 아군의 진지에 접근하게 해서는 안 됩니다."

"그걸 어떻게 알 수 있나?"

"군량을 싣고 있다면 당연히 배가 깊숙이 가라앉아야 하는데, 저 배는 물 위에 가볍게 떠 있습니다. 게다가 오늘 밤엔 동남풍이 심하게 불고 있습니다. 무슨 흉계가 있다면 막기 어렵습니다."

조조는 그제야 '아차' 하고 명령했다.

"누구든 저 배를 정지시켜라!"

문빙이라는 자가 작은 배에 올라타 손을 들어 자기 편을 부르자 즉시 10여 척의 배가 뒤따랐다. 문빙은 뱃머리에 버티고 서서 큰소리로 외쳤다.

"승상의 명령이다. 강남의 배는 진중에 접근하지 마라. 거기에 멈춰라!"

曹操赤壁遇周郎

조조군은 적벽에서 주유 군사와 부딪히다. 《新刻全像通俗演義》三國志傳 卷之九

　말을 마치기도 전에 문빙은 왼쪽 팔꿈치에 화살을 맞고 쓰러졌다. 그러자 조조의 배는 뿔뿔이 흩어져 도망쳤다.

　남군의 배는 조조의 진지에서 불과 20리 떨어진 곳까지 몰려왔다. 황개가 칼을 뽑아 한 번 휘둘러 신호를 하자 앞에 있던 배에서 일제히 불을 뿜었다.

　때마침 불어온 바람은 불길을 부채질하였고 불이 붙은 배는 쏜살같이 달려 연기가 하늘을 뒤덮었다. 20척의 배가 불길을 내뿜으면서 조조 수군의 진지로 쳐들어왔다. 조조의 배는 쇠사슬에 연결되어 있어서 달아날 수도 없었다.

　그때 양자강에서 석화시 소리가 울려왔다. 석화시 소리를 신호로 사방에서 배들이 불길을 내뿜으면서 몰려오더니 강 전체에 불길이 번져 온통 불바다가 되었다.

　조조가 육상의 진지를 돌아보니, 여기저기에서 연기가 피어오르고 있었다. 그때 황개는 작은 배에 올라타 불바다 속을 빠져 나오고 있었다. 조조가 위험을 느끼고 강기슭에 뛰어내리려고 했을 때, 장요가 작은 전마선을 몰고 와서 간신히 태워주었다. 조조가 타고 있던 큰 배는 이미 불이 붙어 타기 시작했다.

황개는 붉은 갑옷을 걸친 무사가 큰 배에서 작은 배로 옮겨 타는 것을 보고 조조가 틀림없다고 생각하여 배를 저어 칼을 들고 큰소리로,

"조조 네 이놈, 어딜 도망가느냐, 황개가 여기 있다."

하고 외쳤다. 그러나 황개의 배가 거의 따라잡으려고 하는 순간 장요가 쏜 화살에 어깨를 맞아 황개는 물 속에 거꾸로 떨어지고 말았다.

조조는 간신히 육지로 도망쳤다. 한편 강물에 떨어진 황개는 수영의 명수였으므로, 갑옷을 걸친 채 헤엄쳐서 우군의 도움을 받아 상처를 치료했다.

조조의 수군은 모조리 불의 공격을 받았다. 함성은 천지를 뒤흔들고 왼쪽에선 한당·장흠의 두 부대가 적벽의 서쪽으로 쳐들어오고 오른쪽에서는 주태·진무의 두 부대가 적벽의 동쪽으로 쳐들어왔다. 가운데로는 주유·정보·서성·정봉 등의 선단(船團)이 쳐들어와 불길을 더욱 세차게 뿜어댔다. 조조의 군사는 창에 찔리고 화살에 맞고 불에 타서 물귀신이 된 자가 헤아릴 수 없었으며 백만의 대군이 거의 몰살을 당하고 말았다.

세상 사람들은 이 전투를 '삼강(三江)의 수전(水戰), 적벽의 몰살'이라고 말했다.

패장 조조

감녕은 채중을 길잡이로 하여 조조의 진중에 깊숙이 쳐들어가 먼저 채중의 목을 자르고 불을 질렀다.

여몽은 불길이 일어나는 것을 멀리서 바라보고 10여 군데에 불을 질러 감녕의 공격을 도왔다.

반장·동습도 각각 불을 지르고 함성을 올리면서 북을 쳤다.

조조는 장요와 함께 100여 명의 기병을 데리고 사나운 불길 속을 도망쳐 갔으나, 사방 어느 곳을 보아도 불이 타오르지 않는 곳이 없었다. 그때 마침 수군의 도독 모개가 문빙을 구하러 10여 명의 기병을 데리고 왔다. 조조는 그들에게 퇴로를 찾으라고 명령했다.

장요가 말했다.

"저 오림 근처는 대단히 넓습니다. 그리로 가시는 것이 좋겠습니다."

조조가 그 방향으로 말 머리를 돌렸을 때,

"조조야, 꼼짝 마라."

하는 소리와 함께 연기 속에서 여몽의 깃발이 나타났다.

조조는 장요를 내세워 방위하게 하고 급히 달아나려고 했으나, 앞쪽 골짜기에서도 횃불을 환히 밝힌 한 부대가 달려나오며 외쳤다.

"능통(凌統)이 여기 있다."

앞뒤가 막힌 조조는 새파랗게 질려버렸다. 그때 갑자기 옆길에서 한 떼의 병사가 나타났다.

"승상, 걱정 마십시오. 서황이 여기 있습니다."

이리하여 양군이 한바탕 싸운 끝에 간신히 혈로를 열었다.

장요와 서황은 조조를 수호하면서 남으로 향하였다. 도중에 우군인 마연(馬延)·장의(張顗) 두 장수를 만나 조조는 약간 마음이 놓였다.

그런데 그곳에서 10리도 못 가서 또 한 떼의 병사가 나타났다. 앞장선 장수가 큰소리로,

"나는 동오의 감녕이다."

하고 외치자마자 단칼에 마연의 목이 날아갔다. 이것을 보고 활을 쏘면서 덤벼드는 장의에게, 감녕은 다시 한 번 호령을 하고 칼을 휘둘렀다.

그때 신호의 불길을 보고 태사자가 돌진해 왔다.

그래서 조조는 남이릉으로 도망칠 수밖에 없었다. 서쪽을 향해 달리는 도중에 장합을 만나 그에게 뒷일을 부탁하고 급히 말을 몰았다.

새벽녘이 되어서야 불길로부터 멀어졌으므로 조조는 비로소 한시름 놓았다.

"여긴 어디냐?"

"오림의 서쪽 의도(宜都)입니다."

부하가 대답했다.

사방에 온통 나무가 우거져 있었다. 산은 험하고 물살이 셌다. 조조는 말 위에서 하늘을 쳐다보고 껄껄 웃었다.

장수들이 물었다.

"승상, 어찌하여 웃으십니까?"

"주유도 술수가 얕고 제갈량도 기세가 부족해서 웃는 것이다. 나라면 이 근처에 복병을 숨겨두었을 걸세……."

이 말이 끝나기도 전에 길 양쪽에서 북소리가 나며 불길이 하늘로 치솟았다. 조조가 깜짝 놀라 말에서 굴러 떨어지게 되었을 때, 산 중턱에서 또 한 떼의 군사가 쳐들어왔다.

"나는 조운이다. 군사의 명령에 따라 여기서 기다리고 있었다."

서황과 장합이 필사적으로 방어하는 동안에 조조는 불길을 헤치고 도망쳤다. 조운은 뒤쫓아가지 않고 깃발과 무기만 빼앗았다. 조조는 간신히 위험에서 벗어나게 되었다.

날이 밝기 시작했으나, 여전히 먹구름이 땅 위를 뒤덮고 동남풍이 세차게 불어왔다. 그러다 갑자기 장대 같은 비가 대야의 물을 쏟는 것처럼 퍼붓기 시작했다. 조조는 갑옷 아래까지 몽땅 젖었으나 비를 맞으면서 행군을 계속했다.

병사들은 배고픔과 추위에 떨었다. 조조는 병사들을 가까운 마을로 보내 먹을 것과 장작을 빼앗아 오게 했다.

밥을 짓고 있을 때 뒤에서 또 한 떼의 군사가 달려와 조조는 깜짝 놀랐으나, 다행히도 이전과 허저가 이끄는 본대(本隊)였다.

이윽고 남이릉으로 통하는 가도를 지나 호로구(葫蘆口)까지 왔지만, 병사들은 배가 고파 낙오자가 생기고 말도 지칠 대로 지쳐 길가에 푹푹 쓰러졌다. 그래서 조조는 선두를 정지시켰다. 병사들은 마을에서 약탈해 온 쌀로 밥을 짓고, 말고기를 구워 먹었다. 모두들 비에 젖은 옷을 벗어 바람에 말리는가 하면 말도 안장을 벗기고 풀을 먹게 했다.

兵曹戰陵夷奔飛張

장비는 이릉에서 조조의 군사와 싸우다. 《新鋟全像通俗演義》 三國志傳
卷之九

조조는 숲속에 앉아 하늘을 쳐다보면서 또 껄껄 웃었다.
장수들이 이구 동성으로 말했다.

"아까 승상께서 웃으실 때 조운이 뛰쳐나와 많은 인마가
쓰러졌는데, 어째서 또 웃으십니까?"

"제갈량이나 주유 놈이 지혜가 모자라는 것이 우습다. 나
라면 이곳에 복병을 숨겨두었다가 지칠 대로 지친 적을 무찌
르게 했을 텐데……."

이 말을 채 마치기도 전에 앞뒤에서 동시에 함성이 일어
났다.

조조는 미처 갑옷도 걸치지 못하고 말에 뛰어올랐으나, 다
른 사람들은 풀을 뜯고 있는 자기 말을 찾지 못해 허둥지둥
야단이었다. 갑자기 사방에 불길이 오르더니 산기슭에 한 떼
의 군사가 뛰쳐나왔다. 앞장선 장수는 장비였다. 그는 창을
옆에 끼고 큰소리로 외쳤다.

"조조야, 꼼짝 마라!"

조조의 장수와 병사들은 장비의 모습을 보자 저마다 겁에 질렸다. 오직 허저만이 말에 올라 장비와 싸우고 장요·서황이 양쪽에서 쳐들어갔다.

양군이 불꽃 튀는 싸움을 하는 동안에 조조는 도망치고, 다른 장수들도 위기를 벗어났다. 간신히 장비의 진격을 물리쳤으나 부상자가 많이 생겼다.

관우의 정의

조조의 앞에 두 갈래의 길이 나타났다. 다 남군(南郡)으로 통하였으나, 평평한 길은 50리 남짓 돌아야 했다. 한쪽은 화용(華容)으로 통하는 지름길이지만 험하여 넘기가 어려웠다.

조조는 사람을 보내 산 위에서 형세를 살피게 했다.

"지름길에서는 군데군데 연기가 오르고 있습니다. 평평한 길은 아무 기척도 없습니다."

조조는 화용으로 통하는 지름길로 가라고 명령했다.

장수들이 말했다.

"연기가 오르는 곳에는 틀림없이 적병이 있을 것입니다. 그런데 어찌하여 그 길을 택하십니까?"

"병서에 허(虛)는 곧 실(實), 실은 곧 허라고 한 것을 모르느냐? 제갈공명은 얕은 지혜로 몇 명의 병사를 보내 산모퉁이에 연기를 피워, 우리 군사가 그 지름길로 가지 못하게 한 것이다. 그는 평평한 길가에 복병을 대기시키고 있는 게 틀

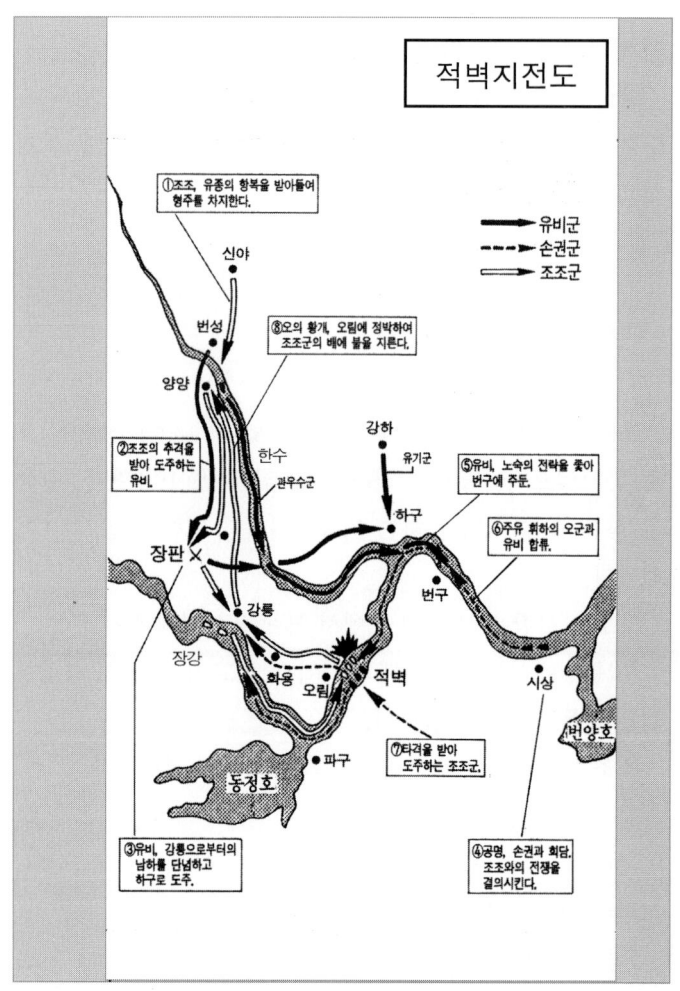

적벽지전도

① 조조, 유종의 항복을 받아들여 형주를 차지한다.

유비군
손권군
조조군

신야

번성

⑧ 오의 황개, 오림에 정박하여 조조군의 배에 불을 지른다.

양양

한수

강하

유기군

② 조조의 추격을 받아 도주하는 유비

관우수군

⑤ 유비, 노숙의 전략을 좇아 번구에 주둔.

하구

⑥ 주유 휘하의 오군과 유비 합류.

장판 ✕

번구

강릉

장강

화용

오림

적벽

시상

파양호

⑦ 타격을 받아 도주하는 조조군.

동정호

파구

③ 유비, 강릉으로부터의 남하를 단념하고 하구로 도주.

④ 공명, 손권과 회담. 조조와의 전쟁을 결의시킨다.

림없어. 나는 그 계략을 알아차린 거야."

장수들은 옳은 말이라고 감탄했다.

이때 병사들은 굶주림에 허덕이고 말은 지칠 대로 지쳐 있었다. 화상을 입은 자는 지팡이에 의지해서 걸어가고, 화살을 맞은 자는 비틀거리면서 발길을 옮겼다. 엄동 설한이라 그 고통은 말로 다할 수 없었다.

이윽고 선두가 멈췄다.

"앞으로는 고갯길에 접어들게 되는데, 아침에 내린 비로 고인 물이 흘러내리지 않아 진창이 깊어서 말이 발을 떼어놓을 수가 없습니다."

조조는 화가 치밀어 호통을 쳤다.

"행군할 때에는 산이 있으면 길을 내고, 강이 있으면 다리를 놓고 전진하는 법이다. 이 정도의 진창을 지나가지 못하다니 무슨 수작이야. 늙은이와 부상병은 뒤로 물러서고 젊고 기운이 있는 자는 흙과 나뭇가지와 풀 등을 날라다가 길을 메워라. 곧 일에 착수해라. 게으름을 피우는 자는 목을 베어버릴 테다."

조조는 적의 추격이 두려워 장요 · 서황 · 허저 등에게 명하여, 100명의 기병으로 하여금 일손이 더딘 자는 목을 베어버리게 했다.

이때 굶주림과 피로 때문에 쓰러져 죽은 자가 부지 기수였다. 조조는 점점 화가 치밀어,

"죽고 사는 건 운명인데 뭘 울고불고 하는 게냐? 울부짖는 자도 목을 베어버려라."

이리하여 간신히 그 험한 고갯길을 넘기는 했으나, 살아

남은 자는 불과 300여 명뿐이고, 그나마 투구와 갑옷을 제대로 걸친 자는 하나도 없었다.

조조는 형주에 빨리 가서 쉬기 위해 길을 재촉했다. 몇십 리 전진했을 때, 조조는 갑자기 또 말 위에서 회초리를 들고 껄껄 웃었다. 장수들이 물었다.

"어찌하여 웃으십니까?"

"사람들은 주유와 제갈량이 지혜가 뛰어나고 계략이 많다고 하지만, 내가 보기에는 무능한 자들이다. 이 근처에 한 떼의 복병이 있다면 우리는 모두 손을 들고 항복할 수밖에 없을 거다……"

이 말을 마치기도 전에 석화시 소리가 들리더니, 좌우에는 500여 명의 병사가 칼을 빼들고 쳐들어왔다. 앞장선 장수는 청룡도를 들고 적토마를 탄 관우였다.

조조의 군사는 넋을 잃고 서로 마주 쳐다볼 뿐이었다.

"이렇게 된 이상 목숨을 걸고 맞서 싸울 수밖에 없다."

조조는 이렇게 말했으나, 그의 말은 지쳐 있고 장수들도 싸울 생각을 않고 있었다. 정욱이 말했다.

"저는 관우의 기질을 잘 알고 있습니다. 윗사람에게 교만하지 않고 아랫사람에게는 동정이 많으며, 강자에 아부하거나 약자를 학대하지 않고, 남의 곤경을 구해주는 그의 인의(仁義)는 천하에 알려져 있습니다. 더구나 승상은 옛날 그에게 큰 은혜를 베풀었으니, 그것을 상기시키면 이 어려움에서 벗어날 수 있을 것입니다."

조조는 고개를 끄덕이고, 곧 말을 달려 앞으로 나가 몸을 굽히고 관우에게 말했다.

"작별한 후로 장군에게는 별고 없었소?"

"나는 군사의 명령에 의해 승상을 기다리고 있었소."

"나는 싸움에 패하여 벌써 도망칠 힘도 잃었소. 장군, 옛날의 정분을 한번 생각해주지 않겠소?"

"옛날에 내가 승상의 은혜를 입은 것은 사실이지만, 안량과 문추의 목을 베어 백마의 고난에서 구해 은혜를 갚은 것으로 알고 있소. 오늘은 사사로운 정분을 공적인 일과 혼동할 수 없소."

"다섯 관문에서 여섯 장수의 목을 베었을 때의 일을 기억하오? 대장부는 신의를 존중해야 하는 줄 알고 있소."

이 말을 듣고 관우는 한동안 고개를 숙이고 아무 말도 하지 않았다. 본래 그는 의(義)를 태산보다도 중하게 아는 사람이었으므로, 전에 다섯 관문의 장수들을 죽였을 때 자기의 소행을 눈감아 준 조조의 은혜를 상기하고 조조의 군사가 갈팡질팡하는 가련한 광경을 보자, 마음이 흔들리지 않을 수 없었다. 그리하여 말 머리를 돌리고 부하에게 명령했다.

"길을 열어줘라!"

조조는 그 순간 장수들과 함께 재빨리 도망쳐버렸다.

관우는 한마디 크게 소리를 질렀다. 그러자 조조의 군사들은 모두 말에서 내려 땅에 꿇어 엎드렸다. 관우는 차마 이들을 죽일 수 없어 망설이고 있는데, 장요가 뛰어왔다. 관우는 더욱 옛날의 정분을 생각하고 크게 한숨만 내쉬었다. 그 동안 조조의 군사들은 다 달아나버렸다.

조조는 위기를 면하여 어느 골짜기 입구에 다다랐으나, 뒤따라온 기병은 겨우 27명뿐이었다. 그날 저녁 남군에 도착

關雲長義釋曹瞞

관운장은 의기롭게 조조를 놓아주다. 《新鋟全像通俗演義》三國志傳卷之九

했을 때, 앞에서 횃불을 든 한 떼의 군사가 나타났다.

"드디어 올 것이 왔구나!"

하고 한탄하는데, 뜻밖에도 자기 편인 조인(曹仁)이었다. 조조는 기뻐서 어쩔 줄을 몰랐다. 함께 남군에 입성하니 얼마 후에 장요도 나타났다. 그 뒤 잇따라 살아 남은 부하들이 모여들었으나 부상자가 많았다.

조조는 밤중에 문득 하늘을 쳐다보며 통곡했다. 장수들이 이상하게 여기자 조조는 말했다.

"곽가(郭嘉)가 없는 것이 슬프다."

곽가는 전에 북방의 오환족(烏丸族) 정벌 때 죽은 참모였다.

"만일 곽가가 살아 있었더라면 나에게 이런 실수를 하게 하지는 않았을 텐데."

하고 가슴을 치고 한탄하면서 곽가의 자(字)를 불러댔다.

"슬프구나 봉효(奉孝), 분하구나 봉효, 애석하구나 봉효!"

이튿날 저녁에 조조는 조인을 불러 남군의 방비를 명하고 위급할 때 펴보라고 하면서 한 권의 계략서를 주었다. 그리고 양양은 하후돈에게 지키게 하고 합비(合肥)는 장온을 대장으로, 악진·이전을 부장으로 임명하여 지키게 하는 등 여러 가지 조치를 취한 후, 자기는 700여 명의 기병을 이끌고 허창으로 돌아갔다. 조인은 조홍을 파견하여 이릉을 지키게 하고, 남군과 호응하여 주유의 공격에 대비했다.

관우는 500여 명의 기병을 이끌고 하구의 현덕에게로 돌아왔다. 현덕의 군사는 적의 말과 무기, 군량을 빼앗아 기세가 올라 있었다. 오직 관우만이 한 사람의 포로도, 한 필의 말도 사로잡지 못한 채 빈손으로 돌아온 것이었다.

때마침 공명은 현덕과 당상에서 축하연을 벌이고 있다가 관우가 돌아왔다는 말을 듣고 급히 술잔을 비우고 마중을 나왔다.

관우는 시무룩하여 말이 없었다.

"장군, 어찌하여 아무 말도 없습니까? 내가 성 밖까지 마중을 나가지 않아 화가 나셨군요."

하고 공명은 옆에 있는 사람에게,

"왜 진작 알려주지 않았느냐?"

하고 책망했다. 그러자 관우가 말했다.

"이 목숨을 내놓으려고 왔습니다."

"혹시 조조가 그 지름길을 지나가지 않았습니까?"

하고 공명이 물었다.

"분명히 그 길을 지나갔으나 내가 무능하여 놓치고 말았습니다."

"그럼 적의 대장은 사로잡았겠지요?"

"아무도 사로잡지 못했습니다."

"운장이 옛날의 은혜를 생각하여 일부러 조조를 놓아주었을 테지요. 군율 앞에서는 인정이란 있을 수 없소. 운장은 반드시 조조를 치겠다고 서약하지 않았소?"

공명은 관우의 죄를 용서할 수 없다고 하여 병사를 시켜 목을 베려고 했다.

현덕이 말렸다.

"옛날 우리 세 사람이 의형제를 맺을 때, 같은 날 죽기로 맹세했소. 운장의 죄는 용서하기 어렵지만 그가 죽으면 나와 장비도 살아 있을 수 없소. 이번만 목을 베는 것을 보류하고, 후일에 공을 세워 그것으로 보상하게 하는 것이 어떻겠소?"

그리하여 공명도 관우의 죄를 용서했다.

27. 남군의 공방전

주유의 남군 공격

주유는 조조의 대군을 적벽에서 크게 무찌르고, 장병들의 공로를 손권에게 보고한 다음, 다시 남군을 치려고 했다. 남군이란 지금의 강릉(江陵)이다. 선발대는 양자강 기슭에 진을 치고, 주유의 본대는 5진으로 갈라져서 중심부를 차지했다.

주유가 노숙·정보 등과 전략을 논의하고 있을 때,

"유현덕께서 도독님께 손건(孫乾)을 축하의 사자로 보내왔습니다."

하고 알려왔다.

주유는 손건을 맞아들여 인사를 마치고 물었다.

"현덕 장군은 지금 어디에 계시오?"

"지금은 공안에 계십니다."

주유는 깜짝 놀라 물었다.

"공명도 함께 있소?"

"그렇습니다."

"자네는 먼저 돌아가게. 내가 답례를 가겠네."

주유는 선물을 받고 손건을 돌려보냈다. 그러자 노숙이,

"아까 도독께서는 어찌하여 그렇게 놀라셨습니까?"

하고 물었다.

"유비가 공안에 진을 친 것을 보니 남군을 칠 모양이오. 우리는 많은 인마(人馬)를 동원하고 엄청난 군량을 소비한 끝에 이제 남군을 손에 넣을 날이 눈앞에 다가왔는데, 그놈이 이것을 빼앗으려 하다니 말도 안 되오. 이 주유의 눈에 흙이 들어가기 전에는 용납할 수 없소."

"그럼 어떻게 하시렵니까?"

"내가 직접 가서 담판을 지어야겠소. 이쪽 말을 받아들이면 괜찮지만, 거역한다면 먼저 유비부터 처치해야겠소."

그리하여 주유는 노숙과 함께 5천의 경기병을 데리고 곧장 공안으로 향하였다.

한편 손건은 현덕에게 돌아가 주유가 직접 답례를 온다고 보고했다. 현덕은 공명과 의논했다. 공명은 웃으면서 말했다.

"그 정도의 약소한 선물에 일부러 직접 답례를 올 이유가 없습니다. 반드시 남군 때문일 것입니다."

"만일 군사를 이끌고 오면 어떡하지요?"

"염려하실 것 없습니다."

공명은 이렇게 말하고 유강구에 군선을 나란히 정렬시키고 육상에는 기병을 정렬시켰다. 그곳에 주유와 노숙이 강동의 군사를 이끌고 도착했다.

현덕과 공명은 이들을 맞아들여 주연을 베풀었다. 술잔이 몇 차례 돌아간 다음에 주유가 입을 열었다.

"현덕 장군이 이곳으로 군대를 이동시킨 것은 남군을 치기 위해서가 아닙니까?"

"나는 도독이 남군을 손에 넣으려고 한다는 말을 듣고 도우러 왔소. 만일 도독이 손에 넣지 않는다면 내가 손에 넣겠소."

주유는 웃으면서 말했다.

"우리 동오(東吳)에서는 전부터 형주 일대를 장악하려고 생각하고 있었습니다. 남군은 이미 손에 넣은 거나 마찬가지입니다."

"전투의 승패는 장담할 수 없소. 조조는 북방으로 돌아갔으나, 조인에게 남군을 지키게 하고 있소. 무슨 계략이 있는 게 분명하오. 게다가 조인은 무용이 뛰어난 사람이라 그 성을 쉽사리 공략하기는 어려울 것이오."

"만일 공략하지 못할 때에는 현덕 장군이 마음대로 하시오."

주유는 남군을 손에 넣는 것쯤은 식은죽 먹기라고 생각했다. 그래서 장흠을 선발대 대장, 서성·정봉을 부장으로 임명하여 5천의 정예 부대를 이끌고 한강을 건너 남군을 치게 했다.

남군의 조인은 조홍에게 이릉을 지키라고 지시하고 서로 도울 태세를 취하여 도랑을 깊이 파고, 돌로 담을 높이 쌓아 방비를 철저하게 하였다. 그때 오나라의 군대가 쳐들어왔다.

"성을 굳게 지키고 싸우지 않는 것이 최선의 방책이다."

하고 조인이 말했으나, 대장 우금이 진격하자고 나섰다.

"적이 성 밑까지 쳐들어왔는데 싸우지 않는 건 비겁합니다. 더구나 우리 군은 패배한 직후라 사기를 북돋아줄 필요가 있습니다. 제게 500명의 군사를 주시면 힘껏 싸우겠습니다."

우금은 이렇게 말하고 출전했다. 정봉은 우금과 부딪치자 4, 5차례 싸운 끝에 일부러 도망쳤다. 우금은 500명의 병사를 이끌고 그 뒤를 쫓았다. 정봉은 5천 명의 군사를 동원하여 순식간에 이를 포위해버렸다.

성 위에서 이것을 바라본 조인은 수백 명의 용감한 기병을 이끌고 성 밖으로 나와 칼을 휘두르면서 오나라의 포위망을 뚫고 우금을 구출했다.

오나라의 장흠이 달려왔으나, 조인의 군사에게 참패하고 말았다.

주유는 이 보고를 받고 화가 나서 조인과 결전을 하려고 했으나 감녕이 말했다.

"도독께서 경솔히 나서면 안 됩니다. 조인은 동생 조홍에게 이릉을 지키게 하여 서로 협공할 태세를 취하고 있습니다. 먼저 이릉을 무찌르고 나서 남군을 공략하는 것이 좋겠습니다."

주유는 옳은 말이라고 생각하여 감녕에게 3천 명의 군사를 이끌고 이릉을 치라고 명령했다.

감녕은 즉시 조홍을 몰아내고 이릉을 점령했다. 그러나 사실은 적의 함정에 빠진 것이었다. 조인의 부하인 조순과 우금의 군사가 그날 저녁에 구원하러 달려와, 조홍의 군사와 합세하여 성을 포위해버렸다.

깜짝 놀란 주유는 스스로 대군을 이끌고 감녕을 구출하기

東吳調兵共攻南郡

주유는 장수를 뽑아 남군을 공격하다. ≪新鋟全像通俗演義≫ 三國志傳卷之九

위해 이릉으로 향하였다. 도중에 이릉에서 남군으로 통하는 지름길로 한 떼의 병사를 보내어, 그 좁고 험한 길에 나무를 베어 쓰러뜨려 적의 퇴로를 막아버리라고 했다.

조조가 남긴 계략서

이튿날 이릉에 도착하자 조홍의 군사를 사방에서 공격했다. 그러자 감녕도 성 안에서 출격했다. 조홍은 남군에 이르는 지름길로 도망쳤으나, 나무가 쓰러져 있어 말이 지나가지 못했으므로 모두 말을 버리고 도망쳤다.

주유는 이 기세를 몰아 남군까지 추격했다.

조인은 도망쳐 온 조홍과 의논했다. 전에 조조가 허창으로 돌아갈 때 준 계략서가 있었다. 급할 때 펴보라고 한 것이었다.

조인과 조홍은 이 서면의 봉투를 열어 다 읽어본 후 마주쳐다보면서 웃었다.

한편 남군의 성 밖까지 추격해 온 주유는 망루에 올라가 사방을 돌아보니, 성 안의 군대가 세 방면의 문으로 갈라져서 빠져 나가고 있었다. 성벽 위에는 깃대만 나란히 꽂혀 있을 뿐 인기척이 없었다. 그리고 빠져 나가는 병사들은 모두 짐을 허리에 매고 있었다.

'조인이 탈주할 계획인 모양이다' 하고 주유는 생각했다. 즉시 전군을 양분하여 전방의 군사는 승리를 거두면 추격하고 종을 울릴 때까지 후퇴하지 말라고 명령을 내리고, 후방의 군사는 정보를 대장으로 임명하고 주유 자신이 앞장서서 성을 공격하기로 했다.

쌍방의 군사는 진지를 정돈하고 북소리가 울려 퍼지자 조홍이 먼저 말을 몰아 도전해 왔다. 주유가 깃발 아래서 회초리를 들고, "누가 나가 싸워라" 하고 외치자, 오나라의 진지에서 한당이 말을 몰아 조홍과 대결했다. 30여 차례 싸운 끝에 조홍은 당해내지 못하고 도망쳐버렸다.

그러자 조인이 나서서 큰소리로 도전했다.

"주유는 나오너라!"

오의 진영에선 주태(周泰)가 말을 몰아 뛰어나왔다. 조인은 10여 차례 싸우다가 도망쳤다.

그러자 조인의 군사는 진형(陣形)이 혼란하게 되어 물러나기 시작했다. 주유는 스스로 군사를 이끌고 남군의 성 밑

周泰領兵救耳寧

주유는 군사를 이끌고 가 감녕을 구하다. ≪新鐫全像通俗演義≫ 三國志傳 卷之九

까지 추격했다. 조조의 군사는 성 안으로 들어가려고 하지 않고 서북 쪽으로 도망쳤다. 한당과 주태가 전방의 부대를 이끌고 힘껏 추격해 왔다.

성문이 열려 있고 성 위의 사람의 그림자도 보이지 않았으므로, 주유는 성을 점령하라고 명령했다. 수십 명의 기병이 먼저 쳐들어갔다. 주유는 그 뒤에서 말을 몰아 성으로 들어갔다.

그때 나무를 딱딱 치는 소리와 함께 양측에서 활과 석궁이 빗발치듯 날아왔다. 앞을 다투어 뛰어든 병사들이 모두 함정에 빠지게 되자 주유는 허겁지겁 말 머리를 돌렸으나, 이미 때가 늦어 화살 하나를 가슴에 맞고 말에서 거꾸로 곤두박질했다. 그러자 성 안에 숨어 있던 우금이 뛰어나와 주유를 생포하려고 했다. 그러나 서성과 정봉이 간신히 주유를 구해냈다.

성 안에서 뛰쳐나온 적군 때문에 오나라의 병사들은 서로 밟고 쓰러져 도랑이나 함정에 빠지는 자가 많았다. 그때 조인과 조홍도 되돌아와서 공격했으므로 오나라의 군대는 크게 패하고 말았다.

정봉과 서성은 주유를 부축하여 본진으로 돌아와 종군의 의사에게 명하여 가슴에 박혀 있는 화살촉을 빼내고 상처를 치료하였으나, 주유는 통증이 심해 음식도 제대로 먹지 못했다.

"이 화살에는 독이 묻어 있어서 쉽사리 낫지 않을 것입니다. 화를 내시면 자극을 받아 상처가 다시 깊어집니다."
하고 의사가 말했다.

정보가 주유 대신 군대를 지휘했다. 전군에 명령을 내려, 각자 진지를 굳게 지키고 함부로 싸우지 말라고 경고하였다. 사흘 후에 우금이 일대(一隊)를 이끌고 도전해 왔으나, 정보는 전혀 움직이려고 하지 않았다. 우금은 저녁때까지 마냥 욕설을 퍼붓다가 돌아갔다. 이튿날에도 출동하여 다시 욕설을 퍼부었으나, 정보는 주유가 화를 낼 것이 두려워 이것을 보고하지 않았다.

사흘째가 되자 우금은 진지까지 와서 큰소리로,
"주유를 생포하고 말 테다."
하고 외쳤다. 정보는 장수들과 의논하여 한동안 군사를 철수시키고, 주유의 상처가 나으면 작전을 세우기로 했다.

그런데 주유는 상처의 통증에 시달리면서도 의식은 분명했다.

어느 날 조인이 스스로 대군을 이끌고 북을 치고 함성을 지르면서 쳐들어왔다. 정보는 여전히 상대하지 않았다.

주유는 장수들을 불러 물었다.

"저 북소리는 어디서 울려오는 거냐?"

"진중에서 병사들이 훈련하는 소리입니다."

"거짓말 마라, 나는 적이 날마다 몰려와서 욕지거리를 하는 걸 알고 있다. 정보는 도대체 무얼 하고 있단 말이냐? 어서 정보를 불러와라."

정보가 와서 말했다.

"공근 도독의 상처가 심해 자극을 주지 말라는 의사의 말을 듣고 적이 도전해 와도 보고하지 않았습니다."

"군대가 싸우지 않는 것은 무슨 까닭이오?"

"장수들은 일단 강동에 철수하여 도독의 상처가 나은 후에 작전을 세워 싸우는 것이 좋겠다고 생각하고 있습니다."

주유는 이 말을 듣자 침상에서 벌떡 일어나,

"대장부가 영주로부터 봉록을 받아 먹고 있다면, 진지에서 죽어 말 가죽으로 시체를 싸는 것이 당연하오. 나 하나 때문에 국가의 대사를 소홀히 해도 된단 말이오?"

하고 갑옷을 걸치고 말에 올라탔다. 장수들은 깜짝 놀랐다.

그는 수백 명의 기병을 이끌고 진지 앞으로 나가 멀리 있는 적의 동태를 살폈다. 그곳에서는 조인이 말을 달리며 채찍을 휘두르면서 큰소리로,

"야, 주유야, 화살을 맞고도 죽지 않고 살았구나."

하고 외쳐댔다.

주유는 말을 몰아 앞으로 나아가,

"조인, 이 주유의 얼굴을 똑똑히 보아라."

하고 외쳤으므로, 조조의 병사들은 모두 깜짝 놀랐다.

瑜周罵共令仁曹

조인은 군사들에게 주유를 욕하라고 명령하다. ≪新鐫全像通俗演義≫ 三國 志傳卷之九

　조인은 병사들을 돌아보고 주유에게 욕설을 퍼부으라고 명령했다. 그래서 병사들은 저마다 큰소리로 주유를 향해 욕을 퍼부었다.

　주유는 몹시 화가 나서 부하 장수에게 나가 싸우라고 명령하고는 갑자기 외마디 소리를 지르며 피를 토하더니 말에서 떨어졌다. 장수들이 부축하여 본진으로 옮겨 왔을 때, 주유는 낮은 소리로 말했다.

　"이건 계략이다."

　이윽고 주유는 크게 화를 내었기 때문에 상처가 악화돼 진지에 돌아가서 얼마 후에 죽었다는 소문이 나돌았다. 그리고 이 소문은 곧 조인의 진지에도 전해졌다.

쉽게 차지한 세 성

조인은 그날 밤으로 야습을 하여 주유의 시체를 빼앗아 그 목을 베어가지고 허창으로 돌아가려고 했다. 그는 즉시 군사를 이끌고 첫번째 북을 치는 것을 신호로 하여 주유의 본진으로 곧장 쳐들어갔다.

적진 앞에 이르니 사람의 그림자는 찾아볼 수도 없고 깃발과 창만 세워져 있었다. 그제야 계략에 빠진 것을 알고 급히 후퇴하려고 했을 때, 석화시 소리가 들리더니 사방에서 오나라 군사가 쳐들어왔다.

조인의 군사는 대패하였다. 조인은 10여 명의 기병을 이끌고 포위망을 뚫어 조홍에게로 도망쳐 왔으나, 조홍의 일대도 뿔뿔이 흩어졌다. 날이 밝을 때까지 싸움을 계속하다가 간신히 남군 근처로 후퇴했으나, 다시 적군 한 떼가 퇴로를 가로막았다. 조인은 남군으로 가지 못하고 양양으로 향하였다.

오나라 군사는 100리 가량 뒤쫓아왔다가 되돌아갔다.

주유와 정보는 군사를 이끌고 남군의 성 밑까지 진격했다. 돌아보니 깃발이 성벽에 세워져 있고 성루에서 장수 한 사람이 외치고 있었다.

"도독, 실패했소. 나는 군사의 명령에 따라 이 성을 차지했소. 나는 상산의 조운이오."

조운은 공명의 계략대로 미리 성 밖에 숨어 있다가 조인이 군사를 이끌고 야습하기 위해 이 성을 비웠을 때, 곧 바로 공략했던 것이다.

郡南取兵龍子趙

조자룡은 남군을 취하다. ≪新鋟全像通俗演義≫三國志傳卷之九

　주유는 몹시 화가 났다. 즉시 감녕을 불러 수천 명의 기병을 이끌고 형주로 쳐들어가라고 명령하고 또 능통을 불러 수천 명의 기병을 이끌고 양양을 치라고 명령했다. 그리고 이 두 성을 점령한 후에 군사를 돌려 남군을 공략해도 늦지 않다고 생각하고 전략을 논의하고 있는데 전령이 뛰어왔다.

　제갈공명은 남군의 성을 차지하자, 조인의 군사로 가장하여 형주성을 지키고 있던 군사를 원병으로 끌어내고, 장비를 시켜 형주를 점령했다고 보고했다.

　주유가 이 보고에 놀라고 있을 때 또 다른 전령이 뛰어와서 양양의 성은 하후돈이 지키고 있었으나, 공명이 가짜 문서를 보내어 조인이 원병을 청한다고 전하자 하후돈이 군사를 이끌고 성을 비운 사이에 관우가 그 성을 점령해버렸다고 보고했다.

　이리하여 남군과 형주와 양양의 세 성은 손쉽게 유현덕의 휘하에 들어갔다.

이 보고를 들은 주유가 외마디 소리를 지르자, 상처가 찢어지면서 많은 피가 흐르고 그 자리에 쓰러져버렸다.

주유는 얼마 후에 겨우 의식을 되찾았으나, 분노는 여전히 가시지 않았다.

"그 제갈량 놈의 목을 베기 전에는 직성이 풀리지 않는다. 어떻게 해서든지 남군을 빼앗고야 말겠다."

노숙이 만류했다.

"그건 무모한 일입니다. 지금은 조조와 싸우고 있는 중이고 아직 승패가 나지 않았습니다. 그런데 다시 현덕과 싸운다면, 조조의 군사가 그 기회에 쳐들어올지도 모릅니다. 더구나 현덕은 전에 조조와 가까운 사이였습니다. 만일 그를 치려다가 그들이 힘을 합쳐 쳐들어오면 어떻게 하시겠습니까?"

"우리는 계략을 써서 조조의 군사를 적벽에서 격파하느라고 많은 병마를 잃고 군량을 소비했지만 놈들에게 그 허점을 찔린 것이오. 그것이 얄밉지 않소?"

"공근 도독, 한동안만 참으십시오. 내가 현덕을 만나서 도리를 밝히겠습니다."

사자로 간 노숙

그리하여 주유는 노숙을 남군으로 보냈다.

노숙이 남군에 도착했을 때, 현덕은 이미 형주에 가 있었다. 그래서 노숙은 다시 형주로 가서 현덕을 만났다.

제갈량이 지혜로운 언사로 노숙을 설득하다. 《繡像全圖三國演義》에서

"전에 조조는 100만 대군을 이끌고 강남을 치겠다고 말했지만, 사실은 유 황숙을 무찌를 심산이었습니다. 그러나 우리 오나라가 다행히 조조의 군사를 격퇴하여 황숙을 구했습니다. 그러므로 형주의 아홉 고을은 모두 우리 오나라에 속하는 것이 당연합니다. 그런데 황숙은 계략을 사용하여 형주와 양양을 빼앗아버렸습니다. 이것은 어찌된 연고입니까?"

공명이 대답했다.

"자경은 사리를 아는 분인 줄 알았는데 어찌하여 그런 말씀을 하시오? 본래 형주·양양의 아홉 고을은 동오의 땅이 아닙니다. 그것은 형주의 자사였던 유표 어른의 땅입니다.

그리고 우리 영주는 유표 어른의 동생 뻘이 됩니다. 유표 어른은 돌아가셨지만, 아드님이 생존해 있습니다. 숙부가 조카를 도와 형주를 지키는 것이 어찌하여 부당합니까?"

"유기가 이 나라를 복구한다면 그건 당연한 일이지만, 그는 지금 강하성(江夏城)에 있지 않습니까?"

"만일 당신이 지금 그를 만나고 싶다면 그건 매우 쉬운 일입니다."

공명은 이렇게 말하고 사람을 시켜 유기를 모셔 오라고 일렀다. 그러자 병풍 뒤에서 유기가 두 시종을 따라 나타났다.

노숙은 한동안 아무 말도 하지 못하고 있다가,

"만일 유기 영주가 이곳에 있지 않게 되면, 그때에는 어떻게 하시겠습니까?"

하고 물었다. 공명이 대답했다.

"그때에는 별도로 의논합시다."

"그때에는 반드시 동오에 돌려보내 주십시오."

"그렇게 하지요."

노숙은 성에서 나와 본진으로 돌아가자 주유에게 회담 내용을 보고했다. 주유가 말했다.

"유기는 아직 나이가 어리니 죽을 날도 멀었소. 그러나 형주를 되찾는 것은 지금 당장 해야 할 일이오."

노숙이 대답했다.

"안심하십시오. 유기는 병이 중하여 얼굴빛이 좋지 않고 기침을 하면서 피를 토하고 있었습니다. 반년도 못 가서 죽을 것입니다. 그때 형주를 차지하면 유비도 다른 구실을 댈 수 없을 것입니다."

그때 갑자기 손권이 보낸 사자가 뛰어와서,

"영주는 합비성을 포위당했습니다. 적이 너무 강대하여
싸울 적마다 번번이 패하고 말았습니다. 그래서 도독께서는
급히 군사를 이끌고 돌아오라고 하십니다."

하고 말하는 것이었다.

주유는 할 수 없이 전투를 중단하고 자기는 일단 시상에
가서 요양하기로 하고, 정보로 하여금 군선과 병사를 이끌고
합비에 가서 손권을 돕도록 지시했다.

28. 형주를 에워싼 싸움

마량의 등장

유비는 형주·남군·양양의 세 성을 휘하에 넣고 앞으로의 장기 계획에 대해 공명과 의논했다. 그때 전에 양양의 연회 석상에서 현덕을 구해낸 이적이 와서 한 현자를 추천했다.

그 현자는 양양(陽襄) 의성(宜城) 사람으로 성은 마(馬), 이름은 량(良), 자는 계상(季常)이라고 했다. 마량은 그 고장에서 오래 살았으며 형제가 다섯이었는데, 다른 네 사람도 재능이 뛰어나고 학식이 깊은 선비였다. 동생의 한 사람은 이름을 속(謖), 자를 유상(幼常)이라고 불렀다. 그런데 이 5형제 중에서 가장 뛰어난 사람이 마량이고 향리에서는 '마씨의 오상(五常)은 마을의 꽃'이라고 말하고 있었다. 형제의 자는 모두 상(常)자 돌림이었고, 마량의 눈썹 사이에는 흰 털이 있었다.

현덕은 마량을 불렀다. 마량이 말했다.

"양양은 사방에서 적의 침범을 받고 있으므로 오랫동안 지키기가 어렵습니다. 유군(幼君) 유기를 불러 이곳에서 병

良馬, 請命德玄劉

유현덕은 마량을 모셔오도록 명하다. 《新鐫全像通俗演義》三國志傳卷之九

을 치료하면서 옛 신하를 불러들여 지키게 하고, 또한 조정에 상주하여 형주의 자사로 삼아서 민심을 안정시키는 것이 어떨까요? 그렇게 하고 나서 남쪽 네 고을을 공략하여 재물과 군량을 비축하는 것이 형주를 오래 보존하는 방책인 줄 압니다."

남쪽의 네 고을이란 무릉(武陵)·장사(長沙)·계양(桂陽)·영릉(零陵)이었다.

현덕은 크게 기뻐하면서 물었다.

"이 네 고을은 어디서부터 공격하는 것이 좋겠는가?"

마량이 대답했다.

"상강(湘江)의 서쪽에 있는 영릉이 제일 가깝습니다. 이곳을 먼저 공략해야 합니다. 다음에는 무릉, 그 다음에는 상강의 동쪽에 있는 계양을 공략하고 맨 나중에 장사를 치는 것이 좋을 줄 압니다."

현덕은 즉시 공명과 의논하여 선발대로 장비를 내세우고 후방에 조운의 복병을 교묘히 사용하여 적을 유인해서 격파한 뒤, 적이 이쪽 계략을 역이용하려고 들자 다시 그 허점을 찔러 영릉을 함락시켰다.

장비는 계양의 공략에 출동하고 싶었지만 추첨한 결과 조운에게 양보해야만 했다. 그래서 다음 무릉 공략에 앞장섰다. 적은 그 기세에 눌려 내통하는 자가 생겼고 결국은 대장의 목을 베고 항복했다.

황충과 위연의 항복

조운과 장비가 각각 공을 세웠다는 말을 들은 관우는, 마지막으로 남은 장사의 공략에 나서게 해 달라고 현덕에게 간청했다. 그러자 공명이 말했다.

"장사의 태수 한현(韓玄)은 보잘것없는 사나이라고 들었지만, 황충(黃忠)이라는 장수는 그렇지 않소. 본래 유표를 섬기는 중랑장(中郎將)이었으나, 지금은 한현을 섬기고 있소. 나이는 60에 가까워 머리와 수염이 백발이지만, 1만의 군사가 무더기로 쳐들어가도 힘겨운 상대요."

"늙어빠진 무사 한 놈쯤 문제없습니다. 저에게 500명의 군사만 있으면 충분합니다. 반드시 황충과 한현의 목을 베어 오겠습니다."

관우는 이렇게 말하고 500명의 기병을 이끌고 곧 장사로 쳐들어갔다. 한현의 부하가 맞섰으나 관우의 단칼에 두 동강이 났다.

그 다음에는 황충이 도전했다. 관우와 100여 차례나 싸웠으나 승부가 나지 않았다. 그래서 둘 다 일단 뒤로 물러섰다가 이튿날 다시 대결했다. 이번에도 5, 60차례 싸웠으나 승부가 나지 않았다.

관우는 일부러 말을 몰아 도망치기 시작했다. 황충이 뒤쫓아오는 것을 기다려 관우는 갑자기 뒤돌아서서 칼로 황충이 탄 말의 다리를 후려쳤다. 말이 앞다리가 꺾이면서 쓰러지자, 황충도 말에서 나가 떨어졌다.

관우는 양손으로 말을 들어올리고,

"목숨만은 살려주마. 다른 말을 타고 덤벼라."

하고 외쳤다. 황충은 다른 말에 올라타고 성으로 도망쳤다.

한현이 말했다.

"장군의 활은 백발 백중이 아니오. 어째서 활을 쏘아 죽이지 않았소?"

"내일 전투에서는 다리 부근까지 유인하여 쏘아 죽이겠습니다."

한현은 한 마리의 청마(靑馬)를 주었으나, 황충은 마음속으로 생각했다. '관우처럼 도량이 넓은 사나이는 보기 드물다. 그는 나를 죽이지 않았다. 내일 그와 싸우면 나도 그를 죽일 수 없다. 그런데 만일 그를 쏘아 죽이지 않으면 태수의 명령을 어기는 것이 된다. 어떻게 하면 좋을까?' 그날 밤엔 끝내 결심이 서지 않았다.

이튿날 새벽에 관우가 도전하여 황충과 싸웠다. 관우는 이틀을 싸워도 황충을 이기지 못해 초조한 나머지 사나운 기세로 덤벼들었다. 30여 차례쯤 싸우고 나서 황충은 일부러 도망쳤다. 관우가 뒤쫓아갔다.

황충은 어제의 인정을 생각하여 차마 활을 쏘지 못했다. 그는 일부러 딴 데를 겨냥하여 활을 쏘았다. 관우는 다시 추격했다.

황충은 두 번째도 딴 데를 겨냥하여 활을 쏘았다. 관우가 다리까지 접근하자, 황충이 다리 위에서 시위를 당겼다. '휭' 하는 소리가 나더니 화살은 관우의 투구 끝에 명중했다. 관우는 깜짝 놀라 진지로 돌아왔다. 그는 황충의 무술이 옛날 백 보 떨어진 버드나무 잎사귀를 쏘아 맞혔다는 고인(古人)의 솜씨 못지 않은 것과, 어제의 은혜에 보답하려는 것임을 알아차렸다.

황충이 성으로 돌아가자 한현은 좌우의 신하에게 명하여 황충을 체포하게 했다.

"사흘 동안 보고 있었다. 엊그제는 승부가 나지 않았고 어제는 말에서 떨어졌지만 목이 잘리지 않았다. 오늘은 두 차례나 일부러 딴 데를 쏘다가 세 번째 화살로 투구의 끝을 맞혔다. 이는 적과 내통하고 있는 증거가 아니고 무엇이냐? 네 놈의 목을 베지 않으면 나중에 화근이 될 것이다."

한현은 부하에게 성문 밖에 가서 황충의 목을 베라고 명령했다. 장수들이 목숨만은 살려주라고 간청했다.

"목숨을 살려주라는 놈은 같은 죄인이다."

드디어 목을 베려고 하는데, 갑자기 한 장수가 칼을 들고 뛰어와 황충의 목을 베려는 자들의 목을 베어 황충을 구출하고 큰소리로 외쳤다.

"황충이야말로 장사를 지킬 큰 방패다. 만일 이 사람을 죽인다면, 그것은 장사의 백성들의 목숨을 끊는 것과 마찬가지

제갈량은 위연을 꾸짖으며 참하려 하다. 《新鍥全像通俗演義》 三國志傳卷
之九

다. 한현이야말로 인도(人道)를 무시하는 잔인한 사나이다.
자, 나를 따라올 자는 없느냐?"

얼굴은 대추 열매처럼 붉고 눈은 별처럼 빛나는 그 사람의
이름은 위연(魏延), 자는 문장(文長)이라고 하였다. 본래 유
표의 부하로, 이때는 한현의 밑에서 말단 병졸로 묻혀 있었
으나 전부터 현덕을 사모하는 사람이었다.

그 자리에서 그를 따라 나서는 자가 수백 명에 이르렀다.
위연은 성 안에 뛰어 올라가 단칼에 한현을 베어버리고 그
목을 가지고 관우에게 항복했다.

이윽고 장사에 도착한 현덕과 공명에게 관우는 항복한 황
충과 위연을 소개했다. 현덕은 기꺼이 이들을 맞았으나, 공
명은 미간을 찌푸리고,

"주인의 녹(祿)을 먹으면서 그 주인을 죽이는 것은 불충
(不忠)입니다. 남의 땅에 살면서 그 땅을 타인에게 바치는
것은 불의(不義)입니다. 내가 위연의 관상을 보니, 뇌의 뒤

에 반골(叛骨)이 있습니다. 언젠가는 필히 반역할 상입니다.
지금 목을 자르지 않으면 나중에 화가 됩니다."
하고 부하를 시켜 위연의 목을 베려고 했다. 그러나 현덕이,
 "이 사람을 죽인다면 함께 항복한 자들이 모두 불안해 할
것이오. 그러니 용서해주도록 하오."
하고 만류했으므로 공명은,
 "당신의 목숨만은 보관해두겠소. 만일 다른 야심을 품고
딴 짓을 하면 언제든지 내가 목을 자르겠소."
하고 위연에게 말했다. 위연은 고개를 숙이고 물러갔다.
  현덕은 유표의 조카 유반(劉磐)에게 장사군을 다스리게
했다. 네 고을이 평정되었으므로 현덕은 형주로 개선했다.
그리하여 형주 관내 아홉 고을의 절반은 그의 휘하에 들어
갔다.
  강하 · 파릉 · 한양, 이 세 고을만은 동오의 군사가 점령하
고, 번성에는 하후돈이 주둔하고 있었다.
  현덕은 유강구를 공안(公安)이라고 개칭했다. 이 무렵부
터 군량이 넉넉해지고 각처의 현자들이 모여들었다. 군대를
사방으로 나누어 요소 요소에 주둔시켰다.

합비성 싸움

  주유는 시상에 돌아와 상처의 치료를 받고 감녕에게 파릉
군을 지키게 하고, 능통에게 한양군을, 여몽에게 강하군을
지키게 했다. 그리고 이 세 지역에 군선을 배치하여 만일의

경우에 대비하게 하고, 그 밖의 병사는 정보가 이끌고 합비현으로 향하게 했다. 손권은 적벽 싸움 이후 줄곧 합비에서 조조의 군사와 싸웠다. 열 차례 이상이나 싸웠으나, 아직 승부가 나지 않아 성 가까이 진을 치지 못하고 50리 떨어진 곳에 주둔해 있었다. 그때 정보의 군사가 도착했다. 손권은 크게 기뻐하며 주연을 베풀어 장병들을 위로하고 합비성을 공략할 작전을 세웠다.

그때 장요가 사자를 파견하여 도전장(挑戰狀)을 보내왔다. 손권은 그 편지를 보고 몹시 화를 내어 새벽녘에 전군이 진지를 나와 합비성을 향해 진격했다.

도중에 적군을 만났다. 황금 투구와 갑옷을 걸친 손권은 말을 타고 송겸(宋謙)·가화(賈華) 두 장수를 좌우에 거느리고 있었다. 적진에서도 세 장수가 앞장을 섰다. 중앙은 장요, 왼쪽은 이전, 오른쪽은 악진이었다.

장요가 먼저 손권에게 덤벼들었다. 그러자 손권의 뒤에서 한 장수가 활을 들고 뛰쳐나왔다. 태사자였다.

태사자와 장요는 불꽃을 튀기면서 7, 80여 차례 싸웠으나 승부가 나지 않았다. 조조의 진영에서 이전이·악진에게 말했다.

"저기 저 황금 투구를 쓴 자가 손권이네. 저놈을 생포하면 적벽에서 잃은 83만 아군의 원수를 갚는 것이네."

악진이 말을 몰아 옆에서 손권에게 덤벼들었다. 그러나 송겸과 가화가 방패로 막았다. 악진은 말 머리를 뒤로 돌려 도망쳤다. 송겸이 창을 들고 그를 뒤쫓아갔다. 그러자 이전이 송겸의 가슴을 겨냥하여 활을 쏘았다. 송겸은 말에서 거꾸로

惡 吳 太 中 射 兵 曹

조조의 군사들이 쏜 화살이 태사자에 명중되다. 《新鐫全像通俗演義》 三國志傳卷之九

떨어져 죽었다.

그러자 오나라 군사는 혼란에 빠져 뿔뿔이 흩어지고 손권도 장요에게 쫓겨 위기에 빠졌으나 간신히 본진으로 도망쳤다.

태사자가 부하를 합비성에 잠복시켜 불을 질러 송겸의 원수를 갚으려고 했다. 장요는 경계를 게을리하지 않고 있다가, 성 안에서 불길이 오르자 적의 계략을 역이용하려고 일부러 성문을 열어놓았다.

태사자는 성문이 열린 것을 보자 말을 몰아 제일 먼저 뛰어들었다. 그러자 성벽 위에서 석화시가 울리더니 화살이 비오듯 날아왔다. 태사자는 급히 말 머리를 돌렸으나, 이미 여러 군데에 화살을 맞았다. 이때 이전과 악진까지 합세해 오나라 군사는 또다시 크게 패하였다.

손권은 간신히 태사자를 구출하고 군사를 철수시켜 배를 타고 윤주까지 돌아왔으나, 태사자는 중태였다.

"대장부가 난세에 태어난 이상 3척의 칼로 큰 공을 세워야 하는데, 그 뜻을 이루지 못하고 어찌 눈을 감겠는가."

하고 큰소리로 외치고 나서 태사자는 숨을 거두었다. 그의 나이 41세였다. 손권은 크게 슬퍼하며 정중히 장례를 치렀다.

조문 온 노숙

어려서부터 병약했던 유기는 병이 악화되어 드디어 세상을 떠났다. 이 소식을 전해 들은 현덕은 몹시 슬퍼했고, 공명의 의견에 따라 관우에게 양양의 방비를 명했다.

이윽고 오의 손권은 노숙을 조문사(弔問使)로 형주에 보냈다.

현덕과 공명은 그를 정중히 맞아들였다. 인사가 끝나자 노숙은 곧 이야기를 꺼냈다.

"예전에 황숙께서는 유군 유기가 세상을 떠나면 형주를 내주시겠다고 말씀하셨는데, 언제쯤 돌려주시겠습니까?"

현덕이 술을 권하면서 말했다.

"우선 한잔 드시고 이야기는 천천히 나누기로 하지요."

노숙은 술을 몇 잔 들었으나, 또다시 같은 말을 꺼냈다. 그러자 현덕이 대답하기 전에 공명이 얼굴빛을 바꾸어 말했다.

"우리 한나라 고조 황제께서 400년 전에 백사(白蛇)를 자르고 의병을 일으켜 나라의 토대를 닦아 오늘에 이르렀으나, 불행하게도 역적이 연달아 일어나 천하가 산산조각이 났습니다. 그러나 하늘의 도(道)는 결코 정통(正統)한 천자에게 무심하지 않을 것입니다. 우리 영주는 중산정왕(中山靖王)의 후예요, 한나라 경제(景帝)의 현손(玄孫)으로 폐하의 숙부이십니다. 그리고 유표 어른은 우리 영주의 형님 뻘이니, 동생으로서 형의 뒤를 잇는 것은 당연한 일이 아니겠습니까? 당신의 영주는 본래 전당(錢塘)의 말단 관원의 아들로, 조정에 아무 공로도 세우지 않고 힘에 의해 여섯 고을 81개 주(州)를 점령하고도 형주까지 달라고 하고 있습니다. 뿐만 아니라, 적벽에서 조조의 군사를 격파한 것도 우리 영주께서 여러 모로 애쓰시고 장수들이 잘 싸웠기 때문입니다. 그것은 결코 오나라의 힘에 의해서 이루어진 일이 아닙니다. 만일 내가 동남풍을 기원하지 않았더라면 주유도 공을 세울 수 없었을 것입니다. 자경은 고금의 도리를 잘 알고 있을 터인데 어찌하여 그렇게 말씀하시오?"

공명의 공박에 노숙은 잠시 아무 말도 하지 못하고 있다가 입을 열었다.

"지당한 말씀입니다만 저도 드릴 말씀이 있습니다. 전에 황숙께서 당양에서 곤경에 처해 있을 때, 저는 공명을 영주 손권과 대면하도록 주선했습니다. 그 후 주유가 군사를 일으켜 형주를 공격하려고 했을 때에 저는 유군 유기가 세상을 떠나면 형주를 돌려주겠다는 약속을 전하며 만류했습니다. 그 약속이 물거품이 되면 저는 돌아가서 무어라고 보고해야 합니까? 오나라와의 전쟁이 시작되면 황숙도 평안하지 못할 것입니다."

"주유 따위를 어찌 두려워하겠습니까? 그러나 선생의 면목이 없게 된다면, 당분간 형주를 빌리기로 하고, 다른 데 성

敬子辯理以明孔

공명은 도리로 노숙과 논쟁하다. ≪新鋟全像通俗演義≫ 三國志傳卷之九

과 땅이 마련되면 곧 오나라에 돌려드리면 어떨까요?"

"공명은 어디를 공략한 후에 형주를 돌려주시겠다는 겁니까?"

"중원(中原) 땅은 지금 바로 손댈 수는 없습니다. 촉(蜀)의 유장(劉璋)은 우매하므로, 우리 영주는 그쪽을 노리고 있습니다. 만일 촉이 우리 손에 들어오면 형주를 돌려드리지요."

노숙은 이에 동의했으므로, 현덕은 손수 계약 문서를 작성하고 자기와 공명의 도장을 찍어 그에게 주었다.

오가는 혼담

노숙은 시상군에 가서 주유에게 보고했다. 계약문서를 본 주유는 또다시 제갈량에게 말려들었다고 발을 구르며 한탄했다. 좋은 방법이 없을까 하여 머리를 짜내고 있을 때, 현덕의 감 부인이 세상을 떠났다는 소식이 들려왔다.

"옳지, 빨리 사람을 형주에 보내 유비를 사로잡고 형주를 되찾읍시다."

"좋은 방법이 있습니까?"

하고 노숙이 물었다.

"유비는 아내를 잃고 반드시 후처를 둘 것이오. 우리 영주에게는 여동생이 한 분 있지 않소. 그분은 무용(武勇)이 뛰어나 남자도 당하기 어려우며, 항상 허리에 칼을 차고 방 안에 갖가지 무기를 놓아두고 있소. 나는 영주에게 말씀드려서 서면으로 형주에 혼담을 제기하려고 하오. 그리하여 혼담을 구실로 유비를 남서(南徐)까지 불러내는 거요. 물론 여동생은 보내지 않고 그를 잡아 감옥에 가둔 후 형주와 유비를 바꾸자고 흥정하는 거요. 이렇게 해서 형주성을 손에 넣은 다음에는 나에게 생각이 따로 있소."

손권은 이 계략을 듣고 크게 기뻐하여 여범을 사신으로 보냈다. 여범은 형주에 가서 현덕을 만나 혼담을 정식으로 꺼냈다. 현덕이 말했다.

"내 나이 벌써 50이 되어 머리는 백발이 다 되었소. 손 장군의 여동생은 묘령의 처녀일 것이니 어울리지 않소."

"그분은 여자이지만 남자보다 더 용감한 성품이라, 천하의 영웅이 아니면 남편으로 삼지 않겠다고 평소에 말해왔습니다. 황숙의 명성은 사해에 널리 퍼져 있으니 잘 어울리는 배필입니다. 나이의 차이는 문제가 되지 않습니다."

현덕은 주연을 베풀어 여범을 환영하고 숙사에 묵게 한 다

伐作州荊往範呂

여범은 형주로 와 중매를 하다. ≪新鐫全像通俗演義≫ 三國志傳卷之九

음, 공명과 의논했다.

"조금 전에 점을 쳐보니 대길(大吉)이었습니다. 이 혼담을 받아들이십시오."

"주유가 나를 죽이려는 계략을 꾸미고 있는 것 같소. 가볍게 나서도 괜찮겠소?"

"주유의 계략이 분명하지만 저한테도 생각이 있습니다. 혼인도 성사시키고 형주도 빼앗기지 않도록 하겠습니다."

공명은 손건을 강남에 보내 혼담을 추진하게 하고, 다시 조운을 불러 비단 보자기를 세 장 넘겨주며,

"이 속에 세 가지 계략이 씌어 있으니 순서대로 시행하오."

하고 일렀다.

건안 14년 10월, 현덕은 10척의 배를 이끌고 조운을 호위 대장으로 하여 500여 명의 부하를 거느리고 형주를 떠나 남서로 향했다. 형주는 공명이 지키기로 했다.

29. 주유의 최후

현덕의 결혼

현덕은 이윽고 남서주에 도착했다. 배가 연안에 닿자 조운
이 말했다.

"공명이 주신 세 가지 계략 중에서 먼저 첫째 보자기를 펴
봅시다."

보자기를 펴보니, 현덕에게 교국로(喬國老)를 만나보라는
것이었다. 교국로란 미녀 이교(二喬)의 부친으로 정직한 사
람이며, 남서에 살고 있었다.

교국로는 현덕을 만나 혼담을 듣자 곧 손권의 모친 태 부
인을 찾아가서 축하의 인사를 했다.

태 부인은 딸의 혼담에 대해 전혀 모르고 있었다. 깜짝 놀
라 손권을 불러 물어보았더니,

"이것은 주유의 계략입니다. 유비를 유인하여 형주를 되
찾으려는 것입니다. 만일 이쪽의 요구를 듣지 않을 경우에
유비를 죽여버리면 그만입니다. 진짜 혼담이 아니니 걱정하
지 마십시오."

오 태부인은 감로사에서 유현덕을 선보다. ≪繡像全圖三國演義≫에서

이 말을 듣자 태 부인은 몹시 화를 내면서 큰소리로 말했다.

"주유 놈은 여섯 고을 81주의 도독으로 있으면서도 형주 하나 공격할 지혜가 없어 남의 딸을 인질로 삼겠다니 어디될 말인가? 만일 유비를 죽인다면 내 딸은 시집도 가기 전에 생과부가 되지 않느냐? 딸의 일생을 망칠 셈이냐?"

교국로가 말했다.

"설사 이 계략으로 형주를 손에 넣는다고 하더라도 천하의 웃음거리가 될 것입니다."

손권은 할 말이 없었다. 태 부인이 말했다.

"내일 내가 감로사(甘露寺)에서 유비 장군을 만나야겠네. 그 사람이 내 마음에 들지 않으면 자네들 마음대로 하게. 만일 마음에 들면 딸을 주겠네."

이튿날 현덕은 비단옷에 갑옷을 걸치고 감로사로 향하였다. 조운은 500명의 군사를 데리고 현덕을 따라나섰다.

태 부인은 현덕을 보자 첫눈에 마음에 들어 말했다.

"이 사람이야말로 흡족한 사윗감이군요."

교국로가 말했다.

"실로 경사스럽습니다."

이윽고 조운이 칼을 들고 들어와 현덕에게 속삭였다.

"방금 복도를 돌아보니 방마다 무사가 숨어 있는 것 같습니다. 태 부인께 이 말씀을 드리십시오."

그리하여 현덕은 태 부인 앞에 무릎을 꿇고 눈물을 흘리면서 호소했다.

"복도에 무사가 숨어 있는 것은 저를 죽이려는 계략임에 틀림없습니다."

태 부인은 매우 화를 내면서 손권을 책망했다. 손권은 자기는 모르는 일이라고 말하면서, 여범을 불러 물어보았다. 여범도 자기는 모르는 일이라고 말하면서 다른 장수에게 책임을 돌렸다.

그러나 사실은 손권이 여범에게 지시하여, 300명의 무사를 절의 복도에 숨겨두었다가 현덕을 죽일 계획이었다. 태 부인은 장수의 목을 베라고 책망했으나, 현덕은 오히려 이를 말렸다. 무사들은 고개를 숙이고 슬금슬금 물러갔다.

현덕이 뜰로 나왔다. 뜰에는 커다란 바위가 있었다. 현덕은 부하가 갖고 있던 칼을 빼들고 하늘을 향해 기도했다.

'만일 형주로 돌아가 패권을 잡을 수 있다면, 이 바위는

瑰石斬劍援德玄

현덕은 칼을 뽑아 들어 바위를 두 쪽 내다. ≪新鑊全像通俗演義≫ 三國志傳卷之九

두 동강이 날지어다.'

입 속으로 이렇게 말하고 칼을 힘껏 내리치자 불꽃이 튀면서 바위는 두 동강이 나버렸다.

손권이 뒤에서 바라보고 물었다.

"현덕 장군, 그 바위에 무슨 원한이라도 있습니까?"

"내 나이 50이 가깝도록 나라를 위해 역적을 제거하는 데 성공을 거두지 못하여 언제나 유감스럽게 생각해왔는데, 지금 이곳에 와서 혼담을 이루게 된 것은 무엇보다도 다행한 일입니다. 그래서 하늘을 향해 조조를 무찌르고 한(漢)의 왕실을 부흥하게 해 달라고 기원하고, 이 바위를 내리쳤더니 과연 소원이 이루어졌습니다."

"나도 하늘에 기원하여 조조를 무찌를 수 있다면 이 바위는 다시 두 동강이 되겠군요."

손권은 칼을 빼들고 이렇게 말하면서 마음속으로는 '만일 형주를 다시 손에 넣어 오나라를 흥성하게 할 수 있다면 이 바위는 두 동강이 날지어다' 하고 기도했다.

손권이 칼로 힘껏 내리치자 바위는 역시 두 동강이 났다. 이 바위는 '십자문(十字紋)의 한(恨) 바위'라 하여 오늘날까지 남아 있다.

두 사람은 칼을 버리고 자리에 돌아와 다시 술잔을 나누었으나, 얼마 후에 곧 현덕이 작별 인사를 했다.

손권이 산기슭까지 전송을 나왔다. 눈앞의 경치가 아름다웠다. 산과 낭떠러지가 있었으며, 양자강이 유유히 흐르고 있어 바람이 불면 흰 파도가 일어 눈송이가 굴러가는 것 같았다.

두 사람은 나란히 서서 경치를 바라보다가 현덕이 말했다.

"이거야말로 천하 제일의 강산이군요."

오늘날까지도 감로사의 문에는 '천하제일강산(天下第一江山)'이라고 쓴 현판이 걸려 있다.

현덕이 객사에 돌아오자 손건이 말했다.

"교국로에게 부탁하여 혼례식을 일찍 올리는 것이 좋겠습니다."

며칠이 지나 성대한 혼례식이 거행되었다.

잔치가 끝나자 현덕은 부인의 침실로 안내되었다. 그런데 눈부신 등불 아래에서 보니 방 안에는 창과 칼이 가득 놓여 있고, 시녀들이 칼을 들고 양쪽에 서 있었다.

현덕은 깜짝 놀라 얼굴빛이 달라졌다. 나이가 지긋한 한 시녀가 말했다.

"걱정하실 것 없습니다. 신부님은 어렸을 때부터 무술을 좋아하여 언제나 시녀들에게 검술 시합을 시키는 것을 즐거

움으로 삼으셨습니다."

"그건 여자에게는 어울리지 않는 일이오. 나는 마음이 놓이지 않소. 어서 칼을 치우시오."

손 부인이 이 말을 듣고 웃으면서,

"죽이고 죽는 사이에서 사는 사람도 무기는 무서워하는가 보지요?"

하고 말하며 무기를 모두 치우게 했다.

남서를 떠나다

두 사람 사이에는 날로 정이 깊어갔다. 손권으로 말하면 표주박에서 망아지가 나온 격으로, 뜻밖의 일이었다. 어떻게 하는 것이 좋겠느냐고 주유에게 편지를 보냈다. 그러자 주유에게서 답장이 왔다.

현덕을 오나라에 머물게 하여 저택을 마련해주고, 미녀와 음악으로 유혹하여 정신을 흐리게 하는 한편, 관우·장비·제갈공명과의 유대가 멀어지게 하여 그들의 마음이 산란할 때 군사를 이끌고 쳐들어가라는 것이었다. 장소도 이 계략에 찬성했다.

손권은 곧 동쪽 저택을 수리하고 화초와 나무를 심고 호화가구를 마련하여 현덕과 여동생을 살게 했다. 그리고 무희와 명창 수십 명을 새로 늘리고, 금은과 보옥, 비단과 명주 등을 마련해주었다. 과연 현덕은 색(色)에 빠지고 노래에 현혹되어 형주로 돌아갈 것을 잊고 있었다.

현덕과 손 부인은 혼인하다. ≪新錄全像通俗演義≫ 三國志傳卷之九

 조운도 500명의 병사와 함께 동쪽 저택에서 살았으나, 하루하루가 권태로와 성 밖에 나가서 활쏘기와 말타기로 세월을 보냈다. 그러나 그 해가 다 저물어가는데도 현덕은 태평이었다. 그는 문득 전에 공명이 준 세 개의 보자기를 생각해 내었다. 지금이야말로 둘째 보자기를 펴볼 때였다.

 그는 보자기를 펴보았다. 그 속에는 과연 묘책이 들어 있었다. 그는 즉시 현덕이 살고 있는 저택으로 달려가서 말했다.

 "방금 공명 군사께서 보낸 사자가 와서, 조조가 적벽의 한을 풀기 위해 50만의 군사를 이끌고 쳐들어온다는 보고를 하였습니다. 한시 바삐 형주로 돌아오시기를 바라고 있습니다."

 "아내와 의논해보겠소."

하고 현덕은 안에 들어가 손 부인을 보자 눈물이 글썽하여 입을 열지 못했다.

 "무슨 걱정거리라도 있으신가요?"

"혼자 타국에 몸을 담아 부모에게 효도도 하지 못하고 조상의 제사도 올리지 못하고 있으니 이런 불효가 어디 있겠소. 설이 가까워오니 그것이 마음에 걸리오."

"시치미 떼지 마십시오. 다 듣고 있었습니다. 조운이 형주의 위기를 알려와서 형주로 돌아가고 싶으신 거지요?"

"벌써 들었다면 숨길 도리가 없군요. 내가 돌아가지 않으면 형주를 빼앗겨 세상 사람들의 웃음거리가 될 거요. 그러나 막상 떠나려고 하니 임자가 걱정이 되오. 그래서 고민하고 있소."

"당신의 아내가 된 이상 어디까지든지 따라가겠어요."

"그렇지만 어머님과 손 장군이 허락하지 않을 거요."

"어머니께 눈물로 애원해서라도 함께 떠나도록 하겠습니다."

"어머님께서는 허락해주실지 모르지만 손 장군이 승낙하지 않을 거요."

손 부인은 한참 생각에 잠기더니,

"설날에 강가에 가서 조상에게 제사를 올리겠다고 말씀드리고, 그 길로 떠나버리는 것이 어떨까요?"

건안 15년 정월 초하룻날, 손권이 문무백관을 모아 신년 축하연을 열고 있을 때, 손 부인은 어머니 태 부인을 만나 강변으로 조상에게 제사를 지내러 가야겠다고 말하고는 성 밖으로 나왔다. 그리하여 500명의 병사를 거느리고 기다리고 있는 조운을 만나, 남서(南徐)를 떠나 길을 재촉했다.

손권은 이날 술에 만취하여, 날이 저물어서야 두 사람이 도망친 사실을 알아차린 한 부하가 보고하러 왔을 때는 깊은 잠에 빠져 있었다.

눈을 뜬 것은 이튿날 새벽이었다. 그는 즉시 진무와 반장에게 명하여 500명의 정병을 뽑아 뒤쫓게 했으나, 그래도 분노가 가라앉지 않아 책상 위에 놓인 옥으로 만든 벼루를 바닥에 내동댕이쳐 박살을 냈다. 정보가 말했다.

"화를 내시는 것은 당연한 일이지만, 진무나 반장을 보내서는 붙잡을 수 없을 것입니다."

"내 명령을 어기겠다는 건가?"

"죄송하지만 손 부인은 어렸을 때부터 무예를 즐겨 용맹한 기상은 장수들도 모두 두려워하고 있습니다. 그들이 추격한들 어찌 손 부인 앞에서 유비를 붙잡겠습니까?"

손권은 더욱 격노하여 허리에 찬 칼을 빼들고, 장흠과 주태 두 장수에게 명령했다.

"이 칼을 가지고 가서 여동생과 현덕의 목을 베어 와라. 명령을 어기면 같은 죄로 처단할 테다."

장흠과 주태는 즉시 1천 명의 군사를 이끌고 출발했다.

손 부인의 도움

한편 현덕은 쉬지 않고 말을 달려 겨우 시상군의 경계까지 왔을 때, 뒤에서 흙먼지가 뿌옇게 이는 것이 보였다.

"추격병이 나타났다. 어떻게 하지?"

유현덕이 당황하여 조운에게 물었다.

"영주께서는 먼저 가십시오. 제가 뒤에서 적의 진격을 막겠습니다."

그러나 산기슭을 돌았을 때, 한 떼의 기병대가 앞길을 가로막았다.

"유비는 말에서 내려와 항복하라. 우리는 주 도독의 명령으로 여기서 기다리고 있었다."

하고 외친 것은 주유의 부하인 장수 서성과 정봉이었다.

앞길은 막히고 뒤에는 추격병이 쫓아와 현덕은 진퇴 양난에 빠졌다. 이때 조운이,

"안심하십시오. 군사가 주신 주머니 속의 세 가지 묘계 중에서 두 개는 이미 열어보았으나, 하나는 아직 남아 있습니다. 지금이야말로 나머지 하나를 열어볼 때인 것 같습니다."

현덕은 그것을 읽고 곧 손 부인의 수레로 다가가서 눈물로 호소했다.

"지금까지 하지 못했던 말을 모두 털어놓겠소."

"어서 말씀하십시오."

"손권 장군과 주유는 서로 의논하여 당신을 미끼로 나를 불러들여 형주를 손에 넣으려는 계략을 꾸몄소. 내가 죽으면 당신은 어떻게 하겠소? 내가 위험을 무릅쓰고 오나라에 온 것은 당신이 남자도 따르지 못하는 기상을 갖고 있다기에 나를 도와줄 것으로 믿었기 때문이오. 형주가 위험하다고 거짓말을 하고 빠져 나왔으나, 당신과 헤어지기가 싫어 이곳까지 데리고 왔소. 지금 손권 장군은 군사를 보내 뒤쫓고 있고 주유는 복병을 보내 앞길을 막고 있소. 이 곤경에서 나를 구할 수 있는 사람은 당신뿐이오. 내 청을 들어주지 않는다면 나는 당신의 수레 앞에서 자결할 수밖에 없소."

부인은 몹시 화를 내면서,

"오라버니가 나를 여동생으로 생각지 않는다면 저도 오라 버니로 여기지 않겠습니다. 이 곤경을 반드시 벗어날 수 있을 겁니다."

하고 수레의 발을 걷어 올리고, 서성과 정봉을 책망했다.

"너희들이 나를 해칠 테냐?"

두 사람은 허둥지둥 안장에서 내려와 무기를 버리고 수레 앞에 몸을 굽혔다.

"아니올시다. 다만 주 도독의 명령으로 이곳에 진을 치고 유비를 기다리고 있었을 뿐입니다."

"주유 그놈이…… 무엄하구나. 현덕은 한의 황숙이자 나의 남편이다. 나는 어머님과 오라버니에게 형주로 가겠다고 말씀드렸다. 너희들이 나설 자리가 아니다."

"부인, 화내지 마십시오. 다만 주 도독의 명령으로……."

"너희들이 두려워하는 것은 주유뿐이고 나는 두렵지 않단 말이냐? 주유 하나쯤은 나도 처치할 수 있다."

손 부인의 기세에 눌려 서성과 정봉이 어물어물하는 사이에 현덕 일행은 길을 열고 빠져 나갔다.

그러나 5, 60리도 가지 못해 진무와 번장이 뒤쫓아와 서성·정봉 등과 함께 함성을 질렀다.

손 부인은 조운과 함께 추격병을 기다리고 있다가 말했다.

"진무와 반장이 무슨 일로 여기까지 왔소?"

"영주님의 지시입니다. 부인과 현덕께서는 되돌아가시기 바랍니다."

"어머님의 허락을 받고 형주로 가는 길인데, 무엇 때문에

유현덕은 공명의 지모로 손 부인의 도움을 받다. 《繡像全圖三國演義》에서

가로막는 게냐? 너희들이 작당을 하여 나를 죽이려고 하는
게냐?"

네 장수는 이 말을 듣고 서로 얼굴을 마주 쳐다볼 뿐이었
다. 그런데 잡아야 할 현덕은 보이지 않고, 조운이 눈을 부릅
뜨고 미간을 찌푸리면서 금세 덤벼들 기세였다. 네 사람은
뒤로 물러나 손 부인의 수레를 보내고 말았다.

그때 회오리바람처럼 몰아닥친 것은 장흠과 주태의 군사
였다.

"유비는 어디로 갔느냐?"

"놓쳤소."

"왜 붙잡지 못했나?"

네 장수가 서로 손 부인에게 꾸지람을 들은 이야기를 하자
장흠이 말했다.

"손권 장군은 그것을 염려하여 이 칼을 주셨다. 이걸로 여동생과 유비의 목을 베라고 하셨다."

그리하여 서성과 정봉은 주유에게 급히 보고하기 위해 되돌아가고, 나머지 네 장수는 군사를 이끌고 추격을 계속했다.

한편 현덕 일행은 시상군에서 멀리 떨어진 유랑포(劉郎浦)라는 곳에 이르렀다. 도중에 강가에서 나룻배를 찾았으나 양자강만 유유히 흘러내릴 뿐 한 척의 배도 눈에 띄지 않았다.

그때 갑자기 뒤에서 흙먼지가 일기 시작했다. 현덕이 언덕에 올라가 바라보니, 기병대가 새까맣게 몰려오고 있었다.

"매일 계속된 여로로 사람과 말이 모두 지쳐 있는데, 또 추격해 오는구나. 이젠 죽을 수밖에 없구나."

하고 현덕은 한숨을 내쉬었다.

주유의 패배

함성이 점점 가까이 들려 사람들이 당황하여 도망치려고 할 때, 강가에 20여 척의 돛단배가 나란히 닻을 내리고 있는 것이 보였다. 조운이 말했다.

"하늘이 우리를 도왔습니다. 자, 어서 배에 오르십시오. 빨리 저쪽 기슭으로!"

현덕 · 손 부인 · 조운 그리고 500여 명의 군사가 배에 뛰어오르자, 배 내실에서 두건을 두르고 도복을 걸친 사람이 올라와 껄껄 웃었다.

"영주님, 반갑습니다. 제갈량이 여기서 기다리고 있었습니다."

장사꾼의 모습을 하고 배에 타고 있었던 것은 모든 형주의 수군이었다.

이윽고 네 장수가 뒤쫓아와 육지에서 활을 마구 쏘아대었으나, 배는 이미 기슭을 떠나 순풍에 돛을 달고 상류로 향하였다.

그때 갑자기 뒤에서 함성이 들려왔다. 뒤돌아보니 수많은 군선이 몰려오고 있었는데, 가운데 '수(帥)'라고 쓴 깃발을 나부끼면서 주유가 선두에 서고 왼쪽에는 황개, 오른쪽에는 한당이 세 용마(龍馬)와 같은 기세로 유성처럼 재빨리 배를 몰아 따라잡으려고 했다.

공명은 뱃머리를 돌려 북쪽 강기슭에 배를 대고 상륙했다. 그러자 주유도 상륙하여 뒤쫓아왔다.

"여기가 어디냐?"

"저쪽은 황주의 경계입니다."

병사가 이렇게 대답했을 때 북소리가 울리더니 산 속에서 한 떼의 병사들이 나타났다. 앞장선 장수는 관우였다.

주유는 혼비백산하여 말 머리를 돌려 도망쳐버렸다. 관우가 뒤쫓아가자, 주유는 있는 힘을 다해 도망쳤다. 그때 왼쪽에서 황충, 오른쪽에서 위연이 군사를 이끌고 쳐들어왔으므로 오의 군세는 와르르 무너지고 말았다.

주유는 강기슭으로 돌아가 급히 배에 올라탔다. 이때 공명은 강기슭에 있는 병사에게 큰소리로 일제히 외치게 했다.

"천하에 이름난 주랑(周郞)의 묘계, 꼴 좋구나!"

모두들 폭소를 터뜨렸다. 주유가 화가 머리끝까지 치밀어,

"다시 한 번 육지에 올라가 놈들과 싸워라!"

하고 명령하자, 황개와 한당이 말렸다.

"지금은 때가 아닙니다."

주유는 '이래서는 영주를 뵐 낯이 없다'고 생각하고 한마디 크게 소리를 질렀다. 그러나 아물어가던 상처가 다시 충격을 받아 그만 배 위에 쓰러지고 말았다.

장수들이 부축하여 시상으로 돌아갔다. 공명은 그를 추격하지 않고 무사히 형주로 돌아와 장수들에게 상을 주었다.

손권은 대패했다는 보고를 듣고는 크게 화를 내며 정보에게 명하여 전군을 이끌고 형주를 공략하려고 했다. 장소가 말렸다.

"그건 안 됩니다. 조조는 전부터 패전의 한을 풀려고 벼르고 있습니다. 다만 우리가 유비와 힘을 합쳐서 이를 방지하고 있기 때문에 경솔히 출병하지 않는 것뿐입니다. 만일 일시적인 감정으로 유비와 싸우게 되면, 조조는 그 기회를 노려 쳐들어올 것입니다. 그렇게 되면 큰일입니다."

"그러면 어떻게 해야 하는가?"

고옹이 말했다.

"조조가 보낸 첩자가 우리 나라에 잠입해 있을 것입니다. 만일 영주님과 유비의 사이가 좋지 않다는 말을 들으면, 조조는 반드시 사람을 보내어 유비를 자기 편으로 끌어들이려고 할 것입니다. 또 유비 쪽에서도 우리 오의 세력을 두려워하여 조조와 손을 잡으려고 할 것입니다. 만일 그렇게 되면

우리 나라는 크게 불리해집니다. 사자를 허창에 보내어 유비를 형주의 자사로 임명하는 상주문(上奏文)을 올리는 것이 좋을 줄 압니다. 조조는 이 말을 들으면 우리를 공격할 엄두를 내지 못할 것이며, 유비도 영주님의 은혜를 고맙게 생각할 것입니다. 일단 이렇게 해놓고, 심복을 보내 조조와 유비 사이를 이간시키면 나중에는 형주를 빼앗을 수 있을 것입니다."

손권은 이 말을 듣고 크게 기뻐하여 곧 화흠을 조조에게 보냈다.

태수가 된 주유

이 무렵에 조조가 업군(業郡)에 쌓은 동작대가 완성되었다. 이 대는 옛날 조조가 원소를 멸한 후에 구리 참새를 땅속에서 파내어 장하 기슭에 세운 것으로, 중앙이 소위 동작대이고 왼쪽은 옥룡대(玉龍臺), 오른쪽은 금봉대(金鳳臺)라고 불렀는데, 세 대의 높이는 10장이나 되었으며 위에는 두 개의 다리가 놓여 있고 금빛과 초록빛이 아름답게 빛났다.

조조는 문무백관을 모아 낙성(落成)을 축하하는 큰 잔치를 베풀었다. 무관들은 활쏘기를 겨루고, 문관들은 조조를 찬양하는 시를 지었다.

조조가 기분이 좋아 술을 몇 잔 기울이고 나서 붓과 벼루를 가져오게 하고,

"나도 동작대의 노래를 지어야지."

하고 있는데, 오나라의 사자 화흠이 나타났다. 손권은 여동생을 유비와 결혼시켰으며, 유비를 형주의 자사로 임명하기를 바란다는 취지의 보고였다. 이 말을 듣자 조조는 당황하여 손발을 떨더니 붓을 바닥에 떨어뜨렸다.

"화살이 빗발치는 싸움터에서도 마음이 흔들리지 않으셨으면서 어찌하여 이처럼 놀라십니까?"

하고 정욱이 물었다.

"유비는 사람 중에서 용이었으나 지금까지 물을 얻지 못했다. 그런데 지금 형주를 얻은 것은 용을 바다에 내보낸 거나 마찬가지야. 어찌 놀라지 않겠나?"

"승상께서는 화흠이 사자로 온 본의가 무엇인지 알고 계십니까?"

"본의라니?"

"손권은 오래 전부터 유비를 경계해왔습니다. 군사를 이끌고 쳐들어가 때려부수고 싶지만, 승상께서 그 기회에 쳐들어올까봐 두려워하고 있습니다. 화흠을 사자로 보낸 것은 유비의 마음을 달래어 승상의 출병을 막고 서로 견제하기 위해서입니다."

"옳은 말이오."

"오나라의 기둥은 주유입니다. 승상께서는 주유를 남군의 태수로, 정보를 강하의 태수로 임명하시고, 화흠을 조정에 머물게 하여 크게 쓰시면, 주유와 유비는 더욱 앙숙이 될 것입니다. 그리하여 서로 싸움을 붙여놓고 나서 공략하면 한꺼번에 두 적을 무찌를 수 있지 않겠습니까?"

조조는 이에 동의하여 곧 주유와 정보를 태수로 임명했다.

남군의 태수로 임명된 주유는 점점 복수심에 불타 다시 노숙을 현덕에게 보내어 형주의 반환을 요구했다.

노숙이 말을 꺼내자, 현덕은 양손으로 얼굴을 가리고 울기 시작했다. 노숙이 깜짝 놀라 물었다.

"무슨 일이십니까?"

현덕은 계속 울기만 했다. 이때 공명이 나타나 말했다.

"전에 형주를 빌렸을 때, 분명히 촉나라를 손에 넣으면 돌려 주겠다고 약속했습니다. 그러나 잘 생각해보니 촉나라의 유장(劉璋)은 한조(漢朝)의 후손으로, 우리 영주와는 형제 사이요. 만일 군사를 일으켜 공략하게 되면, 세상 사람들로부터 어떤 욕을 먹어도 할 말이 없게 됩니다. 그렇다고 해서 촉나라를 손에 넣지 않고 형주를 돌려준다면, 우리는 몸둘 곳이 없어지지요. 또 언제까지나 형주를 돌려주지 않는다면, 처남인 손권에게 얼굴을 들 수 없게 됩니다. 그래서 이러지도 저러지도 못해 우리 자사께서는 애를 태우고 계십니다."

공명의 해명은 현덕의 마음속을 그대로 대변했으므로, 현덕은 더욱 가슴이 쓰라려 소리내어 울었다.

노숙은 인정이 많은 사람이었으므로, 현덕을 보자 그 이상 형주를 돌려 달라는 말을 하지 못하고 시상으로 돌아갔다.

주유의 죽음

주유는 보고를 받고 발을 구르면서 분해 했다.

"자경, 자네는 또 고스란히 제갈량의 꾀에 넘어갔소. 내게 좋은 생각이 있소. 자경이 다시 한 번 형주에 가줘야겠소."
하고 말했다.

"좋은 생각이라니요?"

"손·유 양가(兩家)는 사돈이 되었으니 한집안이나 마찬
가지요. 차마 촉나라를 치기가 난처하다면, 우리 오(吳)가
군사를 일으켜 촉을 공략하여 신부의 지참금 대신 드릴 터이
니, 형주는 돌려 달라고 말하오."

"촉을 공략하려면 멀리 원정을 나서야 하므로 쉬운 일이
아닐 텐데요."

"자경은 왜 그리 고지식하오? 내가 정말 촉나라를 칠 것으
로 생각하오? 그건 하나의 구실이오. 촉을 치겠다는 구실로
오의 대군이 형주를 지나게 되면, 현덕이 반드시 영접하러
나올 게 아니오. 그때 성을 함락시켜 단숨에 형주를 빼앗는
거요."

노숙은 즉시 형주로 떠났다. 공명은 주유의 계략을 간파하
고 있었으나 시치미를 떼고 노숙의 제의를 받아들였다.

"이번엔 내 술수에 말려드는구나!"

주유는 의기 양양하였다. 그는 이제 상처도 거의 아물었으
므로 수륙 5만의 군사를 이끌고 형주로 향하였다.

배가 하구에 도착하자 현덕 쪽에서 미축이 마중을 나와 환
영 준비가 다 되었다고 전했다. 주유는 더욱 흐뭇했다.

그런데 형주에 도착하니 배 한 척도, 사람 하나도 마중
을 나오지 않고, 양자강은 조용하기만 했다. 감시병이 보
고했다.

"형주의 성벽 위에는 두 개의 백기(白旗)가 꽂혀 있고 사

孔明三氣周公瑾

공명은 주유를 세 번 기절시키다. 《繡像全圖三國演義》에서

람이라고는 그림자도 보이지 않습니다."

　주유는 이상한 생각이 들어 우선 배를 강기슭에 대고, 감녕·서성·정봉 등의 장수와 함께 3천 명의 기병을 이끌고 형주성으로 향하였다. 성 밑까지 갔으나 조용하기만 하고 아무 인기척도 없었다. 주유는 말고삐를 잡고 병사에게 성문을 열라고 외치게 했다.

　성 위에서 물었다.

　"누구요?"

　"오나라의 주 도독이 친히 행차하셨다……."

　말이 채 끝나기도 전에 박자목(拍子木)이 딱딱 울리더니 백기가 사라지고 적기(赤旗)가 세워졌다. 그리고 성벽 위에 창과 칼을 손에 든 병사들이 나타났다.

　망루 위에 조운이 나타나 물었다.

"주 도독 무엇하러 왔소?"

"내가 황숙을 위해 촉을 치러 온 것을 아직 모르고 있소?"

"공명 군사는 도독의 계략을 간파하고 이 조운을 이곳에 세워둔 것이오."

이 말을 듣고 주유는 말을 몰아 되돌아가려고 했다. 이때 '영(令)'자 쓰인 기를 든 병사가 뛰어와서 보고했다.

"정탐꾼이 알아낸 바에 의하면 사방에서 적군이 몰려오고 있습니다. 관우는 강릉에서, 장비는 자귀현(秭歸縣)에서, 황충은 공안에서, 위연은 잔릉(屛陵)에서 몰려오고 있어 그 수를 헤아릴 수 없고, 함성은 100리 밖까지 메아리쳐 주유를 사로잡으라고 합니다."

이 말을 들은 주유는 한마디 크게 소리를 지르더니 상처가 찢어져 말 위에서 거꾸로 떨어졌다.

옆에 있던 부하가 배로 부축해 갔으나,

"현덕과 공명이 저 산 위에서 즐거운 듯이 술을 마시고 있습니다."

라는 보고를 듣자, 점점 화가 치밀어 어떻게 할 방책을 구하지 못하고 분해 했다.

그때 손권의 사촌 동생 손유(孫瑜)가 원병을 이끌고 달려왔다. 주유는 마음을 가라앉히고 진격했으나, 상류 쪽에서 적이 길을 막고 있다는 보고를 듣자 또다시 심한 분노에 떨었다. 그때 사자가 공명의 편지를 가지고 왔다. 그 편지에는,

"촉나라를 공략하려고 하는 모양인데 그건 부당합니다. 촉은 군사가 강하고 요새가 견고하여, 물리치기 어렵습니다. 더구나 조조는 적벽에서 패한 후로 보복할 기회를 노리고 있

습니다. 원정한 사이에 조조의 군사가 쳐들어오면 강남은 쉽게 와르르 무너져 버릴 것입니다."

라는 내용이 씌어 있었다. 주유는 편지를 다 읽고 크게 한숨을 내쉬며 종이와 붓을 가져오게 하여 손권에게 보내는 유서를 쓴 후 장수들을 모아놓고,

"나라에 충성을 다하려고 했으나 수명이 다했소. 각자 영주를 잘 받들어 대업을 성취하기 바라오."

하고 말하더니 기절하고 말았다. 얼마 후에 의식을 되찾아 하늘을 우러러 탄식하고,

"하늘은 이 주유를 낳고 어찌하여 제갈량까지 낳았는가?"

하고 큰소리로 외치고 드디어 숨을 거두었다. 향년 36세, 건안 15년 12월 초사흘날이었다.

30. 마초와 조조의 다툼

공명의 조문

손권은 주유가 죽었다는 말을 듣고 대성 통곡을 하면서 슬퍼했다.

"공근은 제왕을 도울 수 있는 재능을 갖고 있으면서 너무 일찍 죽었다. 나는 이제 누구를 의지해야 하나!"

그러나 유서를 보니 노숙을 후임으로 추천했으므로 곧 그를 도독으로 임명하여 병마를 지휘하게 하는 한편, 주유의 장례를 성대히 치렀다.

한편 공명은 형주에서 밤하늘을 쳐다보다가 장성(將星)이 땅에 떨어지는 것을 보고 말했다.

"주유가 죽었군."

이튿날 아침에 현덕에게 보고하고 사람을 시켜 알아보게 했더니 과연 그러했다.

공명은 조운과 함께 500명의 군사를 이끌고 시상으로 조문을 갔다. 주유의 부하였던 장수들은 공명을 죽이려고 노렸으나, 조운이 칼을 들고 따라다녔으므로 섣불리 손을 쓸 수

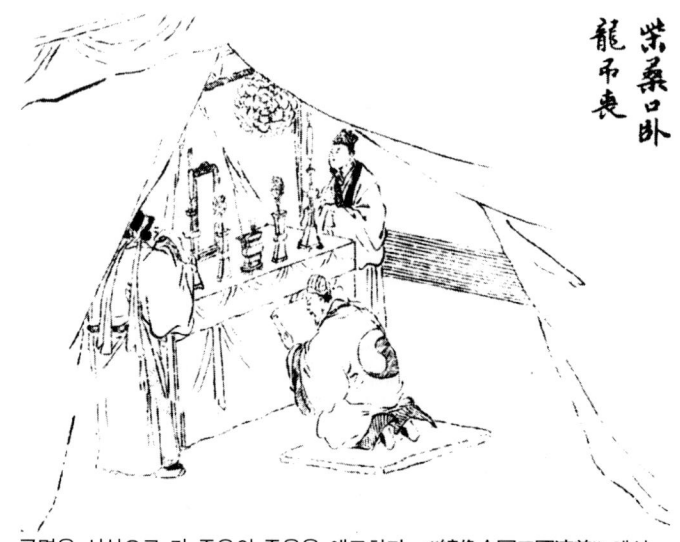

紫桑口卧
龍弔喪

공명은 시상으로 가 주유의 죽음을 애도하다. ≪繡像全圖三國演義≫에서

없었다. 공명은 갖고 온 조위품을 주유의 영전에 놓은 다음, 술을 따랐다. 그리고는 무릎을 꿇고 조문을 읽고 나서 땅에 엎드려 소리내어 울었다.

노숙은 연회를 베풀어 공명을 대접했다. 연회가 끝나 공명이 작별 인사를 마치고 배에 오르려 했는데, 강기슭에 서 있던 한 사나이 —— 도사의 옷에 죽관(竹冠)을 쓰고 흰 띠를 둘렀으며 흰 신을 신은 사나이 —— 가 공명의 옷소매를 꽉 잡아당겼다.

"네 이놈, 주랑을 골탕먹여 죽게 하고 뻔뻔스럽게 조문을 오다니, 이 오나라에 사람이 없다고 깔보는 게냐?"

공명이 깜짝 놀라 자세히 보니 다름 아닌 봉추 선생, 방통이었다.

두 사람은 얼굴을 마주 쳐다보고 껄껄 웃었다. 그리고 손을 마주 잡고 배에 올라 서로 흉금을 털어놓고 이야기했다. 공명은 한 통의 편지를 써주면서,

"손권은 아마 당신을 크게 써주지 않을 거요. 뜻이 맞지 않으면 형주에 와서 현덕을 돕지 않겠소? 그분은 도량이 넓고 덕이 뛰어나오. 당신의 학문은 큰 힘이 될 것이오."

하고 헤어졌다.

봉추를 얻은 현덕

한편 손권은 주유의 이야기가 나오기만 하면 눈물이 글썽해졌다. 노숙은 자기가 평범한 인간으로서 주유의 후임을 감당하기 어렵다고 생각하여 한 군사를 추천했다. 그는 방통이었다. 손권이 말했다.

"그 이름은 나도 전부터 듣고 있다. 어디에 살고 있느냐? 곧 불러오너라."

곧 방통이 불려왔다. 눈썹이 진하고 코는 뾰족하며 검은 얼굴에 수염이 숭숭한, 풍채가 형편없는 사나이였다.

손권은 첫눈에 마음에 들지 않아 물었다.

"그대는 무슨 학문을 했는고?"

"이렇다 할 일정한 학문은 별로 하지 않았고, 다만 임기응변으로 꾸려 나가고 있습니다."

"그럼 그대의 학문은 주 공근과 비교해 어떤가?"

"저의 학문은 공근과는 전혀 다릅니다."

손권은 주유를 누구보다도 신뢰하고 있었으므로, 기분이 별로 좋지 않았다.

"일단 물러가 있게. 등용할 때가 되면 다시 부르겠네."

방통은 한숨을 쉬고 물러났다.

노숙이 손권에게 물었다.

"영주께서는 어찌하여 방사원 같은 이를 등용하지 않습니까?"

"그놈은 미치광이오. 등용해서 뭘 하겠소."

"적벽 싸움 때, 그가 연환계를 사용한 것을 알고 계시겠지요?"

"아, 그때에는 조조가 스스로 배에 못을 박아 그렇게 된 것이지 그의 공이 아니오. 나는 그런 사나이는 쓰지 않을 거요."

노숙은 손권의 앞을 물러나와, 방통처럼 유능한 인물을 썩히는 것이 아까워 그에게 형주의 현덕에게로 갈 것을 권하고 추천장을 써줬다.

방통은 곧 현덕을 찾아갔다. 그런데 현덕도 그의 풍채가 초라하여 실망한 나머지 별로 달가워하지 않았다.

"형주도 어느 정도 안정되어 이렇다 할 자리가 없소. 여기서 동북쪽으로 130리 가량 떨어진 곳에 뇌양(耒陽)이라는 현이 있는데, 마침 그 자리가 비어 있으니 잠시 현령을 맡아주지 않겠소?"

방통은 대우가 신통치 않아 마음속으로 불만이었으나, 공명도 옆에 없어 참고 뇌양현에 부임했다. 그러나 공무도 보지 않고 소송도 처리하지 않은 채 아침부터 밤중까지 술만 마셔댔다.

이 보고를 받고 현덕은 화가 나서 장비에게 감사를 명했다. 장비는 손건과 함께 뇌양현의 현령 거처를 찾아갔다. 현령 방통은 그날도 술에 취해 있었다. 장비는 크게 호통을 쳤다.

"당신은 부임한 지 100일이나 되었는데 날마다 술만 마시고 일을 게을리하니 웬일인가?"

방통은 웃으면서 대답했다.

"겨우 100리 안팎의 조그마한 현의 공무를 집행하는 데는 별로 시간이 걸리지 않습니다. 장군, 잠시 기다려주시오. 지금 내가 일을 처리해 보일 테니까."

그는 즉시 관원을 불러 100여 일 동안 쌓인 공무를 지금 곧 처리하겠다고 말했다. 관원들은 저마다 손에 서류를 들고 당상 위에 모이고, 재판을 제기한 피고들은 돌계단 아래 모여들었다.

방통은 귀로 소송(訴訟) 내용을 들으면서 입으로 판결을 내리고, 손에 든 문서에 필요 사항을 써넣었다. 그는 사리를 분명히 가려내어 조금도 착오가 없었다. 그리하여 반나절도 못 되어 100여 일 동안 미룬 공무를 모두 처리했다.

장비는 깜짝 놀라 자리에서 내려와,

"선생, 이런 큰 재주를 가진 분인 줄 미처 몰라 실례했습니다. 형님께는 제가 추천하겠습니다."

이때 방통은 비로소 노숙이 써준 추천장을 꺼내 보였다.

"선생, 형님을 만났을 때 어째서 이 추천장을 꺼내 보이지 않았습니까?"

"이것을 꺼내 보이면 연줄에 의지하는 놈으로 생각하지 않을까 염려해서였지요."

장비는 형주에 돌아와 현덕에게 방통의 재능에 대해 상세히 보고했다. 현덕은 깜짝 놀랐다. 그리고 노숙의 추천장을 보고 후회하고 있는데 공명이 나타났다.

"그가 가슴속에 쌓아둔 학문은 나의 열 갑절은 될 것입니다."

하고 공명은 말했다.

현덕은 곧 방통을 불러 무례를 사과했다. 현덕은 이때 비로소 깨닫게 되었다.

"옛날 사마휘와 서서가 복룡과 봉추 둘 중에서 한 사람만이라도 얻게 되면 천하를 평정할 수 있다고 말한 적이 있었소. 이제 두 사람을 다 얻었으니 한의 왕실도 다시 일으킬 수 있겠구려."

그리하여 현덕은 방통을 부군사(副軍師) 중랑장으로 임명하여 공명과 함께 군사를 지휘하고 훈련시키게 했다.

건안 16년 5월의 일이었다.

마등의 죽음과 마초

한편 허창의 조조는 현덕이 두 군사를 참모로 하여 머지 않아 북으로 쳐들어올지 모른다는 정보를 받고, 참모들과 함께 강남의 정벌을 의논했다. 순유가 말했다.

"주유가 죽은 지 얼마 되지 않았으므로 먼저 손권을 무찔러야 합니다. 유비는 그 다음 차례입니다."

조조가 말했다.

"원정군을 일으키면 마등이 서량에서 허창으로 쳐들어오지 않을까 걱정이오."

"칙명(勅命)에 의해 마등을 정남장군(征南將軍)으로 임명하고 그에게 손권의 토벌을 명하여 허창에 불러들인 다음 몰래 죽여버리면 그런 걱정은 없어질 것입니다."

조조는 이에 동의하고 즉시 사자를 서량에 보내어 마등을 불러들이기로 하였다.

마등은 한의 장군 마원(馬援)의 후손으로, 부친 마숙(馬肅)은 환제 시대에 관원을 그만두고 농서(隴西)에 유랑하다가 강인(羌人)의 딸을 아내로 맞아 마등을 낳았다. 마등은 키가 8척에 얼굴 생김이 용맹스러웠지만, 성질은 온순하여 사람들에게 존경을 받고 있었다. 영제 말년에 강족의 반란이 많이 일어나자, 마등은 민병을 이끌고 공을 세워 정서장군(征西將軍)으로 임명되어, 진서장군(鎭西將軍) 한수와 의형제를 맺고 있었다.

칙명을 받은 마등은 장남 마초와 의논했다.

"나는 옛날 동승과 함께 천자의 비밀 칙명을 받고 유현덕과 힘을 합쳐 역적 조조를 쳐부수려고 했으나, 불행하게도 동승은 죽고 현덕은 여러 번 패하였소. 나는 이런 변두리 서량에 있었기 때문에 그를 돕지 못했소. 요즈음 현덕이 형주를 차지했다기에 옛날의 뜻을 이뤄보려고 하는데, 뜻밖에 조조가 부르니 어떻게 된 건지 모르겠구나."

"조조가 천자의 명령을 받아 아버님을 부르는 이상, 만일 가시지 않으면 칙명을 어겼다고 문책할 것입니다. 그가 부를 때에 허창에 가서 기회를 보아 거사하면 오랜 뜻을 이룰 수 있을 것입니다."

마등의 조카 마대(馬岱)가 말했다.

"조조가 무슨 흉계를 꾸미고 있는지 알 수 없는데 섣불리 나섰다가는 어떤 해를 당할지 모릅니다."

마등은 장남 마초에게 서량을 지키라고 당부하고, 자기는 5천 명의 군사를 이끌고 차남 마휴(馬休)와 마철(馬鐵), 조카 마대를 데리고 허창으로 향하였다.

조조는 문하시랑(門下侍郎)인 황규(黃奎)를 불러 마등의 행군참모(行軍參謀)로 임명했다. 그런데 이 황규는 전부터 역적 조조를 암살하려고 기회를 노리고 있었다.

황규는 마등을 만나자 자기의 뜻을 밝히고 은밀히 의논했다. 그리하여·조조가 서량의 군사를 사열(査閱)하러 나타났을 때 처치하기로 했다. 그런데 이것을 조조에게 몰래 알려준 자가 있었다.

그리하여 암살 기도는 실패로 돌아가고 마등·마휴·마철 세 사람과 황규는 목을 잘리게 되었다.

마대만 간신히 탈출하여 상인으로 가장하고 서량으로 도망쳤다.

조조는 마등을 죽였으므로 더욱 남정(南征)의 결심을 굳혔다. 대군 30만을 이끌고 합비에 있는 장요의 군사와 합세하여 먼저 강남으로 쳐내려가려고 했다.

이것을 재빨리 첩자가 알아내어 강동의 손권에게 보고했다. 손권은 노숙을 현덕에게 사자로 보내어 도움을 청했다.

공명은 침착한 어조로,

"만일 북에서 쳐내려와도 물리칠 방책이 서 있습니다."

하고 말을 이었다.

"마등 일가는 조조에게 죽임을 당했으며, 아들 마초는 서량의 대군을 거느리고 있습니다. 또한 조조를 대단히 원망하고 있습니다. 편지를 내어 그를 우리 편으로 끌어들이면, 마초는 반드시 군사를 이끌고 수도로 쳐들어갈 것입니다. 그렇게 되면 조조에게는 남침할 여유가 없게 됩니다."

한편 서량에 있던 마초가 간신히 탈출해 온 마대의 보고를 듣고 깜짝 놀라 조조를 불구 대천의 원수로 알고 있을 때, 현덕의 사자가 편지를 가지고 나타났다.

마초는 서량의 태수 한수와 힘을 합쳐 20만 대군을 이끌고 장안으로 쳐들어갔다.

마초의 장안 공격

장안은 한의 수도이니만큼 성곽이 견고하고 도랑이 깊어 쉽사리 공략할 수 없었다. 10일 동안 포위하고 공략했으나, 성을 함락시킬 수 없었다. 그래서 마초의 심복인 방덕(龐德)이 계략을 생각해내었는데, 마침내 성공을 거두었다. 일단 후퇴하여 적이 해이해졌을 때 병사들을 성 안에 침투시켜 성의 안팎에서 한꺼번에 공략하여 드디어 함락시킨 것이다.

조조는 조홍과 서황에게 동관(潼關)의 수비를 명령했다. 10일 동안만 무사히 지키면 자기가 대군을 이끌고 도우러

마초는 군사를 일으켜 원한을 풀다. ≪繡像全圖三國演義≫에서

가겠다고 말했다.

조홍과 서황이 관동의 요해(要害)를 지키고 있을 때, 마초는 병사 중에서 말을 잘하고 목소리가 우렁찬 자를 뽑아, 관문 아래 가서 조조의 조상부터 차례로 심한 욕설을 퍼붓게 했다. 그러자 성급한 조홍은 노발 대발하여 군사를 이끌고 쳐부수려고 했으나, 서황이 적의 흉계에 말려들지 말라고 타일렀다. 그러나 마초의 진지에서는 밤낮을 가리지 않고 번갈아 나타나 욕설을 퍼부었다. 그때마다 조홍이 뛰쳐나가려고 하는 것을 서황이 타일러 저지했다.

9일이 지나 관문 위에서 바라보니 서량의 군사는 피로한 모습으로 풀밭 위에 누워 뒹굴고 있었다. 조홍은 이것을 보자 말을 몰아 3천의 정병을 이끌고 출격했다. 그러자 서량의 군사는 말도 창도 버리고 도망쳐버렸다. 조홍은 이들을 끝까지 추격했다.

서황은 조홍이 출격했다는 말을 듣고 깜짝 놀라 급히 뒤쫓아가서 조홍을 향해 되돌아오라고 외쳤다. 이때 뒤에서 갑자기 함성이 들리더니 마대가 쳐들어왔다. 조홍과 서황이 당황하여 후퇴하려고 하는데 산모퉁이에서 북소리가 울리더니 마초·방덕의 부대가 쳐들어왔다. 조홍과 서황은 앞뒤로 포위되어 관문을 버리고 도망쳐버렸다.

원군을 이끌고 달려온 조조는 이튿날 진용을 정비하고 서량의 군사와 대치했다.

바라보니 서량의 군사는 모두가 용감한 무사였다. 그 중 얼굴은 분을 바른 것처럼 희고, 입술은 연지를 바른 것처럼 붉고 허리는 가늘고 어깨가 넓어 훌륭한 용사로 보이는 자가 기다란 창을 들고 서 있었다. 바로 마초였다. 그 양쪽에 방덕과 마대가 버티고 서 있었다.

조조는 마음속으로 감탄했으나 큰소리로 외쳤다.

"그대는 명장의 후손이면서 어찌하여 조정에 대항하려 하는가?"

마초는 이를 갈면서 큰소리로 욕을 퍼부었다.

"역적 조조야, 천자를 무시한 네 죄는 헤아릴 수 없이 많다. 게다가 나의 부친과 동생들을 죽였으니 불구대천의 원수다. 생포하여 네놈의 몸뚱어리의 살점을 모두 뜯어내겠다 ……."

그는 말을 마치기도 전에 창을 들고 덤벼들었다. 조조의 뒤에 있던 장수가 잇따라 나가 싸웠으나 당해내지 못했다. 마초는 뒤돌아서서 자기 편을 향해 손짓을 했다. 서량의 병

사들이 일제히 쳐들어오자 조조의 진지는 와르르 무너지고
말았다.

마초 · 방덕 · 마대는 100여 명의 기병을 거느리고 본진에
쳐들어가 조조를 사로잡으려고 했다.

"붉은 갑옷을 걸친 놈이 조조다!"

서량의 병사들이 이렇게 말하자, 조조는 곧 붉은 갑옷을
벗어버렸다.

그러자 이번에는,

"수염이 긴 놈이 조조다!"

하고 외치는 소리가 들려왔다. 조조는 당황하여 허리에 찬
칼을 뽑아 자기의 수염을 잘라버렸다.

그가 수염을 자른 것을 본 한 병사가 재빨리 마초에게 알
렸다. 그러자 마초는,

"수염이 짧은 놈을 잡아라. 그놈이 조조
다!"

하고 명령했다. 이 말을 듣자 조
조는 깃발을 찢어 목을 감싸고
도망쳤다. 뒤에서 한 떼의 기병
이 쫓아왔다. 뒤돌아보니 은빛
갑옷을 걸친 무사로, 바로
마초였다.

"조조, 어디로 도망치는 게
냐?"

조조는 깜짝 놀라 말의 채찍을 땅
위에 떨어뜨렸다. 금세

마초의 상 《貫華堂三國志演義》에서

뒤쫓아간 마초가 뒤에서 창을 던졌다. 조조는 숲속으로 뛰어들어 나무 사이를 빙빙 돌아 도망쳤다. 마초가 던진 창은 나무에 꽂혔다. 창을 급히 빼냈을 때 조조는 이미 그 자리를 빠져 나간 뒤였다.

조조는 진지에 돌아와 패잔병을 모아 보루를 굳게 지키게 하고 깊은 도랑을 파고 경솔히 나가 싸우지 말라고 지시했다.

마초와 허저의 결투

한편 마초에게는 용감한 원병이 가세했다.

조조는 위수의 북쪽 기슭으로 건너가 뒤에서 마초를 치려고 했다. 이것을 알아차린 마초는 강을 건너가는 조조의 군사를 습격했다.

"은빛 갑옷의 장군이 나타났습니다."

라는 말을 들은 조조의 병사들은 모두 그가 마초라는 것을 알고 있었으므로 앞을 다투어 배에 올라타려고 했다.

조조는 침착하게 의자에 앉아 덤비지 말라고 소리쳤다. 이때 말이 우는 소리가 함성과 뒤섞여 점점 가까이 들려왔다. 그러더니 배 위에 있던 한 장수가 훌쩍 언덕에 뛰어내려,

"적이 쳐들어왔습니다. 승상, 배에 올라타십시오."

하고 외쳤다. 허저였다. 조조는 입 속으로,

'적이 쳐들어왔다고 해서 뭘 그렇게 떠드는 게냐.'

했으나 뒤돌아보니 마초는 벌써 100여 보 앞에 다가와 있

었다.

허저가 조조를 끌다시피하여 배가 있는 곳으로 데리고 갔을 때, 배는 강기슭에서 1장 가량 떨어져 있었다. 허저는 조조를 등에 업고 훌쩍 뛰어 배에 올랐다.

장병들은 물 속으로 뛰어들어 뱃전에 매달리면서 앞을 다투어 오르려고 했다. 배가 한쪽으로 기우뚱거렸다. 허저는 허리에 찬 칼을 빼들고 닥치는 대로 후려쳤다. 뱃전에 매달렸던 팔들이 잘리면서 병사들이 떨어져 나가자 배가 움직이기 시작했다.

강기슭에서는 화살이 비오듯 날아왔다. 배의 타수(舵手)들은 화살에 맞아 잇따라 물 속으로 떨어졌다. 허저는 혼자 오른손으로 노를 젓고 왼손으로는 말 안장으로 조조에게 날아드는 화살을 막았다.

마초는 진지에 돌아와 한수에게, 조조를 업고 배에 올라탄 적장이 누구냐고 물었다. 한수가 대답했다.

"조조에게는 두 참모가 있네. 한 사람은 전위(典韋)이나 전사했고 또 한 사람은 허저인데, 뛰어가는 소의 꼬리를 잡아당겨 되돌렸다고 해서 별명을 호치(虎痴)라고 부른다네. 오늘 조조를 구한 것은 아마 그 허저일 걸세. 그놈과는 함부로 겨루지 말게."

마초는 주야로 공격을 퍼부었다. 조조는 위수에 토성을 쌓고 이에 대항했다.

어느 날 조조는 말을 타고 허저 한 사람만 데리고 진지 앞에 나와 마초를 큰소리로 불렀다. 마초는 말을 몰아 창을 들고 나타나 외쳤다.

"네 부하에 호후(虎侯)라는 놈이 있다고 들었는데, 어느 놈이냐?"

'호치'라고 부르지 않고 '호후'라고 부른 것은, 상대방을 높여서 한 말이었다. 조조는 대답했다.

"호치 허저가 여기 있다. 하지만 네놈은 상대가 안 된다."

마초는 화가 났다. 허저가 큰소리로 외쳤다.

"내가 바로 허저다."

그의 두 눈은 이상한 빛을 띠고 있었으며 위풍이 당당했다. 마초는 바로 도전하지 않고 말 머리를 돌렸다.

이튿날 마초에게는 허저로부터 한 판 승부를 하고 싶다는 도전장이 날아들었다.

"사람을 무시해도 정도가 있지."

마초는 내일 호치의 목을 베어버리겠다는 내용의 답서를 보냈다.

이번에는 호후라고 부리지 않고 호치라고 불렀다.

이튿날 양군은 전열을 정비하고, 조조의 진지에서 허저가 말을 몰아 칼을 휘두르면서 출진하고 마초는 창을 들고 대적했다.

두 사람은 100여 차례 싸웠으나 승부가 나지 않았다. 말이 지쳐 있었으므로 두 사람 다 진지로 되돌아가 말을 갈아타고 다시 겨뤘다. 이번에도 100여 차례 싸웠으나 승부가 나지 않았다. 허저는 쏜살같이 진지로 돌아와 투구와 갑옷을 벗어버리고 알몸으로 칼을 들고 말에 뛰어올라 결판을 내려고 했다.

양군의 병사들은 이것을 보고 다만 놀랄 뿐이었다. 30여

허저는 옷을 벗어 던지고 마초와 겨루다. ≪繡像全圖三國演義≫에서

차례 싸웠을 때, 허저가 힘껏 내려친 칼을 날쌔게 피한 마초
가 허저의 가슴을 향해 창을 던졌다. 그러자 그 창을 재빨리
잡은 허저는 한 손에 든 칼을 던져버렸다. 둘은 말 위에서 창
빼앗기를 시작했다. 허저의 힘이 더 강했던지 크게 외마디
소리를 지르며 덤비자 창자루의 한가운데가 부러졌다. 두 사
람은 반 토막이 난 창을 갖고 말 위에서 격전을 벌였다.

　조조는 허저가 실수할까봐 걱정이 되어 부하인 장수들에
게 일제히 나가 싸우라고 명령했다. 그리하여 양군이 뒤섞여
혼전을 벌였는데, 조조의 군사는 혼란에 빠져 부상자가 적지
않았다.

　마초는 위수에 되돌아와 한수에게 말했다.

　"지금까지 무술이 뛰어난 자를 많이 보아왔지만, 허저와

같은 자는 처음입니다. 과연 호치더군요."

조조의 이간책

조조는 마초가 점점 자만심이 더해간다는 것을 알고는 서황의 부대를 몰래 하서로 보내 앞뒤에서 협공할 계획을 세웠다. 마초는 이것을 알고 한수와 대책을 의논했다. 부하인 한 장수가 말했다.

"이렇게 된 이상 공략한 땅의 일부를 조조에게 돌려주어 화의를 맺고, 잠시 휴전하여 겨울을 지내고 봄에 다시 대책을 강구하는 것이 어떻겠습니까?"

한수는 이에 찬성했다. 마초는 망설였으나 다른 장수들도 화의를 권했다. 그래서 사자를 조조의 진지에 보내어 편지를 전하게 했다.

조조는 참모 가후에게 물었다.

"임자는 어떻게 생각하는가?"

"전쟁에는 으레 모략이 따르게 마련입니다. 그러므로 일단 상대방의 제의를 받아들인 후에 첩자를 보내어 한수와 마초를 이간시키면 한꺼번에 무찌를 수 있을 것입니다."

"천하의 묘계는 일치한다고 했는데, 그 계략은 내 복안(腹案)과 같소."

하고 조조는 기뻐했다. 그는 곧 강화(講和)에 동의한다는 답장을 보내고 자기 병력을 후퇴시키는 체했다.

답장을 받은 마초는 적의 계략에 넘어가지 않기 위해 한수와 교대로 출병하여, 한수가 조조의 본진으로 향하면 자기는 서황의 진지로 향하고, 한수가 서황의 진지로 향하면 자기는 조조의 본진으로 향해 양면으로 대비하고 있었다.

이튿날 조조는 장수들을 거느리고 진지를 나와 앞장서서 말을 몰았다. 서량의 병사들은 조조의 얼굴을 보려고 저마다 앞으로 나왔다. 조조는 큰소리로 외쳤다.

"너희들이 조조를 구경하러 왔구나. 나도 인간이다. 눈이 넷, 입이 둘 있는 게 아니다. 다만 지모가 남보다 뛰어날 뿐이다."

병사들은 두려움을 금할 수 없었다.

조조는 사람을 보내어 한수를 불러내어 둘이 이야기하고 싶다고 전했다. 한수는 곧 진지를 나섰으나, 조조가 갑옷을 걸치고 있지 않은 것을 보자 자기도 갑옷을 벗고 가벼운 차림으로 말에 올랐다.

두 사람은 말 머리를 맞대고 대화를 나누었다. 조조가 말했다.

"나는 장군의 아버님과는 구면이고 아저씨처럼 따랐지요. 그리고 장군과는 똑같이 임관되었는데, 이제 세월이 많이 흘렀소. 장군은 올해 몇 살입니까?"

"마흔입니다."

"옛날 도성에 있을 때만 해도 서로가 젊었는데, 벌써 중년이 되었구려. 다시 천하가 평화를 누릴 수 있는 날은 언제일까요?"

조조는 이렇게 옛날을 추억할 뿐, 전쟁에 대해서는 한마디도 언급하지 않고 웃는 얼굴로 헤어졌다.

돌아온 한수에게 마초가 물었다.

"조조의 진지 앞에서 무슨 이야기를 했습니까?"

"옛날 도성에서 살 때의 이야기만 했네."

"전쟁 이야기를 꺼내지 않았을 리가 없을 텐데요."

"조조가 먼저 말하지 않는데 내가 먼저 말기하기도 이상스럽지 않나?"

마초는 마음속으로 이상하게 생각했으나 아무 말도 하지 않고 나왔다.

한편 조조가 진지에 돌아오자 가후가 다시 하나의 계략을 생각해내었다. 조조는 한수에게 한 통의 편지를 썼다. 그는 일부러 말을 애매하게 얼버무리고 중요한 대목은 지워버리거나 바꿔 써서 단단히 봉하여 밀사로 하여금 한수에게 전하게 했다.

이 소식은 마초의 귀에도 들어갔다. 마초는 수상하게 생각하여 한수에게 편지를 보여 달라고 했다. 한수는 편지를 보여주었다. 그 편지는 여기저기 지워져 있었다.

"이 편지는 어찌하여 여기저기 지워져 있습니까?"

하고 마초가 물었다.

"글쎄, 받아보니 이렇게 되어 있더군. 까닭은 나도 모르네."

"초안(草案)을 남에게 보낼 리가 없지 않습니까? 이것은 숙부께서 저에게 자세한 내용을 알리지 않으려고 일부러 지워버리신 것이 아닙니까?"

"그래서 지금 날 의심하는 겐가? 조조가 초안을 잘못 보냈을 걸세."

"조조처럼 간계가 있고 빈틈없는 사나이가 이런 실수를 할 리가 없습니다."

"나를 믿지 못하겠거든 내일 진지 앞에서 조조와 이야기를 나눌 테니, 그때 진중에서 뛰쳐나와 단번에 찔러 죽여버리게."

이튿날 한수는 부하인 장수 다섯 명을 이끌고 진지를 나서고 마초는 진지의 대문 뒤에 숨어서 동정을 살펴보았다.

한수는 사람을 보내어 조조와 둘이서 이야기하고 싶다고 제의했다. 조조는 조홍을 불러 뭐라고 지시했다.

조홍는 즉시 몇 명의 기병을 이끌고 진지를 나와 한수에게 다가서서는 말 위에서 몸을 굽히고,

"어제 승상께서 장군께 하신 말씀을 명심하여 실수가 없게 하시오."

하고 곧 진지로 돌아갔다.

마초의 패배

마초는 이 말을 듣고 몹시 화가 나서 창을 들고 달려가 한수에게 대들었다. 다섯 장수가 이를 가로막고 마초를 달래서 진지로 돌려보냈으나, 마초의 분노는 좀처럼 가라앉지 않았다.

"마초가 웬일이오?"

하고 한수는 다섯 장수들과 의논했다. 한 장수가 말했다.

"마초는 자기의 무용을 자랑하여 평소에 영주님을 무시하

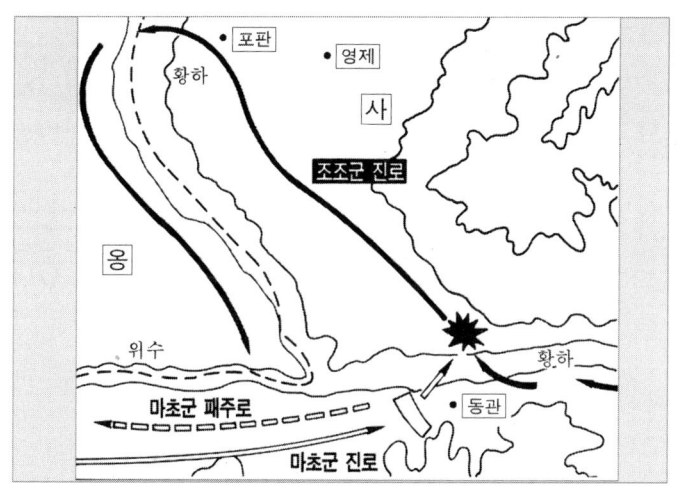

고 있었습니다. 설사 조조와 싸워 이기더라도 그는 그 공로
를 혼자서 차지하려고 할 것입니다. 제 생각에는 차라리 조
조에게 항복하는 것이 좋을 것 같습니다."

"나는 마등과 의형제를 맺은 사이다. 그것을 어찌 헛되이
돌릴 수 있겠느냐?"

"일이 이렇게 된 이상 할 수 없지 않습니까?"

그리하여 한수는 할 수 없이 이에 찬성했다. 조조는 항복
의 제의를 받자 크게 기뻐하여 한수를 서량의 태수로 임명하
고 다른 장수들에게도 각각 직위를 주었다.

한수는 다섯 장수와 밀담하여 마초를 칠 계획을 세우기 시
작했다. 이 소식을 마초에게 보고한 자가 있었다. 마초는 격
노하여 칼을 빼들고 밀담하고 있는 장소로 뛰어가,

"네놈들이 날 죽일 공모를 하는 게냐?"

하고 칼로 한수를 내리쳤다. 한수가 당황하여 한 손으로 칼

을 잡는 바람에 그의 왼손이 잘려져 나갔다. 그러자 다섯 장수가 칼을 빼들고 덤벼들었다. 마초는 막사 밖으로 뛰쳐나와 다섯 장수와 혈전을 벌였다. 두 장수를 쓰러뜨리자 나머지 세 장수는 도망쳐버렸다. 마초는 한수를 죽이려고 했으나 벌써 현장에서 자취를 감추어버린 뒤였다.

이윽고 조조의 대군이 쳐들어왔다. 마초는 포위되어 위태로웠으나 겨우 혈로를 뚫고 탈출하여, 1천여 명의 기병을 이끌고 서북으로 도망쳤다. 조조는 이들을 계속 추격하여 마초의 부하는 결국 30여 명밖에 남지 않게 되었다. 마초는 방덕·마대 등을 데리고 농서임조(隴西臨洮)로 향하였다.

조조는 장안의 수비를 하후돈에게 맡기고 허창으로 개선했다. 헌제는 성 밖까지 나와서 조조를 맞아들였다. 이후 조조는 나라 안팎에서 위세를 떨치게 되었다.

31. 현덕과 유장

한중의 세력자

당시 한중(漢中)에는 장로(張魯)라는 자가 살고 있었다. 그의 조부 장릉(張陵)은 서천(西川 ; 지금의 사천) 곡명산(鵠鳴山)에서 이상한 도(道)에 관한 책을 써 백성들을 미혹시켜 많은 사람들에게 존경을 받았다. 장릉이 죽자 그 아들 장형(張衡)이 그 도를 전파하여, 도를 배우고 싶어하는 사람들로부터 쌀 다섯 말씩을 받았으므로, 세상에서는 이들을 '미적(米賊)'이라고 불렀다. 장형이 죽자 장로가 그 뒤를 이어받았다.

장로는 스스로를 '사군(師君)'이라 칭하고, 도를 배우러 오는 자들은 모두 '귀졸(鬼卒)'이라고 불렀다. 그리고 이들 귀졸 위에 서는 자를 '좨주(祭酒)'라고 부르고 그 중의 우두머리를 '치두대좨주(治頭大祭酒)'라고 불렀다. 성실을 본으로 삼고 남을 속이는 것을 용납하지 않았다. 병에 걸린 자는 제단에 오게 하여 조용한 방에서 살게 하고, 여태껏 지은 죄나 과실을 반성하여 고백하게 한 뒤 기도해주었다.

기도하는 방법은 병자의 이름을 쓰고 죄에 대한 형벌을 달게 받겠다는 글을 세 통 쓰는 것이었는데, 이것을 '삼관수서(三官手書)'라고 불렀으며, 한 통은 산꼭대기에서 하늘에 고하고, 한 통은 흙에 파묻어 땅에 고하며, 한 통은 물에 가라앉혀서 수관(水官)에게 고했다. 이리하여 병이 나으면 쌀 다섯 말을 사례로 받았다.

이 밖에 '의사(義舍)'를 세우고, 그 안에는 쌀·장작·고기 등을 준비하여 여행자들에게 제공했다. 그러나 필요 이상으로 탐내는 자는 하늘의 벌을 받게 마련이었다.

영지(領地) 안에서 백성의 법을 어겼을 때는 세 번까지 용서를 하고 그래도 마음을 고치지 않는 자에게는 형벌을 내렸다. 관리는 두지 않고 모든 것을 '좨주'에게 맡겼다.

이렇게 하여 장씨가 한나라에 할거(割據)한 지 30년이 가까웠지만, 지세가 험악하여 조정에서는 정벌을 하지 못해 장로에게 진남 중랑장(鎭南中郎將)의 벼슬을 주어 한녕(漢寧)의 태수로 임명하고 공물을 바치게 했다.

조조가 서량의 마등을 죽이고 그 아들 마초를 물리친 여세를 몰아 한중에 쳐들어온다는 소문이 퍼졌다. 장로는 이에 대항하기 위해 남린(南隣)의 서천 41주를 공략하여 아성(牙城)으로 삼으려고 했다.

서천, 즉 익주의 자사 유장은 유언의 아들로, 한나라 왕실의 일족이었지만, 전에 장로의 어머니와 동생을 죽인 적이 있어 한중과는 불구대천의 원수 사이였다.

장송과 조조

유장은 본래 소심하고 비겁하여 장로가 북방에서 쳐들어 온다는 보고가 들어오자 겁이 나서 곧 참모들과 의논했다.

"염려 마십시오. 내가 세 치의 혀를 움직여 장로가 이 서천을 넘보지 못하게 하겠습니다."

하고 나서는 자가 있었다.

그는 익주의 보좌관인 장송(張松)으로, 자를 영년(永年)이라고 불렀다. 나면서부터 이마가 툭 튀어나오고 머리는 비뚤며 납작코에 뻐드렁니를 가지고 있었다. 키는 5척이고 목소리는 깨진 종소리 같았다.

"제가 허창에 가서 조조를 만나 그에게 군사를 일으켜 한중을 공략하고 장로를 무찌르도록 설득히겠습니다. 그러면 장로는 우리 촉(蜀)을 넘보지 못할 것입니다."

유장은 기꺼이 황금과 진주 등 헌상물(獻上物)을 주어 장송을 허창에 보냈다. 장송은 몰래 그려둔 서천의 지도를 갖고 갔다.

허창에 도착하여 장송은 숙소를 잡고 매일같이 승상부

장송의 상 《貫華堂三國志演義》에서

(丞相府)에 가서 조조와의 면회를 신청했으나, 조조는 마초를 격파한 후로 날마다 주연에 파묻혀 정치를 잊고 있었다. 장송은 사흘 만에 조조의 측근에게 뇌물을 주고 겨우 면회할 수 있게 되었다.

"유장은 근래에 공물을 게을리하고 있는데 웬일인가?"

하고 조조가 물었다.

"도중에 산적이 많아 좀처럼 다닐 수 없습니다."

하고 장송이 대답했다.

"내가 중원을 평정했는데 도적이 있을 리가 없다."

하고 조조는 책망했다. 장송은 일일이 말대꾸를 했다.

"남에는 손권, 북에는 장로, 서에는 유비 등이 적어도 각각 10만의 병력을 가지고 있습니다. 그래도 천하가 태평하다고 할 수 있습니까?"

조조는 장송의 얼굴이 추할 뿐만 아니라 말에 가시가 있어 자리에서 일어나 안으로 들어가버렸다.

장송은 물러나려고 했다. 그런데 조조의 부하 중에 장송의 재능을 인정하고 호의를 가진 자가 있어 그의 주선으로 다시 한 번 면회가 허락되었다.

이튿날 조조는 서쪽 연병장에 군대를 총집합시키고, 그곳에 장송을 불러내어 물었다.

"자네는 이만한 병력을 본 적이 있는가?"

"우리 촉나라에서는 이만한 병력을 본 적이 없습니다. 다만 인의(仁義)로 백성들을 다스릴 뿐입니다."

조조는 얼굴빛을 바꾸고 장송을 노려보았다. 장송은 조금도 두려워하는 기색을 보이지 않았다. 조조가 말했다.

"천하의 쥐새끼 같은 놈들, 내가 보기에는 먼지만도 못하다. 우리 대군은 가는 곳마다 싸우면 이기고 공격하면 빼앗았다. 나를 따르는 자는 살고 나에게 거역하는 자는 죽는다. 알고 있느냐?"

"예, 잘 압니다. 옛날 복양에서 여포와 싸우고, 완성에서 장수와 싸우고, 적벽에서 주유를 상대로 싸우고, 화용에서 관우와 대결하고, 동관에서는 수염을 자르는가 하면 갑옷을 버리고, 위수에서는 배를 빼앗기고 화살을 피한 일 등은 과연 천하 무적이었습니다."

조조는 노발 대발하여 옆에 있는 부하에게 장송의 목을 베라고 명령했다. 참모들이 말려 사형은 못 시키고 대신 곤장을 쳐서 쫓아버렸다.

장송은 사실 서천 땅을 조조에게 바치기 위해 왔는데, 뜻밖에도 푸대접을 하니까 화가 나서 독설을 퍼부었던 것이다. 그러나 서천을 떠날 때에는 유장의 앞에서 큰소리를 친 자기가 빈손으로 돌아간다면 촉나라 사람들의 웃음거리밖에 안 될 것 같았다. 이때 그는 덕망이 높은 형주의 유비가 어떤 사람인지 만나 보고 싶었다.

장송과 현덕

장송이 형주 가까이 왔을 때 500여 명의 기병을 거느린 한 장수가 말했다.

"장송이 아니십니까? 조운이 이곳에서 기다리고 있었습니다."

저녁때 형주 경계까지 오니, 정사(亭舍)의 문 앞에 100여
명이 나란히 서서 북을 치며 영접하고 관우가 그를 숙사로
안내했다. 그날 밤에는 관우와 조운이 주연을 베풀어 그를
환영했다.

이튿날 현덕과 공명·방통 세 사람이 도중까지 마중을 나
왔다. 현덕이 말했다.

"대부(大夫)의 명성은 전부터 들어 만나 보고 싶었소. 시
골성이지만 잠시 머물도록 하오."

형주성에서도 주연이 베풀어졌다. 그러나 현덕은 서천에
대한 말은 한마디도 입 밖에 내지 않았다. 사흘 동안이나 주
연이 계속되었으나, 서천에 대한 것은 한마디도 화제에 오르
지 않았다.

사흘 후에 장송이 형주를 떠나려고 하자 성 밖의 정사(亭
舍)에서 송별연을 열어주었다.

"언제 또 만날 수 있겠소?"

하고 현덕은 눈물을 글썽이며 말했다. 장송은 생각했다.

'현덕에게는 옛날 요순(堯舜)의 인품이 있다. 지금이야말
로 서천을 빼앗을 계략을 세워야 한다.'

그리고는 말했다.

"저도 조석으로 곁에서 모시고 싶지만 그렇게 할 수 없어
유감스럽습니다. 그런데 제가 보기에 이 형주 동쪽에는 손권
이 호랑이처럼 도사리고 있고, 북쪽에는 조조가 노리고 있습
니다. 언제까지나 머물러 계실 곳이 못 되는 줄 압니다."

"그건 나도 알고 있소. 그렇지만 이 몸을 둘 곳이 있어야

지요."

"익주(益州)는 요해가 견고하니 기름진 평야가 있어 백성은 번성하고 나라는 부유하며 10만의 군사를 보유하고 있습니다. 게다가 지각 있는 사람들은 모두 영주님의 덕을 사모하고 있습니다. 지금 이 형주의 군사를 이끌고 익주를 공략하면 한의 왕실도 재흥될 수 있을 것입니다."

"내가 어찌 그렇게 할 수 있겠소. 익주의 유장으로 말하면 본래의 왕실의 후손으로 오랫동안 그 나라를 다스려오면서 은덕을 끼쳐왔소. 그런데 다른 사람이 이것을 빼앗을 수는 없는 일이오."

"저는 주인을 팔아 출세하고 싶은 생각은 조금도 없습니다. 다만 영주님을 뵈니 흉금을 털어놓고 싶은 생각이 들었습니다. 유장 어른은 익주 땅을 다스리고 있기는 하지만 우매하고 연약한 군주로, 유능한 인물을 쓸 줄 모릅니다. 사실은 제가 이번에 여행길에 오른 것은 조조와 화친하기 위해서였지만, 그는 역적이고 천자를 무시하며 한나라 조정에 재앙이 될 인물입니다. 영주님은 먼저 서천을 공략하여 기반을 닦고 북의 한중을 손에 넣은 다음, 다시 중원을 점령하여 한나라의 왕실을 일으켜 세우셔야 합니다. 그렇게 하시면 역사에 이름이 남게 될 것입니다. 만일 서천을 공략할 뜻이 계시다면, 제가 안에서 도와드리겠습니다. 어떻게 생각하십니까?"

"뜻은 고맙소. 그렇지만 유장은 동족이오. 그에게 화살을 겨누면 세상의 비난을 받게 될 것이오."

"모든 일에는 시운(時運)이 있습니다. 지금 이 기회를 놓치고 다른 사람이 서천을 점령해버리면 이미 때는 늦습니다."

"촉으로 들어가는 길은 험하고, 산이 천이요 물이 만이라 수레는 굴러가지 않고 말은 달리지 못한다고 들었소. 만일 촉을 공략하려면 어떤 계략이 있어야 하오?"

장송은 하나의 두루마리를 꺼내어 현덕에게 넘겨주었다.

"이 지도를 드리겠습니다. 이것을 보시면 촉의 길을 한눈에 볼 수 있습니다."

펴보니 촉의 지리와 지형, 산천의 요해, 창고에 들어 있는 금은과 군량에 이르기까지 자세히 표시되어 있었다. 장송은 말을 이었다.

"저에게는 법정(法正)과 맹달(孟達)이라는 친한 친구 둘이 있습니다. 이 두 사람이 형주에 오면 흉금을 털어놓고 의논하십시오."

하고 말했다. 현덕은 고맙다고 깍듯이 인사를 했다.

현덕의 서천 방문

장송은 익주에 돌아와 법정·맹달과 밀담한 후에, 유장을 만나 조조와는 이야기가 원만히 이루어지기는커녕 오히려 조조가 우리 서천을 정복하려는 야심을 품고 있다는 것과 장로나 조조의 공격에서 서천을 지키기 위해서는 형주의 유비와 손을 잡아야 하는데, 그러기 위해서는 법정과 맹달을 사자로 보내야 한다는 것을 주장했다.

유장이 이에 동의하여 두 사람을 사자로 보내려고 할 때,
황권(黃權)과 왕루(王累)가 장송은 유비와 짜고 이 영토를
빼앗으려는 것이라며 반대했다. 그러나 유장은 이들을 책망
하고 법정에게 편지를 가지고 현덕에게로 가라고 지시했다.
건안 16년 12월의 일이었다.

현덕은 유장의 편지를 보고 기뻐했으나, 촉의 기름진 땅이
탐나지만 유장은 동족이므로 손을 대서는 안 되며 천하의 신
의를 잃어서는 안 된다는 생각으로 좀처럼 결단을 내리지 못
하고 있었다.

이것을 보고 방통이 말했다.

"난세에 처하는 길은 하나만 있는 것이 아닙니다. 예의를
따져서는 한 발자국도 내디딜 수 없습니다. 어쨌든 권력을
잡고 천하를 평정하고 나서 유장에게 후히 보답하면 신의를
잃지 않게 될 것입니다. 지금 그 땅을 놓치면 반드시 남의 손
에 들어가게 됩니다."

이 말을 듣고 현덕은 겨우 결심이 섰다. 그는 공명을 불러
관우·장비·조운과 함께 '형주를 지킬 것을 부탁하고 자신
은 방통·황충·위연 등과 함께 5만의 보병과 기병을 이끌
고 서천으로 향하였다.

도중에 맹달이 5천의 병사를 데리고 마중을 나왔다. 유
장도 부성(涪城)까지 나와 영접하려고 하였으나 황권이 말
렸다.

"영주께서 나가시면 반드시 유비에게 죽임을 당할 것입니
다. 흉계에 빠지지 않도록 경계하셔야 합니다."

유장은 황권을 책망했다.

"나는 이미 결심했다. 말리지 마라."

황권은 머리를 땅에 대고 피를 흘리며 유장의 옷자락을 입에 물고 만류했다. 유장은 화를 내어 옷을 끌며 자리에서 일어났다. 그 바람에 황권은 앞니 두 개가 빠졌다. 유장은 옆에 있는 부하에게 황권을 밖으로 끌어내라고 일렀다. 황권은 대성 통곡을 하면서 끌려나갔다.

유장이 떠나려고 하는데, 또다시 큰소리로 외치는 자가 있었다.

"영주께서는 어찌 황권의 충언을 받아들이지 않고 사지(死地)로 떠나십니까?"

섬돌 앞에 엎드려 외치는 것은 이회(李恢)였다.

"군주에게 충언하는 신하가 있고 부친에게 충고하는 자식이 있으면 불의에 빠지지 않는다고 들었습니다. 황권의 충언에 따르십시오. 유비로 하여금 서천에 발을 들여놓게 하는 것은 마치 호랑이를 문 앞에 맞아들이는 것과 같습니다."

"현덕은 우리 일족의 형이오. 나를 해칠 리가 없소. 함부로 입을 놀리는 자는 목을 벨 것이오."

하고 유장은 부하에게 이회도 밖으로 끌어내라고 했다.

유장이 말을 몰아 유교문(楡橋門)을 나서려고 할 때,

"왕루가 자기 몸을 밧줄로 결박하고 성문 위에 매달려, 한 손엔 충언을 쓴 글을 들고 또 한 손엔 칼을 들고 만일 영주께서 충언에 따르지 않는다면 스스로 밧줄을 끊어 땅 위에 떨어져 죽겠다고 합니다."

하고 보고하는 자가 있어 그 글을 가져오게 하여 읽어보니,

"옛날 초의 회왕(懷王)은 신하의 충언을 듣지 않고 무관

(武關)의 회맹(會盟)에 갔다가 진(秦)에 사로잡히고 말았습니다. 이제 영주께서는 경솔히 유비를 부성에 맞아들이려고 하지만, 아마도 가시면 돌아오지 못할 것입니다."

라고 씌어 있었다. 유장은 버럭 화를 내면서 말했다.

"나는 인자(仁者)를 만나러 간다. 형제의 결의에 어울리는 만남이다. 나를 너무 무시하는구나."

이 말을 들은 왕루는 큰소리로 한탄하고 스스로 밧줄을 끊어 땅 위에 떨어져 죽었다.

유장은 3만의 기병을 이끌고 부성으로 가서 현덕을 만났다. 두 사람은 인사를 마치고 서로 격의 없이 이야기를 주고받았다. 유장은 진지로 돌아와 부하들에게,

"황권이나 왕루의 의심은 부질없는 것이었다. 현덕은 과연 인의를 존중하는 분이다."

하고 기뻐했다. 그러나 부하인 문관들은 유비가 외유내강하다는 것을 알고 있었으므로 마음을 놓지 못했다.

현덕과 유장의 친분

한편 현덕은 진지로 돌아와 방통에게 말했다.

"유장은 참으로 성실한 사람이오."

"그렇지만 부하들은 모두 험악한 얼굴을 하고 있었습니다. 어쩐지 불안합니다. 내일 주연을 베풀어 유장을 초대하고, 장막 안에 무사 100명을 숨겨놓았다가 술잔을 던지는 것을 신호로 죽여버립시다. 그리고 단숨에 성도(成都)로 쳐들

어갑시다."

"그런 짓은 천도에 어긋나는 일이오. 뿐만 아니라 백성에게서 원망을 듣게 되오."

현덕이 이렇게 말하고 있을 때 법정이 나와서,

"장송의 밀서에 의하면 일을 하루라도 지연시켜서는 안 된다고 합니다. 이것은 결코 자기의 이익을 탐내는 것이 아니라 천명에 따르는 것입니다. 멀리 산을 넘고 물을 건너 이 땅에 오셔서 아직도 결단을 내리지 못하셨다면, 거꾸로 상대방에게 당하게 될 것입니다. 하늘이 준 이 기회에 상대방의 허점을 찔러 서천을 평정하는 것이 최상의 방책입니다."
하고 말했다.

"그런 짓은 절대로 안 된다."
하고 현덕은 끝내 동의하지 않았다.

건안 17년 정월, 부성에서 잔치가 열렸다. 현덕과 유장은 서로 정답게 이야기를 나누는 것이 친형제처럼 다정했다.

주흥이 무르익었을 때, 방통은 법정과 의논하고 위연을 불러 마루에서 검무를 추다가 기회를 보아 유장을 죽여버리라고 지시했다.

"이 술자리는 너무나 흥이 없어 안 되겠습니다. 제가 심심풀이로 검무를 보여드리겠습니다."

위연이 이렇게 말하고 검무를 시작하자, 유장의 속관(屬官)인 장임(張任)이라는 자가,

"검무에는 상대가 필요할 것입니다. 제가 검무의 상대역을 맡지요."
하고 칼을 뽑아 들고 춤을 추기 시작했다. 두 사람은 나란히

칼을 휘두르면서 춤을 추었으나, 장임은 자주 현덕을 쳐다보았다. 이것을 보고 방통은 뒤에 있는 유봉에게 눈짓을 했다. 그러자 유봉도 자리에서 일어나 칼을 빼들고 춤을 추기 시작했다.

이것을 본 유장 쪽에선 유괴(劉璝)·냉포(泠苞)·등현(鄧賢)이 각각 칼을 빼들고 춤을 추기 시작했다.

"우리가 모두 춤을 추어 무료를 달래드리겠습니다."

현덕은 크게 놀라 허리에 찬 칼을 뽑아 들고 자리에서 벌떡 일어나 소리쳤다.

"여기는 연회 장소다. 무엇 때문에 검무를 하는 게냐? 모두 어서 칼을 버려라. 버리지 않는 자는 이 자리에서 목을 베어버리겠다!"

유장도,

"형제끼리 이야기를 나누는 데 칼은 필요없다."

하고 책망했으므로 모두 물러갔다.

현덕은 본진으로 돌아와 방통에게 다시는 그런 짓을 해서는 안 된다고 주의를 주었다.

한편 유장의 부하 장수들은,

"현덕은 모르지만, 그 부하들은 우리 서천을 한꺼번에 삼켜버리려고 하고 있습니다."

하고 입을 모아 말했다. 그러나 유장은,

"우리 형제의 정의(情義)를 멀어지게 하려는 거냐?"

하며 귀담아 듣지 않았다.

조조의 공격

그때 갑자기,

"장로가 가맹관(葭萌關)에 쳐들어왔습니다."

라는 보고가 날아들었다. 유장은 곧 현덕에게 방어를 부탁하고, 현덕은 즉시 이를 받아들여 군사를 이끌고 가맹관으로 향하였다.

촉의 장수들은 관문마다 굳게 지켜 현덕이 변심할 경우에 대비할 것을 권고했다. 유장은 처음에는 좀처럼 동의하지 않았으나, 장수들의 강력한 권고에 못 이겨 백수(白水)의 대장 양회(楊懷)와 고패(高沛) 두 사람에게 명하여 부수관(涪水關)을 지키게 하고 자신은 성도로 돌아갔다.

현덕은 가맹관에 도착하여 병사들의 행동을 엄격히 제한하고 여러 가지 혜택을 베풀어 백성들의 환심을 샀다.

한편 오나라 손권은 현덕의 출병 소식을 듣고 이 기회에 형주를 치려고 생각했다. 그런데 형주에는 여동생 손 부인이 출가해 있었다. 그래서 먼저 장수 한 사람을 보내

손부인의 상 《貫華堂三國志演義》에서

모친 태 부인의 병이 위독하다고 속여 손 부인을 데려오게 했다. 그리고 일곱 살 난 유군 아두를 인질로 함께 데려오게 했다. 그러나 조운과 장비가 뒤쫓아와서 아두를 도로 데려가 버렸다.

손 부인이 오에 돌아가자 손권은 형주를 공략할 의논을 시작했다. 그때 갑자기 조조가 40만 대군을 이끌고 적벽의 원수를 갚기 위해 쳐들어온다는 보고가 날아들었다. 손권은 형주의 공략을 뒤로 미루고, 조조의 군사를 막기 위해 유수강(濡須江) 어귀에 토성을 쌓았다.

그런데 조조가 출병하려고 했을 때, 장사(長史)인 동소(董昭)가 조조를 천자에게 상주하여 위공(魏公)의 지위에 오르게 해 달라고 진언했다. 고문관인 순욱이 이에 반대하자 조조는 불쾌했다. 건안 17년 10월, 조조는 강남으로 떠났으며 순욱에게도 종군을 명했다. 순욱은 병을 무릅쓰고 종군했다. 수춘까지 왔을 때, 조조의 사자가 음식 한 그릇을 가지고 왔는데, 그 그릇 위에는 조조의 친필이 씌어 있고 봉해져 있었다. 열어보니 그 속에는 아무것도 들어 있지 않았다. 알아서 하라고 빈 그릇을 보낸 조조의 뜻을 눈치 챈 순욱은 이제 끝장이다 하고 독을 마시고 죽었다. 그의 나이 50세였다. 조조는 곧 후회하고 그의 장례를 엄숙히 치른 후 경후(敬侯)라는 시호를 내렸다.

조조의 군사가 유수강에 도착하여 양자강으로 흘러드는 강 어귀 근처를 바라보니, 양자강 일대에는 깃발이 수없이 세워져 있었다. 이윽고 유수의 토성에서 오의 군사가 뛰어나와 공격해왔다. 말을 몰아 앞장 선 무사는 푸른 눈동자에 자색 수염을 기른 손권이었다. 조조의 군사는 후퇴했으나 허저가 말을 몰아 칼을 휘두르면서 이를 저지했다. 그리하여 한 달 남짓 양군은 대진했는데, 여러 차례 교전하여 이기기도 하고 지기도 하는 동안에 해가 바뀌었다.

비가 여러 날 내리자 강물이 넘쳐나 병사들은 진창 속에서 고생이 막심했다. 조조는 대군을 이끌고 허창으로 돌아왔다.

부성을 차지한 현덕

한편 가맹관에 주둔해 있던 현덕은 조조가 손권을 공격했다는 소식을 듣고 방통을 불러 의논했다.

"조조가 이기면 곧 형주를 손에 넣으려고 할 것이고, 손권이 이겨도 역시 형주로 쳐들어올 것인데 어떻게 하는 것이 좋겠소?"

"형주는 공명이 있으니까 안전합니다. 영주께서는 유장에게 다음과 같은 편지를 보내는 것이 어떻겠습니까? '조조의 공격을 받은 손권이 형주에 원병을 청했다. 손권과 우리는 운명을 같이하는 처지이므로 돕지 않을 수 없다. 장로는 자기를 지키는 것이 고작이니까 감히 경계를 넘어서 침입하지는 못할 것이다. 이제부터 형주에 돌아가서 손권과 힘을 합쳐 조조를 무찌르려고 하는데 병력은 부족하고 군량도 적다. 동족의 정분을 생각하여 정병 3, 4만과 군량 10만 석을 빌려주기 바란다.' 이렇게 제의하는 것입니다."

현덕은 이에 동의하여 사자를 성도에 보냈다. 유장의 부하인 양회와 황권은, 유비는 두 마음을 품고 있으니 인마(人馬)와 군량을 내주어서는 안 된다고 주장했다.

유장도 그들의 주장에 동의하여 늙은 병사 4천 명과 쌀 1만 석, 옷감 5천 필과 병기를 대여하겠다는 내용의 답장을 보냈다. 유비가 제의한 수의 10분의 1이었다. 현덕은 화가 나서 답장을 갈기갈기 찢어버렸다.

"이제 어떻게 하는 것이 좋겠소?"

하고 현덕은 방통에게 물었다. 그는 세 가지 계략을 말했다.

"지금 곧 정병을 선발해서 밤낮으로 진격하여 성도를 강습하면 한꺼번에 평정할 수 있을 것입니다. 이것이 상계(上計)입니다. 양회와 고패는 촉의 명장으로 지금 부수관을 지키고 있습니다. 영주께서 형주로 돌아가신다면 두 사람 다 전송을 나올 것입니다. 그 작별하는 자리에서 이들을 죽여 부성을 함락시키고 다음에 성도를 공략합니다. 이것이 중계(中計)입니다. 그리고 백제성(白帝城)까지 후퇴했다가 형주로 돌아와 서서히 그 다음의 계략을 짜는 것, 이것이 하계(下計)입니다. 만일 지금 주저하여 이곳에서 움직이지 않는다면 반드시 궁지에 몰려 도망칠 길도 막히게 될 것입니다."

"상계는 너무 성급하고, 하계는 너무 더디오. 중계가 가장 적합하오."

그리하여 현덕은 유장에게, 관우가 조조 군사에게 공격을 받아 어려운 처지에 있으므로 도우러 가야 한다는 요지의 편지를 보냈다.

성도에 있던 장송은 현덕이 정말 형주로 돌아가는 줄 알고 한 통의 편지를 썼다.

"지금 형주로 돌아가시면 안 됩니다. 곧 군사를 이끌고 촉으로 진격하십시오. 저는 안에서 도와드리겠습니다. 기다리고 있겠습니다."

이 편지를 보내려고 하는데 마침 장숙(張肅)이 찾아왔다. 장송은 편지를 얼른 옷소매에 감추고 인사를 했다. 그런데 두 사람이 술을 나누는 동안에 그 편지를 그만 바닥에 떨어뜨리고 말았다. 장숙의 부하가 이 편지를 주워 주연이 끝난 다음에 장숙에게 보였다. 장숙은 깜짝 놀라 유장에게 이 사실을 보고했다. 유장은 격노하여 장송을 붙잡아 반역자라며 목을 베어버렸다.

부수관을 지키고 있던 양회와 고패는 형주로 돌아가려는 현덕을 전송하러 왔다. 두 장수는 각자 단도를 품속에 감추고, 양고기와 술을 마련하여 200명의 병사로 하여금 현덕의 진지로 옮기게 하고,

"이번에 멀리 형주로 돌아가신다는 말을 듣고 변변치 못한 것을 가지고 뵈러 왔습니다."

하고 말했다.

"두 분은 관문을 지키느라고 수고가 많소."

현덕은 이들에게 술을 권하여 잔을 비우자 은밀히 할 얘기가 있다며 200명의 병사들을 막사 밖으로 내보낸 후,

"이놈들을 잡아라!"

하고 외쳤다.

두 사람은 꼼짝도 하지 못하고 생포되었다. 몸을 수색하니 품속에서 단도가 나왔다. 방통이 무사를 불러 그 둘의 목을 베었다.

이때 황충과 위연은 200명의 병사들을 모두 생포했다. 현덕은 이들에게 술을 대접하고 항복을 받았다.

이날 밤 현덕은 200명의 병사들로 하여금 관문 아래서 이렇게 외치게 했다.

"대장이 급한 볼일로 돌아왔다. 성문을 열어라!"

성 안의 병사들은 동료의 목소리를 듣자 즉시 성문을 열었다. 이리하여 현덕은 부성을 쉽게 손에 넣을 수 있었다.

32. 현덕의 위기

황충과 위연

유장은 양회와 고패 두 장수가 죽임을 당하고, 부수관이 습격을 당하여 점령되었다는 보고를 받고 크게 당황하여,

"이건 꿈에도 생각지 못한 일이다."

하고 참모들과 의논했다. 황권이 말했다.

"오늘 밤에 군사를 이끌고 낙현(雒縣)의 요해를 점령하면 설사 유비에게 정병과 맹장이 있다고 하더라도 지나갈 수 없을 것입니다."

그리하여 유괴·냉포·장임·등현 등에게 명령하여 5만의 대군을 이끌고 낙현으로 진격하게 했다. 이 낙현은 북방에서 성도로 통하는 요해로, 성도의 관문이라고 할 수 있었다. 네 장수는 서로 의논한 끝에 냉포와 등현은 성에서 60리 떨어진 곳에 진을 치고, 유괴와 장임은 성을 지키기로 했다.

현덕 쪽에서는 노장 황충이 선봉에 서기를 자원했다. 위연이 말했다.

"냉포와 등현은 촉의 명장으로 혈기가 왕성해 노장군으로

서는 당하기 어려울 것입니다. 제가 선봉에 서겠습니다."

황충은 크게 화를 내면서 말했다.

"나더러 늙었다구? 나와 무예를 겨루겠다는 건가?"

"그렇다면 지금 여기서 겨뤄 이긴 쪽이 앞장서기로 하지요."

황충은 병사에게 칼을 가져오게 했다. 현덕이 당황하여 이를 저지하며 말했다.

"안 된다. 두 사람이 대결하면 어느 쪽이든 다치게 돼. 지금은 촉을 쳐부숴야 하는 중대한 때요."

방통이 말했다.

"바로 눈앞에 냉포와 등현의 두 진지가 있으니, 두 사람이 각자 군사를 이끌고 쳐들어가 하나씩 빼앗도록 하게. 먼저 적장을 죽이는 것이 제일 큰 공로가 될 것이네."

두 장수가 명령을 받고 진격한 후에 현덕은 방통을 부성에 남겨두고 유봉·관평과 함께 5천의 군사를 이끌고 뒤따라갔다.

황충은 진지에 돌아와 네 번째 북이 울리면 식사를 하고, 다섯 번째 북이 울리면 준비를 마치고, 새벽이 되면 출발하여 왼쪽 산골짜기로 진격하라고 명령했다.

위연은 이 말을 듣고 군사들에게 두 번째 북이 울리면 식사를 하고, 세 번째 북이 울리면 출발하여 새벽에 등현의 진지까지 진격하라고 명령했다. 그런데 위연은 밤중에 몰래 출발하여 절반쯤 왔을 때 '등현의 진지를 무찌르는 것만으로는 공을 세우는 것이 되지 않는다. 차리리 냉포의 진지를 먼저 공략하고 그 기세를 몰아 등현의 진지를 점령하자'는 생

낙성을 공략하려 할 때 황충과 위연은 공을 다투다. ≪繡像全圖三國演義≫
에서

각이 들어 왼쪽 산길로 진격하라고 명령했다. 새벽녘에 냉포
의 진지에 접근하여 잠시 휴식을 취하고, 종·북·깃발·
창·칼 등을 점검했다.

　냉포의 진지에서는 이 정보를 일찌감치 입수하여 대기하
고 있었다. 석화시가 울리자 기병이 전격해 왔다. 위연은 냉
포와 30여 차례나 싸웠는데, 촉의 군사는 양쪽으로 갈라져
서 위연의 부대 후면을 습격했다. 밤새 행군하여 지쳐 있던
병사들은 대항하지도 못하고 후퇴하기 시작했다. 위연은 자
기 부대가 흩어지자 말 머리를 돌렸다. 위연의 부대는 와르
르 무너졌다. 50리 가량 도망쳤을 때 산모퉁이에서 북소리
가 울리면서 갑자기 등현의 부대가 나타났다.

　"네 이놈 위연, 빨리 말에서 내려 항복해라."

위연이 말에 채찍을 가해 부랴부랴 도망을 치는데 갑자기 말의 앞발이 꺾이는 바람에 위연은 말에서 떨어졌다. 그러자 뒤쫓아온 등현이 창을 던졌다. 그 순간 휭 하고 화살이 날아오더니 등현이 말에서 곤두박질쳤다. 냉포가 등현을 구출하려고 뛰어들자 고갯길을 뛰어 내려온 한 장수가 큰소리로,

"노장 황충이 여기 있다."

하고 외치면서 냉포에게 덤벼들었다. 냉포는 당할 수 없어 도망쳤다. 이번에는 촉의 군사가 혼란에 빠졌다.

황충의 부대는 위연을 구출하고 등현을 살해한 다음 적진까지 추격했다. 냉포가 자기 진지로 돌아가려고 하자 진지의 깃발이 변해 있었다. 자세히 살펴보니 황금 갑옷에 비단옷을 입은 대장은 유현덕이었다. 왼쪽에는 유봉, 오른쪽에는 관평이 서 있었다.

"네놈의 진지는 빼앗겼다. 이제 어디로 갈 거냐?"

냉포는 산모퉁이의 지름길을 지나 낙성으로 돌아가던 중에 복병을 만나 생포되었다. 위연이 패전을 회복하기 위해 이곳에 복병을 배치했던 것이다.

현덕은 황충을 칭찬했다. 위연에게는, 명령을 어긴 죄는 면할 수 없지만 냉포를 생포한 공로가 있어 용서할 테니, 앞으로는 절대로 전쟁에 나가지 말라고 일렀다.

항복한 촉의 병사 중에서 확실히 항복하기를 원하는 자는 군대에 편입시키고, 항복을 원치 않는 자는 돌려보내겠다고 말했다. 그러자 병사들은 현덕의 너그러운 은덕에 크게 감격했다. 냉포는 결박을 풀어주고 석방시켰다.

냉포의 죽음

유장은 등현이 죽었다는 소식을 듣고 참모들을 모아놓고
의논했다. 아들 유순이 낙성을 지키러 가겠다고 제의했다.
유장의 장인 되는 오의(吳懿)가 두 사람의 장수와 2만의 인
마를 뽑아 유순을 돕기로 했다. 일동이 낙성에 이르자, 유괴
가 영접하여 정세 보고를 하고 석방되어 돌아온 냉포가 계략
을 말했다.

"이 근처는 부강(涪江)의 기슭으로, 전방의 진지는 산기슭
이기는 하지만 저지대입니다. 부강의 뚝을 끊어 강물을 일시
에 흘려 보내면, 적군은 모조리 물귀신이 될 것입니다."

한편 현덕은 황충과 위연에게 각각 진지를 지키게 하고 자
신은 부성으로 돌아갔는데, 그 무렵 방통의 숙사에 한 손님
이 찾아왔다.

키가 8척이고 용모가 뛰어난 사람으로 머리카락은 짧게
깎아 산발을 하고 옷차림은 초라했다. 방통이 누구냐고 재차
물었으나 아무 대꾸도 하지 않고 뚜벅뚜벅 걸어 들어와 마룻
바닥에 벌렁 드러누워서 말했다.

"당신에게 중대한 말을 하겠소."

술상을 내오자 사나이는 벌떡 일어나 사양치 않고 주는 대
로 먹고 마시더니 다시 드러누웠다. 방통은 적의 첩자가 아
닌가 하여 법정을 불러오게 했다. 법정이 급히 달려와 이야
기를 듣고 나서,

"혹시 영언(永言)이 아닐까?"

하며 방으로 들어섰다. 그러자 사나이가 벌떡 일어나,

"효직(孝直), 그 후 별고 없었나?"

하고 말했다. 효직은 법정의 자였다. 법정은 사나이의 얼굴을 마주 보자 손뼉을 치면서 크게 웃었다.

"여, 팽양(彭羕), 이게 웬일인가!"

하고 법정은 말을 이었다.

"이 사람은 자를 영언이라고 부르는 촉의 호걸입니다. 유장에게 직언했다가 그의 기분을 상하게 하여 머리카락을 잘리고 노예가 되었기 때문에, 이런 머리를 하고 있습니다."

법정은 팽양을 현덕에게 소개했다. 팽양은 황충과 위연이 있는 진지에 대해 말했다.

"이 보루는 부강 근처에 있습니다. 만일 강둑이 끊기면 꼼짝 못하고 몰살을 당하고 맙니다."

현덕은 옳은 말이라고 생각해 곧 황충과 위연에게 알렸다.

냉포는 비바람이 심한 밤에 5천 명의 군사에게 괭이와 쟁기를 들려 강기슭을 따라 전진해서는 미리 계획한 대로 둑을 무너뜨리려고 했다. 그때 갑자기 뒤에서 함성이 들려왔다.

적이 알아차린 것을 알고 곧 되돌아가려고 하는데 앞뒤에서 적이 쳐들어왔다. 그리하여 냉포는 위연에게 사로잡히고 말았다. 위연이 그를 끌고 부성에 이르자 현덕은 냉포에게,

"나는 너를 측은히 생각하고 용서해서 돌려보냈는데 또 싸우러 왔느냐? 이제는 용서할 수 없다."

하고 말하며 그를 끌어내어 목을 베게 했다.

봉추의 죽음과 낙봉파

이때 마량이 형주의 제갈량으로부터 한 통의 편지를 가지고 왔다.

"제가 밤에 천문으로 점을 쳐보니 금년은 계해(癸亥)의 해로 강성(罡星)은 서쪽에 떠 있고, 또 천상(天象)을 관찰해보니 태백성(太白星)은 낙성 쪽에 떠 있었습니다. 이것은 장군의 신상에 흉한 일이 많고 길한 일이 적을 징조입니다. 자중하시기 바랍니다."

라고 씌어 있었다. 현덕은 마량을 먼저 돌려보내면서 자기도 형주에 가서 이에 대해 충분히 의논하겠다고 일렀다. 방통은 자기가 촉을 공략하여 공을 세운 것을 공명이 질투하여 이런 편지를 보냈다고 생각하고 현덕에게 말했다.

"저도 강성이 서쪽에 떠 있는 것은 알고 있습니다. 그러나 그것은 서방의 촉을 공략하는 길조이지 흉조가 아닙니다. 또 태극성이 낙성 쪽에 떠 있다는 흉조는 적장 냉포의 목을 벤 것을 말하고 있습니다. 주저하지 말고 급히 군사를 진격시키십시오."

방통이 계속하여 출격을 권했으므로 현덕은 군사를 이끌고 진격했다. 황충과 위연이 마중을 나와 보루로 안내했다. 방통은 법정에게 물었다.

"여기서 낙성까지는 얼마나 먼가?"

법정이 땅바닥에 그림을 그려가면서 설명했다. 현덕이 장송에게서 받은 지도를 펴놓고 비교해보니 조금도 틀리지 않왔다. 산의 북쪽에는 가도(街道)가 있어 낙성의 동문으로 통하고 있었다. 남쪽의 좁은 길은 낙성의 서문으로 통하고 있었다. 방통이 말했다.

"저는 위연을 앞세워 남쪽 좁은 길로 진격하겠습니다. 영주께서는 황충을 앞세우고 북쪽 가도로 진격하십시오."

현덕이 말했다.

"나는 어렸을 때부터 말타기에는 익숙했소. 내가 좁은 길로 갈 터이니, 군사는 가도로 해서 동문을 공격하시오. 내가 서문을 공격할 테니까."

"아닙니다. 가도에는 대항하는 적병이 많을 것입니다. 영주께서는 대군을 이끌고 응전하십시오. 제가 좁은 길로 가겠습니다."

"내가 꺼리는 것은 공명이 보낸 편지요. 군사는 부성을 지키는 것이 어떻겠소?"

방통은 껄껄 웃고 나서 말했다.

"그 편지는 나로 하여금 공을 세우지 못하게 하려고 보냈을 것입니다. 이제는 아무 걱정 마십시오."

이튿날 새벽에 황충과 위연이 앞장서고, 현덕과 방통이 그 뒤를 따라가면서 작전을 의논하고 있는데, 방통이 탄 말이 갑자기 난폭하게 날뛰어 방통을 떨어뜨렸다. 현덕은 급히 말에서 뛰어내렸다.

"어찌하여 이런 고약한 말을 타고 다니오?"

"이 말을 오랫동안 타고 다녔지만, 이런 일은 처음입니다."

"싸움터에서 이런 일이 일어나면 큰일이오. 내 백마는 잘 훈련되어 있으니 이놈을 타도록 하오. 그 말은 내가 탈 테니까."

이리하여 현덕은 방통과 말을 바꿔 타기로 했다. 방통은 현덕에게 감사해 하고, 두 사람은 좌우로 갈라져서 진격했다. 현덕은 방통의 뒷모습을 전송했는데 어쩐지 마음이 개운치 않았다.

한편 산 속의 좁은 길이야말로 요해라고 생각한 적장 장임은 3천 명의 병사를 이끌고 좁은 길에 잠복해 있었다. 위연의 부대가 지나가는 것을 두고 보는데 그 뒤로 백마를 탄 사람이 지나가고 있었다. 저자가 바로 유비가 틀림없다고 한 병사가 말했다.

방통이 줄곧 전진하면서 문득 위를 쳐다보니 양쪽에 산이 바짝 다가서 있고 때마침 초가을이라 나무가 울창하였다. 방통은 갑자기 마음이 불안하여 병사에게 물었다.

"이곳이 어디냐?"

항복한 촉의 병사가,

"이곳은 낙봉파(落鳳坡)라는 곳입니다."

하고 대답했다. 방통이 깜짝 놀라,

'나의 호는 봉추(鳳雛), 이곳 이름은 낙봉파라. 나의 운명도 이제 끝장이로구나' 하고 생각하고 있는데, 갑자기 석화시 소리가 들리더니 화살이 백마를 탄 사람을 향해 빗발치듯 날아왔다. 그리하여 가엾게도 방통은 화살을 맞고 전사했다. 그의 나이 35세 때였다.

병사들은 좁은 길목에서 우왕 좌왕할 뿐 앞뒤가 막혀 태반이 전사하고 말았다.

공명의 출발

이것을 알게 된 위연은 당황하여 후퇴하려고 했으나, 높은 산 위에서 좁은 산길로 화살을 퍼붓는 장임의 군사에게 퇴로가 차단되어 물러설 수가 없었다. 할 수 없이 낙성으로 향했는데, 낙성에서 수천 명이 일제히 덤벼들어 협공을 당하고 말았다. 위연은 필사적으로 싸웠으나 좀처럼 탈출할 수가 없었다. 이때 한 장수가 칼을 휘두르면서 구원하러 왔다. 노장 황충이었다.

두 사람이 힘을 합쳐서 낙성의 성벽 아래까지 쳐들어가자, 이번에는 유괴가 군사를 이끌고 응전했다. 황충과 위연이 후퇴하자 후방에서 현덕이 적을 저지했으나, 장임의 군사도 좁은 길에서 벌 떼같이 덤벼들었으므로 현덕은 할 수 없이 먼저 점령한 두 요해를 지키지 못하고 부성으로 후퇴했다.

현덕은 방통이 죽었다는 소식을 전해 듣고 소리내어 슬피 울었다. 그리고 관평에게 한 통의 편지를 써주며 형주에 가서 공명을 모셔 오라고 일렀다.

한편 공명은 형주에서 칠석날 밤에 서쪽 하늘에서 갑자기 별 하나가 떨어져 됫박만한 크기로 빛나면서 사방을 비추는 것을 보았다. 그는 '앗!' 하고 깜짝 놀라 손에 들고 있던 술잔을 떨어뜨리고,

"아, 이 얼마나 슬픈 일인가!"

하고 양손으로 얼굴을 가리고 울음을 터뜨렸다.

며칠 후에 공명이 관우와 이야기를 나누고 있는데, 관평이

≪繡像全圖三國演義≫에서

나타나 방통이 전사했다는 소식을 전했다. 공명은 소리내어 울고 다른 사람들도 모두 눈물을 흘렸다. 이윽고 공명이 말했다.

"영주께서는 부성에서 진퇴 양난에 빠져 있소. 내가 가지 않으면 안 되오."

관우가 말했다.

"군사가 가시면 형주는 누가 지킵니까? 이곳은 소중한 요지입니다."

"이 편지에는 누구라고 분명히 씌어 있지 않지만, 관평에게 편지를 전하게 한 것은 운장 당신이 이 중대한 임무를 맡아주기를 바랐기 때문일 것이오. 옛날 복숭아 밭에서 맺은 의형제의 서약을 상기하고 힘이 닿는 데까지 이 땅을 지켜야 하오. 책임은 무겁지만 꼭 맡아줘야겠소."

관우는 즉시 수락했다. 공명은 잔치를 베풀고 관인(官印)을 넘겨주었다.

"대장부로서 중책을 맡은 이상 죽을 때까지 이곳을 떠나지 않겠습니다."

공명은 관우가 입 밖에 낸 '죽음'이라는 말을 듣고 마음이 언짢아 물었다.

"만일 조조가 쳐들어오면 어찌하겠소?"

"힘으로 막겠습니다."

"그럼 만일 조조와 손권이 한꺼번에 쳐들어오면 어떻게 하겠소?"

"적을 분리시켜 막겠습니다."

"그렇게 하면 형주가 위험하오. 북으로 조조를 막고 동으로 손권과 화해하오. 이 말을 잊지 마오."

"명심하겠습니다."

공명은 문관으로는 마량 · 이적 · 상랑(向朗) · 미축, 무장
으로는 미방 · 요화(廖化) · 관평 · 주창 등에게 관우를 도와
형주를 지키게 했다.

한편 장비에게 1만의 정병을 이끌고 파주 · 낙성의 서쪽으
로 향하게 하고, 자기는 조운을 선봉으로 내세우고 간옹 · 장
완(蔣琬) 등과 함께 1만 5천의 병력을 이끌고 양자강을 거슬
러 올라가 역시 낙성으로 향하였다.

공명은 떠날 때 장비에게 당부했다.

"촉에는 호걸들이 많으므로 함부로 싸우지 말아야 하오. 도
중에 병사들이 민가를 약탈하여 인심을 잃는 일이 없도록 하
고 어디 가든지 주민들을 사랑하도록 하오. 또 병졸들을 함부
로 때리지 마오. 되도록이면 빨리 낙성에서 만나고 싶소."
하고 말했다.

장비와 엄안의 싸움

장비는 공명의 말을 명심하고 말을 몰아 길을 떠났다. 그
는 도중에 항복해 오는 자가 있으면 기꺼이 받아들이고 조금
도 해치지 않았다.

파군(巴郡)의 태수 엄안(嚴顔)은 촉의 명장으로, 이미 늙
었지만 기력은 쇠퇴하지 않아 활쏘기와 칼쓰기에 젊은이 못
지 않은 강자였다. 전에 유장이 현덕을 맞아들였을 때,

"이거야말로 험한 산 속에 살면서 호랑이를 자기의 호위병으로 삼은 격이군."

하며 한탄했다고 한다. 그는 장비가 쳐들어왔다는 말을 듣고 도랑과 성벽을 굳게 지키고 상대하지 않았다.

장비는 한 병사를 성 안에 사자로 보내어,

"빨리 항복하라. 만일 항복하지 않으면 곧 성으로 쳐들어가 남녀 노소 할 것 없이 한 사람도 살려두지 않을 테다."

하고 말하라고 일렀다. 엄안은 화가 나서,

"이런 무례한 놈이 다 있나. 이 엄 장군이 적에게 항복할 줄로 생각하다니. 네 입으로 장비에게 내 말을 그대로 전해라."

하고 병사의 귀와 코를 잘라서 쫓아 보냈다.

장비는 노발대발하여 이를 갈고 눈을 부라리면서 수백 명의 기병을 이끌고 성 밑까지 쳐들어갔으나, 성벽 위에서는 욕설만 퍼부었다. 장비는 약이 바싹 올라 몇 번이나 줄사닥다리 위에까지 뛰어올라가 도랑을 넘으려고 하였지만, 번번이 화살이 비오듯 날아와 되돌아서곤 했다. 날이 저물 때까지 아무도 성 안에서 응전하지 않자, 장비는 화가 가라앉지 않은 채 진지로 돌아왔다.

이튿날 아침 일찍 다시 도전하자 엄안이 성의 망루에서 활로 장비의 투구를 쏘아 맞혔다. 장비는 화가 치밀어,

"이 늙다리야, 네놈을 잡아 살점을 뜯어내고야 말 테다."

하고 소리쳤다.

사흘째에도 장비는 성 밖을 빙빙 돌면서 도전했다. 이 성은 산성으로 주위가 산에 접해 있었다. 장비가 산에 올라가 성

안을 내려다보니, 병사들은 무장을 하고 대열을 짓고 있었지만, 밖으로 나올 기미는 조금도 보이지 않았다. 따라서 이날도 장비는 하루 종일 욕설만 퍼부었을 뿐 헛되이 돌아왔다.

장비는 진중에서 생각 끝에 문득 하나의 계략을 떠올렸다. 병사들을 진중에 대기시키고 4, 50명의 병사들만 성 밑에 가서 욕설을 퍼붓게 하여 엄안의 군사가 출동하면 쳐부수자는 것이었다. 장비는 주먹을 불끈 쥐고 적이 나타나기만을 고대하고 있었다. 그러나 사흘 동안 줄곧 욕설을 퍼부어도 적은 성 안에서 꼼짝도 하지 않았다.

장비는 속수 무책이었다. 그래서 미간을 찌푸리는 순간에 또 하나의 계략이 생각났다. 그는 병사들을 사방에 보내 나무와 풀을 베어 오게 하고 산길을 살펴보게 했다. 그리고 일체 도전하러 나서지 않았다.

엄안은 성 안에서 장비의 모습이 보이지 않자, 이상하게 생각하여 10여 명의 병사로 하여금 나무를 하는 장비의 병사와 같은 옷차림으로 변장하고 몰래 성을 빠져 나가 산 속에 가서 동태를 살피게 했다.

장비는 병사들이 산에서 돌아오자 진중에서 발을 구르며 욕을 해댔다.

"저 늙다리 엄안이 내 기분을 잡치고 있다."

"장군, 파군으로 빠지는 길을 찾아냈습니다."

"왜 진작 말하지 않았나?"

"며칠 만에 겨우 찾아냈습니다."

"그렇다면 더 늦추지 말고 곧 떠나야 한다. 오늘 밤에 곧 떠나야 해. 두 번째 북이 울리면 식사하고, 세 번째 북이 울리면 출발하라. 방울을 떼고 쥐도 새도 모르게 떠나야 한다. 내가 앞장설 테니 너희는 뒤따라와라."

위장하고 풀을 베러 갔던 첩자들은 이 말을 듣고 성 안에 돌아와 엄안에게 보고했다. 엄안은 기뻐하며 곧 출격 준비를 시켰다. 밤이 되자 전군이 몰래 성에서 빠져 나와 사방으로 흩어져서 대기하고 있었다.

자정이 지날 무렵에 장비가 앞장을 서서 창을 들고 말을 몰아 몰래 전진하는 것이 보였다. 그 뒤에는 짐수레가 길게 뒤따르고 있었다. 엄안은 이것을 보자 일제히 북을 울리게 했다. 사방의 복병이 덤벼들어 짐수레를 빼앗으려고 했다.

그때 바로 뒤에서 요란한 징소리와 함께 한 떼의 병사가 쳐들어왔다.

"이 늙다리야, 꼼짝 마라. 기다리고 있었다."
하고 큰소리로 외치는 자가 있었다.

엄안이 깜짝 놀라 뒤를 돌아보니 선두의 장수는 표범의 머리에 둥구 눈, 제비의 아래턱에 호랑이의 수염을 하고, 1장 8척의 창을 들고 새까만 말을 타고 있었다. 바로 장비였다.

엄안은 가슴이 철렁하였으나 어쩔 수 없이 응수했다. 10여 차례 싸우고 나서 장비는 일부러 허점을 보여 엄안이 후려치는 칼을 슬쩍 피하면서 엄안의 갑옷을 붙잡아 그를 땅바닥에 내동댕이쳤다. 곧 병사들이 달려들어 그를 밧줄로 묶어버렸다.

아까 앞장서서 전진한 것은 가짜 장비였다. 촉의 병사들은 거의 다 무기를 버리고 항복했다.

파군의 성을 공략한 장비 앞에 엄안이 끌려왔다. 장비는 마루에 앉아 있었는데, 엄안은 무릎을 꿇으려고 하지 않았다. 장비는 눈을 부라리고 이를 갈면서 호통을 쳤다.

"이놈, 이래도 항복하지 않을 테냐?"

엄안은 조금도 두려워하지 않고 오히려 윽박질렀다.

"네놈들은 정의를 어기고 우리 나라를 침범했다. 이 촉나라에는 목을 베인 장수는 있어도 항복하는 장수는 없다."

장비는 더욱 화가 나서 그의 목을 베라고 지시했다. 엄안은 여전히 외쳤다.

"이놈아, 목을 베려면 얼른 베라. 왜 그렇게 화만 내는 게냐!"

그러자 장비는 갑자기 빙그레 웃으면서, 좌우에 있는 부하들을 물러가게 한 다음, 손수 그 밧줄을 풀어주고 그 앞에 머리를 숙였다.

"방금 저지른 무례를 용서해주십시오. 노장군이야말로 호걸입니다."

엄안은 그 너그러운 도량에 감동되어 드디어 항복했다. 장비는 촉을 공략할 계략을 물었다. 엄안이 말했다.

"여기서 낙성까지 가는 사이에 있는 보루나 관문은 모두 나의 관할입니다. 장군의 은혜에 보답하기 위해 내가 앞장서서 그곳을 지키는 자들을 모두 항복시키겠습니다."

장비는 고맙다고 말하고, 엄안을 앞세워 전진했다. 어딜가나 그의 부하였으므로 불러내어 항복하게 했다. 망설이는 자는 엄안이 타일러 항복하게 했다.

"나도 항복했는데 너희들이 뭘 어물거리는 거냐!"

이리하여 한 번도 싸우지 않고 낙성에 다다랐다.

33. 현덕의 성도 입성

장임의 죽음

공명과 장비가 수륙 양면에서 낙성을 향해 진격하고 있다는 보고를 받은 현덕은, 황충과 위연을 좌우에 거느리고 밤에 세 곳에서 장임을 협공했다. 장임은 대비하고 있지 않았으므로 야습을 받게 되자 당황하여 낙성으로 도망쳤다.

현덕은 약간 후퇴하여 진을 치고 성을 포위하여 3일 밤낮을 계속해서 공격했다. 그래도 장임은 좀처럼 나타나지 않고, 현덕의 군사만 점점 피로를 느끼게 되자 성 안에서 일제히 공격을 개시했다. 현덕의 군사는 참패했다.

현덕은 말을 몰아 산 속의 샛길로 도망쳤다. 장임이 곧 뒤쫓아오고 앞길을 한 떼의 군사가 가로막았다. 앞에는 복병, 뒤에는 추격병,

"하늘이 나를 버리는가!"

하고 현덕이 외쳤을 때, 앞에 어떤 장수가 나타났다. 자세히 보니 장비였다. 장비는 즉시 장임을 몰아냈다. 현덕은 장비가 험한 산길을 재빨리 전진해 온 것이 뜻밖이었다.

"도중에 있는 45군데의 보루를 무사히 지나온 것은 여기 있는 이 엄안의 덕분입니다."

장비는 엄안을 용서하게 된 경위를 이야기하고 현덕에게 인사하도록 했다. 현덕은 크게 기뻐하며 입고 있던 황금 갑옷을 벗어 선물로 주었다. 이윽고 성 안의 군사들이 공격해 왔으므로, 장비는 곧 반격하여 적의 장수 두 사람을 항복시켰다.

이튿날 장임이 수천 명의 군사를 이끌고 깃발을 휘날리면서 함성을 지르며 도전해 왔다. 장비는 장임에게 덤벼들었다. 장임이 도망치자 곧바로 뒤쫓아갔다. 그때 오의의 군사가 출격하여 뒤를 차단하고 장임이 되돌아서서 반격을 가했다. 장비는 앞뒤로 협공을 당해 진퇴 양난에 빠졌다. 이때 한 떼의 군사가 강기슭에서 쳐들어왔다. 앞장선 장수가 창을 들고 말을 몰아 오의를 생포하고 적병을 무찔렀다. 그는 조운이었다.

장비와 조운이 오의를 끌고 진지에 돌아오니 이미 공명도 도착해 있었다. 오의는 항복했다.

공명이 오의에게 물었다.

"낙성을 지키는 군사가 얼마나 되는가?"

"유장의 아들 유순과 그를 보필하는 장수 유괴·장임이 있습니다. 유괴는 보잘것없지만 장임은 상당히 용감하고 지혜도 있습니다."

공명이 말했다.

"먼저 장임을 처치하고 나서 낙성을 쳐야겠군."

낙성의 동쪽엔 금안교(金雁橋)라는 다리가 있었다. 공명

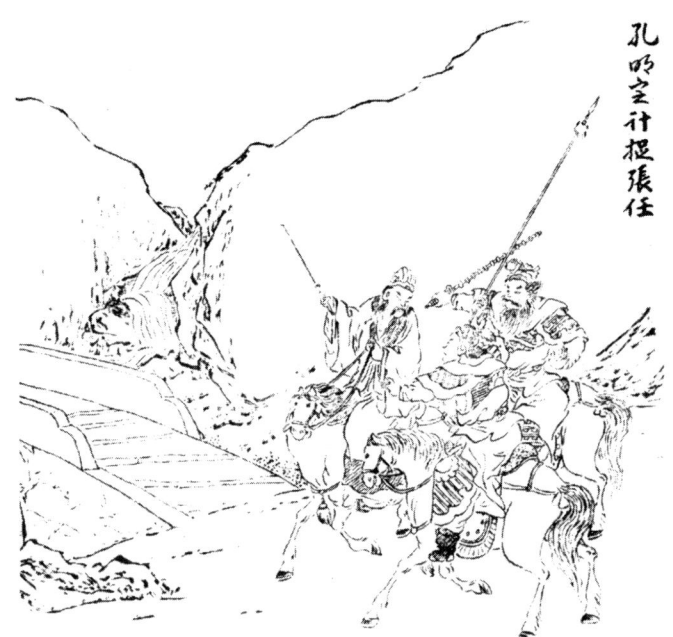

공명은 계책을 써서 장임을 휘하에 넣으려 하다. ≪繡像全圖三國演義≫에서

은 그 다리의 남북 일대의 강기슭에 갈대가 무성한 것을 돌아보고, 위연·황충·장비·조운을 불러 복병을 잠복시키게 했다. 그리고 공명은 사륜 마차를 타고 두건을 쓴 채 부채를 든 차림으로 100여 명의 기병을 이끌고 장임을 성에서 유인해내었다.

장임은 공명이 인솔한 병사의 초라한 모습을 보고 말 위에서 비웃었다. 그리고는 공명의 용병(用兵)은 귀신 같다던 평판은 헛소문이었구나 하고 생각하며 손에 든 창으로 뒤를 향해 신호를 했다. 그러자 수천 명의 군사가 일제히 공격해왔다. 공명은 수레를 버리고 말에 올라타 다리를 건너 도망쳤다.

장임이 출격하여 금안교를 지나자 왼쪽에서 현덕, 오른쪽에서 엄안의 군사가 쳐들어왔다. 장임은 그제야 계략에 넘어간 것을 알아차리고 급히 되돌아가려고 했으나 이미 다리는 끊어진 뒤였다. 그래서 북쪽으로 도망치려고 하니 조운의 군사가 산기슭에 진을 치고 있었다.

장임은 강변을 따라 남쪽으로 곧장 도망쳤다. 갈대 숲에 이르렀을 때, 갑자기 위연의 병사가 숲속에서 나타나 창을 들고 일제히 공격해 왔다. 이어서 역시 갈대 숲에 숨어 있던 황충의 부대가 칼을 휘두르면서 쳐들어와 말 다리를 마구 후려치는 바람에 말이 고꾸라지자, 기병들은 말에서 떨어져 모두 생포되었다.

장임은 수십 명의 기병을 거느리고 산길로 도망치다가 장비의 병사와 마주쳤다. 뒤로 되돌아가려고 할 때 장비가 큰 소리로 외치자 병사들이 일제히 공격하여 장임을 생포했다.

장비가 장임을 이끌고 본진으로 돌아오자 현덕이 장임에게 말했다.

"촉의 여러 장수들은 나의 위풍에 눌려 곧 항복했는데, 그대는 어찌하여 빨리 항복하지 않았는가?"

장임은 눈을 부라리면서 외쳤다.

"충신은 두 주인을 섬기지 않는다."

"그대는 천시(天時)를 알지 못하는군. 항복하면 살려주겠다."

"나는 절대로 항복하지 않는다. 빨리 목을 베라."

현덕은 그 충성심을 귀히 여겨 차마 죽이지 못했다. 그러

자 장임은 고함을 지르면서 갖은 악담을 늘어놓았다. 공명은
영주의 이름을 더 이상 더럽혀서는 안 되겠다는 생각에서 그
를 끌어내어 목을 베었다. 현덕은 그의 충성심에 감탄하여
시체를 금안교 옆에 안장하고 그를 추모했다.

장로와 마초

이튿날 엄안과 오의 등 항복한 촉의 장수들을 앞세워 낙성
에 쳐들어가자, 성 안에서 내통한 한 장수가 성을 지키고 있
던 유괴를 쓰러뜨리고 성문을 열어 항복했다. 현덕의 군사가
낙성으로 들어서자, 유순은 서문을 통해 성도를 향하여 도망
쳤다.

현덕은 낙성을 손에 넣게 되자 조운과 장비에게 명하여 각
자 군사를 이끌고 지방의 주(州)와 고을을 돌며 민심을 가라
앉히게 하는 한편, 법정에서 편지를 쓰게 하여 유장에게 항
복을 권하게 했다.

유순이 부친 유장에게 도망쳐 가서 낙성이 함락되었다고
말하자, 유장은 당황하여 참모들과 대책을 의논했다. 그때
사자가 법정이 보낸 편지를 가지고 나타났다.

"저번에 저는 명을 받아 사자로서 형주에 가서 화의를 맺
으려고 했으나, 영주께서는 측근의 불찰로 이런 사태에까지
이르게 되었습니다. 유현덕은 지금도 동족과의 화해를 잊지
않고 있습니다. 만일 마음을 바꾸어 항복하시면 반드시 후히
대접해드릴 것입니다. 깊이 생각하시고 답장을 주시기를 바

랍니다."

유장은 열화같이 화를 내며 편지를 찢어버리고,

"은혜를 저버리고 의에 거역한 법정 놈이 이제는 영주를 팔아 출세를 노리고 있구나."

하고 말하며 사자를 쫓아 보낸 뒤 즉시 처남인 비관(費觀)에게 명하여 3만의 군사를 이끌고 면죽을 수비하게 했다.

면죽은 낙성이 함락된 후에 성도에 이르는 요해가 되었다.

이때 익주의 자사 동화는 유장에게 한중에 가서 장로에게 도움을 청할 것을 진언했다.

유장이 말했다.

"대대로 원수 사이였는데 장로가 어떻게 도와준단 말인가?"

동화는 말했다.

"설사 원수 사이라도 유비의 군사가 낙성에 주둔하고 있는 지금은 위급한 때입니다. 한중은 우리 나라와는 이웃으로 같은 운명에 놓여 있습니다. 만일 이해를 따져 잘 설득하면 반드시 힘이 되어줄 것입니다."

유장은 곧 편지를 써서 한중으로 사자를 보냈다.

장로는 신통한 반응을 보이지 않았다. 유장은 다시 황권을 사자로 보냈다. 황권은 촉과 한중이 같은 배에 탄 운명공동체임을 역설하고, 도와준다면 20주를 답례로 주겠다고 말했다. 장로는 욕심이 앞서 황권의 제의를 수락했으나,

"유장과는 대대로 원수 사이인데 급하니까 어쩔 수 없이 도움을 청하는 것입니다. 땅을 떼어 은혜를 갚겠다는 것은 속이 들여다보이는 거짓말입니다. 속지 마십시오."

하고 말리는 신하가 있었다. 이때 갑자기 층계 아래에서,

"제게 얼마간의 군사를 빌려주신다면 유비를 생포하고, 또 유장에게는 영지의 일부를 영주께 바치게 하겠습니다."

하고 말하는 자가 있었다.

그는 마초였다. 마초는 2년 전에 조조와의 싸움에서 패하여 강족의 땅으로 도망쳐서, 강족의 도움으로 농서의 주군(州郡)을 공략하여 점차 세력을 확장하고, 기주성(冀州城)의 자사까지 항복시켰으나, 부하들에게 배반을 당하고 하후연의 대군에게 협공을 받아 처자를 잃고 불과 6, 7명의 기병과 함께 도망쳐서 장로에게 얹혀 살아왔다. 장로는 마초에게 2만의 군사를 내주었다. 마초는 동생 마대, 한중의 장수 양백과 함께 가맹관을 향해 출발했다.

현덕의 면죽 입성

한편 낙성에 있던 현덕은 공명의 의견에 따라 황충과 위연을 앞세워 면죽으로 진격했다. 면죽의 장수 비관은 이엄(李嚴)에게 명하여 응전하게 했다. 황충이 이엄과 4, 50차례 싸웠으나 승부가 나지 않았다. 이것을 보고 있던 공명은 징을 울려 신호를 보내고 군사를 일단 후퇴시키고 황충에게 계략을 가르쳐주었다. 그리고 이튿날 이엄을 산기슭으로 유인하여 항복하게 했다.

현덕은 이엄을 후히 대접하고 그의 설득으로 비관도 항복하게 하여 면죽에 입성했다. 그리하여 성도로 진격할 의논을

하고 있는데, 가맹관에 마초가 쳐들어왔다는 급보가 날아들었다. 현덕은 깜짝 놀랐다. 공명이 말했다.

"마초는 만만치 않은 상대입니다. 장비나 조운 이외에는 상대할 수 없을 것입니다."

현덕이 말했다.

"공교롭게도 자룡은 군사를 이끌고 출전하여 아직 돌아오지 않고 있소. 익덕을 급히 보내도록 하지요."

그러자 공명이 말했다.

"주공께서는 모른 체하십시오. 내가 그를 격려하겠습니다."

장비는 마초가 가맹관에 쳐들어왔다는 말을 듣고,

"제가 마초와 싸우겠습니다."

하고 들어왔다. 공명은 못 들은 체하고 현덕에게 말했다.

"마초가 지금 가맹관에 쳐들어왔는데 나가서 싸울 사람이 없습니다. 형주에 사자를 보내어 관운장을 불러들여야겠습니다."

그러자 장비가 말했다.

"군사는 어찌하여 나를 무시합니까? 나는 전에 혼자서도 조조의 백만 대군을 막아냈습니다. 마초와 같은 놈은 조금도 걱정할 것 없습니다."

공명이 말했다.

"장군, 당양(當陽)에서 다리를 무너뜨렸을 때에는 조조가 계략을 모르고 있었기에 망정이지, 만일 알았더라면 장군은 무사하지 못했을 거요. 지금 마초의 무용은 천하에 알려져 있소. 운장도 반드시 이길 것이라고 장담할 수 없소."

"나는 지금 곧 떠나겠습니다. 마초를 이기지 못한다면 기꺼이 군법에 따라 처벌을 받지요."

하고 장비가 말했다. 그러자 공명이 다시 말했다.

"그럼 나가 싸우도록 하오. 영주께서도 출전하십시오. 저는 이 면죽성을 지키면서 자룡이 오는 것을 기다려 다른 계략을 세우겠습니다."

위연도 출전을 원했으므로 공명은 위연에게 척후(斥候)에 필요한 기병 500명을 주어 앞장서게 했다. 장비가 가운데 위치하고, 현덕은 후미에 자리잡고 가맹관을 향해 출발했다.

위연이 관문 아래까지 가서 양백과 마주쳐 10여 차례나 싸운 끝에 양백이 패주했다. 위연이 기세를 몰아 뒤쫓아가니, 마대의 군대가 앞을 가로막았다. 위연은 그가 마초인 줄 알고 칼을 휘두르면서 덤벼들었다. 10여 차례 싸운 끝에 마대가 도망쳤다. 위연은 놓칠세라 뒤쫓아갔다. 마대가 뒤돌아 쏜 화살이 위연의 왼쪽 팔꿈치에 맞았다. 위연은 말 머리를 돌려 도망쳤다.

이번에는 마대가 뒤쫓아 관문 앞까지 왔을 때, 한 장수가 우레 같은 소리로 외치면서 말을 몰아 관문을 뛰쳐나왔다.

장비였다. 그는 큰소리로 호령했다.

"너는 웬 놈이냐? 먼저 이름부터 대고 덤벼라!"

"나는 서량의 마대다."

"마초가 아니었냐? 어서 돌아가거라. 너는 내 상대가 안 된다. 빨리 가서 마초를 불러와라. 연인(燕人) 장비가 여기 있다고 전해라."

마대는 화가 치밀어,

"사람을 그렇게 무시하지 마라."

하고 창을 들고 덤벼들었으나 장비를 당해내지 못했다. 그는 곧 도망쳤다. 장비가 뒤쫓아가려고 하자, 현덕이 뛰어와 저지하며 관문으로 데리고 왔다.

"너는 너무 성급하다. 오늘 밤에는 푹 쉬고 내일 마초와 결판을 내도록 해라."

장비와 마초의 결투

이튿날 새벽녘에 관문 아래서 북소리가 울리더니 마초의 군사가 쳐들어왔다. 현덕이 내려다보니 마초는 창을 들고 사자(獅子)의 투구에 은제 갑옷을 걸치고 가죽띠를 두르고 있었다. 현덕은,

"세상 사람들이 두려워할 만하군."

하고 말하며 함부로 나서지 말고 한동안 그의 기세를 피하는 게 좋겠다고 하여 장비가 즉시 쳐들어가려는 것을 저지했다. 관문 아래서는 마초가 홀로 장비에게 도전하고, 관문 위에서는 장비가 마초를 단칼에 베어버리려고 덤비는 것을 현덕이 4, 5차례나 말렸다.

오후가 되자 마초의 군사가 피로해 하는 기미가 보였다. 현덕은 500여 명의 기병을 택하여 장비에게 내주어 관문에서 공격하게 했다. 장비는 창을 들고 말을 몰면서 큰소리로 외쳤다.

"연인 장익덕을 알아보겠느냐?"

마초가 말했다.

"우리 집은 대대로 공후(公侯)의 피를 이어받고 있다. 함부로 놀지 마라."

장비는 화가 머리끝까지 치밀었다. 두 사람은 말을 몰아 창을 들고 100회 이상 싸웠으나 승부가 나지 않았다.

현덕은 이것을 보고 '정말 호랑이와 같은 장수로구나' 하고 감탄했다. 그는 장비에게 어떤 일이 일어날지 몰라 갑자기 징을 울려 불러들였으므로, 두 사람은 각자 진지로 돌아섰다.

장비는 한참 쉰 뒤, 투구를 벗고 두건만 쓰고 말을 몰아 다시 도전했다. 마초도 나와 마주 싸웠다. 현덕은 걱정이 되어 진지 앞에 나와 지켜보았다. 장비와 마초는 다시 100여 차례 싸웠으나, 점점 기력이 왕성해져 보이는 두 사람을 보고 현덕은 또다시 징을 울려 장비를 불러들였다. 두 사람은 헤어져서 진지로 돌아왔다.

이미 날이 저물었으므로 현덕은 장비에게,

"마초는 훌륭한 무사니 얕보아서는 안 된다. 일단 관문으로 돌아와라. 승부는 내일로 미루는 게 좋겠다."

하고 말렸으나, 장비는 화가 끓어올라 순순히 물러설 수 없었다.

"죽어도 관문으로 돌아가지 않겠습니다."

하고 그는 외쳤다.

"오늘은 이미 날이 저물어 싸움을 할 수 없다."

하고 현덕이 말해도 장비는,

"횃불을 더욱 밝히고, 야전 준비를 하여라."

하고 부하에게 지시했다.

마초도 말을 바꿔 타고 진지 앞에 나와,

"장비, 싸울 각오가 되어 있나?"

하고 외쳤다. 장비는 살기가 등등하여 외쳤다.

"나는 네놈을 사로잡기 전에는 절대로 관문으로 돌아가지 않을 테다."

마초가 대거리를 했다.

"나야말로 네놈에게 이기기 전에는 진지로 돌아가지 않을 테다."

양군이 일제히 환성을 지르며 수많은 횃불을 피워 대낮같이 환했다. 두 장수는 다시 20여 차례 싸웠는데, 마초가 말 머리를 돌려 달아났다. 그러자 장비가 외쳤다.

"네 이놈, 어딜 도망치는 게냐?"

마초는 진 체하고 장비를 유인하다가, 구리 철퇴를 꺼내 몸을 홱 돌리면서 장비를 향해 던졌다. 장비가 몸을 슬쩍 제 치자 구리 철퇴는 귀뿌리를 스치고 날아갔다. 장비가 고삐를 끌어 말 머리를 돌리자 마초가 뒤쫓아왔으므로 몸을 돌려 활을 쏘았으나, 마초도 몸을 슬쩍 제쳤다. 두 장수는 각자 진지로 돌아왔다.

공명의 계략

이튿날 장비가 다시 싸우려고 할 때 공명이 도착했다.

"마초는 호랑이와 같은 장수입니다. 장비와 필사적으로

겨루면 한쪽이 치명상을 입을 것은 뻔한 일입니다. 그래서 조운과 황충에게 면죽을 지키게 하고 이렇게 밤을 새워 달려 왔습니다. 제가 계략을 써서 마초를 항복하게 하지요.”

현덕이 그 계략을 물으니 공명이 말했다.

“동천(東川)의 장로는 한녕(漢寧)의 제후가 되기를 원하고 있습니다. 그의 참모 양송은 뇌물을 탐내는 사람이므로 한중에 사람을 보내어 먼저 금은으로 양송을 구워 삶고, 그 다음에 장로에게 편지를 보내어 ‘이번에 유장과 싸우는 것은 당신의 원수를 갚기 위해서이다. 그러니 이간질하는 말을 듣지 마라. 싸움이 끝나면 당신을 한령의 제후로 봉하도록 하겠다’ 하고 구슬려 놓습니다. 그리고는 마초의 군사를 철수시켜 그 기회에 계략을 써서 마초를 항복시키는 것입니다.”

현덕은 곧 편지를 써서 손건을 사자로 하여 금은 보화를 갖고 한중에 가서 양송을 만나 장로를 한령의 제후로 추대하겠다는 뜻을 전하고 선물을 바치게 했다. 양송은 몹시 기뻐하며 손건을 장로에게 소개하여 유현덕의 뜻을 전하게 했다. 그러자 장로는 말했다.

“현덕은 좌장군(左將軍)에 불과한데, 어떻게 나를 한령의 제후로 봉한단 말인가?”

“관직은 높지 않지만 현덕은 한의 황숙입니다. 한령의 제후로 추천할 자격이 충분히 있습니다.”

장로는 크게 기뻐하고 곧 마초에게 사자를 보내 군사를 철수시키게 하고, 손건은 양송의 집에 머물러 하회(下回)를 기다리도록 했다.

그런데 마초는 아무 공로도 세우지 못하고 병사를 철수시킬 수는 없다고 하면서, 장로가 재삼 사자를 보내도 좀처럼 응하려고 하지 않았다. 그래서 양송은 '마초는 서천을 손에 넣고 촉의 왕이 되어 부친의 원수를 갚으려는 야심을 품고 있으며 한중에 충성할 생각이 없다'는 유언(流言)을 퍼뜨렸다. 장로가 이 말을 듣고 양송과 의논했다. 양송이 말했다.

 "마초에게 사자를 보내 공을 세울 생각이면 한 달 기간을 정하여 다음 세 가지 조항을 실천하도록 지시해야 합니다. 첫째 서천을 손에 넣을 것, 둘째 유장의 목을 자를 것, 셋째 형주의 군사를 격파할 것. 이 세 가지 일을 성공하면 상을 주겠지만 성공하지 못하면 목을 베겠다고 하십시오. 그리고 장군의 동생 장위(張衛)님을 대장으로 임명하여 요지를 지키게 하고 마초의 변심에 대비해야 할 것입니다."

 장로는 동의하여 그 세 가지 사항을 마초에게 전했다. 마초는 크게 놀라,

 "어째서 갑자기 이렇게 되었을까?"
하고 즉시 마대와 의논한 끝에 군사를 철수시킬 수밖에 없다는 데 의견을 모았다.

 그런데 양송은 또다시 마초가 군사를 철수시키는 것은 반란을 일으키기 위해서일 것이라는 소문을 퍼뜨렸다. 그래서 장위는 군사를 일곱 곳으로 나눠 요해를 굳게 지켰다. 마초는 진퇴 양난에 빠져 어찌할 바를 몰랐다.

 공명이 현덕에게,

 "마초는 지금 진퇴 양난에 빠져 있습니다. 내가 마초의 진지에 가서 세 치의 혀로 항복을 권하겠습니다."

하고 말하며 떠나려고 하자, 현덕은 말렸다.

마초의 항복

이때 면죽의 조운이 편지로 이회라는 사람을 추천했다. 이
회는 유장을 섬기고 있었으나, 유장이 자기의 충언을 받아들
이지 않자 실망해 현덕의 인격을 사모하고 항복해 왔다. 그
는 전에 농서에 있을 때 마초와 알게 되었으므로 마초를 설
득하여 항복시키겠다고 제의했다. 공명은 곧 그를 사자로 보
냈다.

이회가 마초의 진지에 도착하여 면담을 청하자 마초는,

"이회는 좋은 언변으로 나를 설득하러 온 것이 틀림없다."

하고 무사 20명을 장막 뒤에 숨겨놓고,

"신호를 하면 즉시 뛰어나와 목을 베도록 하라!"

하고 일러두었다.

이윽고 이회가 뚜벅뚜벅 걸어 들어왔다. 마초가 무엇 때
문에 왔느냐고 묻자 설득하러 왔다고 대답했다. 마초는 말
했다.

"상자 속에는 날이 예리한 칼이 들어 있네. 나한테 말해보
게. 자네의 설득이 도리에 합당치 않으면 목을 베어 칼날을
시험하겠네."

이회는 껄껄 웃으면서,

"장군에겐 화(禍)가 눈앞에 닥치고 있습니다. 날이 예리한
칼은 저보다도 장군의 목을 베게 될지도 모릅니다."

"나한테 무슨 화가 닥치고 있다는 건가?"

"해도 중천에 떠오르면 기울게 마련이고 달도 만월이 되면 줄어들게 마련입니다. 지금 장군은 어떤 처지에 있습니까? 조조는 장군의 아버님을 죽인 원수이고 또 농서에 대해서는 원한이 사무칩니다. 유장을 구원하고 형주의 군사를 물리칠 수도 없고, 양송을 무찌르고 장로의 얼굴을 대할 수도 없습니다. 사방 어디를 돌아보나 몸둘 곳이 없지 않습니까? 처신의 길이 막혀 있지 않습니까? 또다시 위교(渭橋)의 패전, 기성의 실패를 되풀이한다면 세상의 웃음거리가 될 것입니다."

마초는 고개를 숙이고 말했다.

"자네 말이 맞네. 앞으로 어떻게 해야 할지 막막하네."

"제 말을 듣겠다고 하면서 장막 뒤에 무사를 숨겨놓은 것은 어찌 된 일입니까?"

마초는 크게 부끄러워하고 무사들을 모두 쫓아버렸다. 이회가 말했다.

"유 황숙은 현자를 공경하고 재사(才士)를 아낍니다. 저도 그가 대업을 성취할 줄 믿고 유장의 곁을 떠나 그에게 의지하고 있습니다. 장군의 아버님과 황숙은 옛날 손을 잡고 나라의 역적을 쳐부수기로 맹세한 사이입니다. 장군도 혼군(昏君)을 버리고 현군(賢君)을 섬겨, 위로는 아버님의 원수를 갚고 아래로는 공명을 세우는 것이 좋지 않겠습니까?"

마초는 크게 기뻐하여 곧 양백을 불러들여 단칼에 목을 베어 그 목을 가지고 이회와 함께 관문으로 가서 현덕에게 항복했다. 현덕은 이들을 영접하여 귀빈으로 후히 대접했다.

마초는 엎드려 말했다.

"이제 명군을 만나니 먹구름이 걷힌 푸른 하늘을 쳐다보는 느낌입니다."

유장의 항복

이때 손건은 한중에서 돌아와 있었다. 현덕은 가맹관을 굳게 지키게 하는 한편, 군사를 이끌고 면죽에 입성했다. 조운과 황충이 영접했으나, 그때 촉의 두 장수가 군사를 이끌고 쳐들어왔다는 보고가 날아들었다. 조운이 곧 말을 몰아 진격하자마자 금세 적의 두 장수의 목을 베어가지고 돌아왔다. 마초는 현덕에게 말했다.

"영주께서는 출전하실 것 없습니다. 제가 유장을 불러내어 항복시키겠습니다. 만일 끝내 항복하지 않는다면, 동생 마대와 함께 성도를 빼앗아 바치겠습니다."

한편 촉의 패군이 익주로 도망쳐서 유장에게 보고하자, 유장은 깜짝 놀라 성문을 굳게 닫고 나서려고 하지 않았다. 그때 마초가 왔다고 하여 유장이 성벽 위에 올라가 내려다보니, 마초와 마대가 성 밑에서 외쳤다.

"유장 영주님께 드릴 말씀이 있습니다."

무슨 말이냐고 묻자, 마초는 말 위에서 채찍을 들어 가리키면서 말했다.

"저는 본래 노숙의 군사를 이끌고 이곳 익주를 구하러 왔으나, 장로는 양송의 모략을 곧이듣고 오히려 저를 죽이려고 했습니다. 그래서 저는 유 황숙에게 항복했습니다. 영주님도 영지를 바치고 항복하십시오. 백성을 더 이상 괴롭혀서는 안 됩니다. 만일 응하지 않는다면 저는 이 성을 격파할 것입니다."

유장은 깜짝 놀라 얼굴이 흙빛이 되어 그 자리에 쓰러졌다. 부하들에게 부축을 받아 정신을 되찾은 유장은,

"나의 불찰이오. 이제 와서 후회한들 무슨 소용이 있겠는가! 성문을 열고 항복하여 성 안의 백성들을 구해야지."

하고 말했다. 그러자 동화가,

"성 안에는 3만여 명의 군사와 1년분의 군량이 있습니다. 무엇 때문에 이대로 항복하려고 하십니까?"

하고 말했다. 그러자 유장은 말했다.

"우리 부자가 2대에 걸쳐 30년 동안 이 촉나라를 다스려왔으나 주민들에게 정을 베풀지 못하고, 3년 동안의 전쟁으로 그들의 살과 피를 산야에서 잃게 했소. 이것은 모두가 나의 죄요. 생각하면 마음이 몹시 아프오. 항복하여 주민들의 고통을 씻어 주는 길밖에 없소."

이 말을 듣고 사람들은 모두 눈물을 흘렸다.

"영주님의 말씀은 하늘의 뜻에 부합되는 줄 압니다."

하고 말하는 자는 초주(誰周)라는 천문학자였다.

"제가 밤에 천문을 관측하니 별의 무리가 모두 촉나라로 모여들었는데, 그 중에는 유난히 빛나는 달과 같이 큰 별이 있었습니다. 이것은 제왕이 나타날 징조입니다. 천도를 거역해서는 안 됩니다."

황권과 유파가 이 말을 듣고 크게 화를 내면서 즉시 그의

牧州益領自備劉

유현덕은 서촉 유장의 투항으로 익주를 다스리게 된다. ≪繡像全圖三國演義≫에서

목을 베려고 하자 유장이 말렸다. 그때 갑자기,

"촉군(蜀郡)의 태수 허정(許靖)이 성에서 빠져 나가 항복했습니다."

하는 보고가 들어왔다. 유장은 통곡하면서 거처로 돌아갔다.

이튿날 현덕의 참모인 간옹이 사자로 왔다. 유장은 성문을 열어 맞아들이라고 일렀다. 간옹은 수레에 탄 채 주위를 노려봤다. 유장의 부하가 그 무례를 탓하자 간옹은 당황하여 수레에서 내려 사과하고 유장을 만나 현덕은 도량이 넓어 영주를 해칠 의도가 전혀 없음을 역설했다. 유장은 간옹의 수레를 함께 타고 가서 항복했다. 현덕은 진중에서 나와 유장을 영접했다. 그는 유장의 손을 붙잡고 눈물을 흘리면서,

"내가 인의를 저버린 것은 아니지만, 이렇게 된 것은 대세에 밀려 어쩔 수 없었습니다."

하고 함께 진중에 가서 관인과 문서를 넘겨받고, 말을 나란히 몰아 성 안으로 들어갔다.

　현덕이 성도에 들어서자 주민들은 향을 피우고 꽃과 초를 준비하여 환영했다. 현덕은 성의 당상에 마련된 높은 자리에 앉아 촉의 장수와 관원들을 맞아들였다. 그러나 황권과 유파는 자기 집 문을 굳게 닫고 나타나지 않았다. 장수들이 화가 나서 달려가 죽이려고 하자 현덕은 그것을 제지하며 만약 두 사람을 해치는 자가 있으면 일족을 멸하겠다고 언명했다. 그리고는 현덕 자신이 그들의 집에 가서 출사(出仕)를 요청하자 두 사람은 그 은덕에 감명하여 항복했다. 공명이 말했다.

　"이제 서천은 평정되었습니다. 한 나라에 두 주인이 있을 수는 없으니 유장을 형주로 보냅시다."

　현덕이 대답했다.

　"촉을 손에 넣은 지 얼마 되지도 않았는데 유장을 멀리 보낼 수는 없소."

　"유장이 나라를 잃은 것은 무기력했기 때문입니다. 영주께서 인을 내세워 결단을 내리지 못하시면 이 땅을 오래 보존하기 어려울 것입니다."

　현덕은 옳은 말이라고 생각하여 성대한 연회를 베풀고, 유장을 진위장군(振威將軍)으로 삼아 처자와 일족을 거느리고 그날로 형주의 공안현으로 옮기게 했다.

廖化

馬超

魏延

趙雲

黄忠

《三國志通俗演義》에서

현덕의 인정

현덕은 스스로 익주의 자사가 되어 항복한 문무백관에겐 후한 상을 내리고 작위를 주었으며, 제갈량·관우·장비·조운·황충·위연·마초 그 밖의 장수와 모든 부하들에겐 승진과 은상(恩賞)으로 노고를 치하했다.

현덕의 논밭과 저택도 문무백관에게 나누어주려고 하자,

조운이 말렸다.

"익주의 주민들은 자주 일어난 전란으로 논밭과 집을 잃었습니다. 이제 그것을 백성들에게 돌려주어 안심하고 일에 전념하게 하면 민심도 자연히 돌아서게 될 것입니다. 그것을 빼앗아 나눠주는 것은 옳지 않습니다."

현덕은 기꺼이 이 말에 따르기로 하고 공명에게 나라를 다스릴 법을 제정하라고 했다. 그 형법은 상당히 엄했다.

이에 법정이,

"옛날 한의 고조는 법을 장(章)으로 요약하여 백성들은 저마다 그 은덕을 감사했다고 합니다. 형법을 관대히 민심을 안정시키는 것이 좋을 줄 압니다."

하고 말했다. 그러자 공명이 설명했다.

"그대는 하나만 알고 둘은 모르오. 진(秦)은 법을 너무 엄하게 하여 백성들이 모두 원한을 품었기 때문에 고조는 자비로운 아량을 베풀어 천하를 얻게 되었소. 그런데 저 유장은 비겁하여 덕치(德治)를 하지 않고 상벌을 엄정히 하지 못해 군신의 도를 잃게 되었소. 지금 법을 엄하게 하는 것은 군주의 은덕과 위엄을 알리기 위함이오. 상하의 절도가 있어야 나라를 다스리는 도가 분명히 드러나게 되오."

법정은 공명의 설명에 더 이상 할 말이 없었다.

어느 날 현덕이 공명과 한담을 하고 있는데, 형주에 있는 관우가 관평을 사자로 보내왔다. 관평은 관우의 편지를 내놓고 말했다.

"아버님은 마초가 무예의 달인(達人)이라는 말을 듣고 서천에 와서 시합하기를 바라고 있습니다."

현덕은 깜짝 놀라,

"운장이 와서 맹기(孟起:마초)와 시합을 하게 되면, 어느 한쪽이 치명상을 입을 텐데."

하고 말했다. 공명은,

"염려하실 것 없습니다. 제가 답장을 쓰지요."

하고 곧 답장을 써서 관평에게 주어 형주로 보냈다. 관우가 편지를 펴보니 다음과 같이 씌어 있었다.

장군은 맹기와 겨루고 싶어하는 모양인데, 내가 보기에 맹기 는 무용이 대단히 뛰어나긴 하지만 옛날에 경포(鯨布)나 팽월 (彭越)과 같아서 익덕에게는 좋은 상대겠으나 미염공(美髥公) 의 뛰어난 무예에는 미치지 못할 것이오. 지금 형주를 지키는 것은 중요한 임무요. 만일 서천에 온 사이에 무슨 일이 일어난 다면 그 죄는 크오. 밝게 헤아려주기를 바라오.

관우는 편지를 다 읽고 나서 수염을 쓰다듬으며,

"공명은 내 마음을 꿰뚫어 보는군."

하고 빙긋이 웃고 나서 편지를 참모들에게 보이고 서천으로 갈 생각을 버리기로 했다.

34. 드러난 조조의 야심

사자로 간 제갈근

동오의 손권은 현덕이 서천을 손에 넣고 유장을 공안으로
쫓아버린 것을 알게 되자 장소와 고옹을 불러 의논을 했다.

"전에 유비는 우리에게 형주를 빌리면서 서천을 손에 넣
으면 돌려주겠다고 약속했소. 그런데 이제 파촉 41주를 얻
었으니, 사자를 보내어 반환을 독촉하고 만일 돌려주지 않을
경우에는 대군을 일으켜 쳐들어가야겠소."

"우리 오나라는 평온을 찾은 지 얼마 되지 않았으므로 군
사를 동원해서는 안 된다고 생각합니다. 유비에게 형주를 반
환하게 할 계략이 서 있습니다."

"유비가 의지하는 사람은 제갈량뿐입니다. 그의 형 제갈
근은 지금 오의 관원입니다. 그 일족을 모두 감옥에 가두고
제갈근을 동생에게 보내어 유비에게 형주를 반환하도록 권
고하게 하는 것입니다. 만일 반환하지 않으면 일족의 목숨이
끊긴다고 하면 제갈량도 형제의 우애에 못 이겨 반드시 일을

성사시킬 것입니다.

"제갈근은 성실한 사람이오. 그의 처자를 감옥에 넣을 수는 없소."

"그것은 계략이라고 말하면 안심할 것입니다."

손권의 명령을 받은 제갈근은 그 후 며칠이 지나 성도에 도착했다. 현덕은 이 말을 듣고 공명에게 물었다.

"그대의 형이 무엇 때문에 왔소?"

"형주를 되찾으러 왔을 것입니다."

"어떻게 대답할까요?"

공명은 현덕의 귀에 대고 한참 속삭였다.

공명은 성 밖에서 형을 맞아들여 자기 집으로 가지 않고 객사로 안내했다. 인사가 끝나자 제갈근은 소리내어 울었다.

"형님, 왜 이러십니까?"

"내 처자와 일족의 목이 달아나게 됐네."

"그건 형주를 돌려주지 않기 때문이 아닙니까? 저 때문에 형님의 일족이 갇혀 있다니, 큰일이군요. 그렇지만 형님, 걱정하지 마십시오. 저에게 생각이 있습니다. 형주를 돌려드리지요."

제갈근은 크게 기뻐하여 곧 공명과 함께 현덕을 만나 손권의 편지를 보였다. 현덕은 그 편지를 읽고 나서 화를 내면서,

"손권은 내가 형주에 없는 동안에 여동생을 속여 데려갔소. 나는 서천의 군사를 동원하여 강남으로 쳐내려가 그 한을 풀려고 하는데, 이제 와서 형주를 돌려 달라는 건가?"

공명은 울면서 땅에 엎드려,

"만일 돌려주지 않으면 형의 일족은 모두 죽임을 당합니

다. 제 얼굴을 보아 형주를 동오에 돌려주십시오."

현덕은 공명의 청을 받아들이지 않으려 했으나 공명이 너무 애절하게 간청하므로,

"그러면 이렇게 된 이상 군사의 체면을 보아 형주를 반으로 갈라 장사·영릉·계양의 세 고을을 돌려주겠소."

하고 말했다. 그러자 공명이 말했다.

"그럼 곧 관우에게 편지를 내어 세 고을을 돌려주도록 지시해주십시오."

현덕이 제갈근에게 말했다.

"형주에 가면 부드러운 말로 동생을 잘 타일러주시오. 동생은 성미가 과격하여 나도 두려워하고 있소. 잘 알아서 처신하시오."

제갈근은 곧 형주에 가서 관우를 만나 현덕의 편지를 보여주며 말했다.

"황숙은 세 고을을 동오에 돌려주겠다고 말씀하셨습니다. 즉시 돌려주시기 바랍니다."

관우는 얼굴빛이 달라졌다.

"나는 형님과 복숭아 밭에서 의형제를 맺고 한의 왕실을 돕기로 맹세했소. 형주는 본래 한의 땅이므로 한 치의 땅도 남에게 넘겨줄 수 없소. 장수는 외지에 있을 때에는 군주의 명령을 따르지 않을 수도 있다고 들었소. 형님이 지시해도 나는 돌려줄 수 없소."

"지금 손권은 저의 처자와 일족을 옥에 가두어두고 있습니다. 만일 형주를 반환해주시지 않으면 그들은 몰살당하게 됩니다. 장군, 제발 자비를 베풀어주십시오."

"그건 거짓 계략이오. 내가 속아넘어갈 줄 아오?"

"그건 너무 무정한 말씀입니다."

관우는 칼을 잡아 호통을 쳤다.

"닥치시오. 이 칼에는 인정 사정이 없소!"

제갈근은 창피한 나머지 허둥지둥 작별을 고하고 배를 타고 다시 서천으로 돌아와 현덕을 만나, 관우가 자기를 죽이려고 했다고 울면서 호소했다. 현덕은 말했다.

"동생은 성미가 과격하여 좀처럼 상종하기가 어렵소. 일단 돌아가시오. 내가 동천과 한중을 공략하면 관우를 그곳 태수로 보내고 형주를 돌려드릴 테니."

제갈근은 할 수 없이 동오에 돌아와 손권에게 보고했다.

손권은 몹시 화를 내면서 모두가 제갈량의 계략이 아닌가하고 의심했지만, 아무튼 유비가 세 고을을 돌려주기로 했다고 하자 관원을 그 세 고을에 부임시켜 동태를 살펴보기로 했다.

관우와 노숙의 만남

그런데 장사 · 영릉 · 계양으로 부임했던 관원이 관우에게 쫓겨 되돌아왔다. 손권은 노발대발하여 노숙을 불러냈다.

"자경이 언젠가 유비에게 사자로 갔을 때, 서천을 손에 넣으면 반드시 형주를 돌려주겠다고 했지 않소? 그런데 지금유비는 서천을 손에 넣고도 반환하려고 하지 않네. 자경은 보고만 있을 건가?"

노숙이 말했다.

"그러잖아도 이미 한 가지 계략을 세워놓고 말씀드리려던 참이었습니다."

"어떤 계략인가?"

"먼저 군사를 육구(陸口)에 주둔시키고 주연을 베풀어 관우를 초청합니다. 장막 속에 무사를 숨긴 다음 관우가 오면 부드러운 말로 형주의 반환을 요구하고, 불응하면 신호에 따라 죽여버리게 합니다. 만일 연회에 나오지 않으면 즉시 군사를 이끌고 진격하여 형주를 빼앗는 것입니다."

손권은 좋은 계략이라고 생각하여 즉시 실천에 옮기도록 명령했다. 노숙은 곧 군사를 육구에 주둔시킨 후 본진 앞의 임강정(臨江亭)에서 연회를 베풀고, 사자를 형주에 보내어 관우를 초대했다. 관우는 내일 가겠다고 답변했다.

관평과 마량은 노숙의 초대에는 반드시 계략이 숨어 있을 테니 경계해야 한다고 생각했다. 관우는 관평에게 배 10척과 수군 500명을 강기슭에 대기시키고 신호의 깃발을 흔들면 곧 진격하라고 일렀다. 한편 노숙은 여몽과 감녕에게 군사를 이끌고 대기하고 있으라고 지시했다.

이튿날 노숙이 부하를 시켜 강기슭에서 동태를 살피게 했더니, 진시(辰時 ; 오전 7시~9시 사이)가 지나자 몇 사람이 배 한 척을 저어 오는데 배에는 '관(關)'자가 씌어 있는 붉은 기가 바람에 나부끼고 있다는 것이었다. 배가 가까이 다가오자 관우가 푸른 두건을 쓰고 초록색 옷을 걸치고 앉아 있고, 그 곁에는 주창이 커다란 칼을 들고 있으며 8, 9명의 다른 장수가 각각 칼을 허리에 차고 서 있는 것이 보였다.

관운장은 칼 한 자루 차고 연회장에 이르다. ≪繡像全圖三國演義≫에서

노숙은 섬뜩했지만 임강정으로 맞아들여 인사를 마치고 곧 주연을 베풀었다. 이윽고 노숙이 입을 열었다.

"드릴 말씀이 있습니다. 전에 황숙께서 저를 보증인으로 하여 우리 영주로부터 형주를 빌리면서, 서천을 손에 넣으면 반환하겠다고 약속했었소. 그런데 서천을 손에 넣었는데도 아직 반환하지 않고 있소. 이것은 신의를 저버린 처사가 아니겠소?"

관우가 말했다.

"이것은 국가의 대사이므로 이런 술자리에서는 논할 것이 못된다고 생각하오."

"우리 영주께서 형주를 빌려주신 것은 당신들이 조조에게 패하여 몸둘 곳이 없는 것을 보고 그 곤경에서 구하기 위해서였소. 이제 익주를 손에 넣은 이상 형주는 반환하는 것이 당연하오. 황숙이 세 고을을 우선 반환하겠다고 하는데 당신이 듣지 않는 것은 도리에 어긋나는 일이라고 생각되오."

"적벽 싸움에서 유 황숙은 스스로 빗발치는 화살을 무릅쓰고 적을 격파했소. 그 공은 형주를 받을 만하지 않소? 그런데 지금 당신은 그 땅을 돌려 달라는 거요?"

"그렇지 않소. 황숙과 당신은 당양의 장판에서 패하여 멀리 도망치는 신세였소. 우리 영주님은 몸둘 곳 없는 황숙을 동정하여, 영지를 아끼지 않고 재기할 편의를 제공했었소. 그런데 황숙은 호의를 저버리고 이미 서천을 손에 넣고도 형주를 차지하려고 하니, 그것은 욕심이 앞서 의를 어기는 일로 세상의 웃음거리가 될 것이오. 이 점을 잘 생각해보시오."

"그것은 모두 형님이 한 일이오. 나와는 관계가 없소."

"당신과 황숙은 복숭아 밭에서 의형제를 맺고 생사를 함께 하기로 서약한 사이라고 들었소. 그렇다면 황숙이 곧 당신이 아니겠소? 어찌 무관하다고 하시오?"

관우가 미처 대답하기 전에 주창이 아래서 거친 목소리로 말했다.

"천하의 땅은 오직 덕이 있는 자가 간수하게 마련이오. 당신네들 동오의 것만은 아니오."

관우가 얼굴을 붉히고 자리에서 일어나 주창이 든 커다란 칼을 빼앗고 주창을 책망했다.

"국가의 대사를 논하는 자리에서 함부로 입을 열지 마라. 저리 나가거라!"

주창은 그 심중을 알아차리고 강기슭으로 뛰어가 붉은 깃발을 흔들었다. 그러자 강기슭에 대기하고 있던 관평의 배가 쏜살같이 다가왔다. 관우는 오른손에 칼을 들고 왼손으로 노숙의 팔꿈치를 붙잡고 취한 체했다.

"이거 취하는군. 옛친구와의 사이에 의가 상해서는 안 되지. 훗날 당신을 형주에 초대하여 의논하기로 하고 오늘은 그만 작별해야겠소. 배 있는 데까지 전송해주지 않겠소?"

노숙은 마지못해 관우를 강기슭까지 부축해 갔다. 여몽과 감녕은 군사를 이끌고 기다리고 있었으나, 관우가 커다란 칼을 들고 노숙을 붙잡고 나타났으므로 노숙의 신상을 염려하여 덤벼들지 못했다. 관우는 배에 닿았을 때 비로소 노숙의 손을 놓고 뱃머리에 올라서 작별 인사를 했다. 노숙은 멍하니 바람을 타고 멀어져 가는 관우의 배를 바라볼 뿐이었다.

노숙은 즉시 손권에게 보고했다. 손권은 크게 화가 나서 전군을 이끌고 형주를 치기 위해 의논했다. 이때 갑자기,

"조조가 또다시 30만 대군을 이끌고 쳐들어왔습니다."

하고 보고가 들어왔다. 손권은 깜짝 놀라 형주에의 출격을 보류하고 군사를 합비와 유수로 옮겨 조조를 막기로 했다.

조조의 횡포

그런데 조조가 오를 치기 위해 막 나서려고 할 때 참모인 부간(傅幹)이 편지를 보내 이를 만류했다.

천하를 다스리려면 무위(武威)와 문덕(文德)을 겸비해야 합니다. 천하의 난동을 영주께서는 대부분 무력으로 평정했지만, 아직도 오와 촉은 왕명에 복종하지 않고 있으며 오에는 장강의

요해가 있고 촉에는 높은 산의 보루가 있어, 무위만으로는 쉽사리 이길 수 없습니다. 잠시 문덕을 쌓고 군사를 쉬게 한 후에 때를 기다렸다가 움직이는 것이 좋을 줄 압니다.

조조는 편지를 읽고 나서 남정을 중단하고, 학교를 세우고 학자들을 불러들였다. 한편 시중(侍中 ; 고문관)인 왕찬(王粲) · 두습(杜襲) · 위개(衛凱) · 화흡(和洽)은 서로 의논하여 조조를 위나라 왕으로 추대하려고 했다. 그러나 중서령(中書令) 순유(荀攸)가 말렸다.

"그건 안 됩니다. 승상은 이미 위공(魏公)에 올라 신하로서 최고의 지위에 계십니다. 왕위에 올라서는 안 됩니다."

그러자 조조가 몹시 화를 내면서 말했다.

"그대도 순욱과 같은 꼴이 되고 싶은가?"

순유는 이 말에 분통이 터져 울화병에 걸려 10여 일 만에 세상을 떠났다. 그의 나이 58세였다. 조조는 후히 장례를 치르게 하고 위왕에 오르는 문제는 보류했다.

어느 날 조조가 칼을 찬 채 궁전에 들어가니, 헌제와 복 황후(伏皇后)가 함께 앉아 있다가, 복 황후는 조조를 보자 자리에서 얼른 일어나고 헌제는 두려운 나머지 몸을 떨었다. 조조가 말했다.

"손권과 유비는 모두 자기가 패권을 잡으려고 하며 조정을 공경하지 않고 있습니다. 어떻게 하는 것이 좋겠습니까?"

"그건 위공이 알아서 하오."

조조는 불끈하여 말했다.

"폐하, 그렇게 말씀하시면 곤란하지 않습니까? 만일 남이

들으면 신이 폐하를 소홀히 하는 줄 알겠습니다."

"경이 짐을 도와주겠다면 다행한 일이지만 그렇게 하지 못하겠다면 천자의 자리를 내놓겠소."

이 말을 듣자 조조는 눈을 부라리며 헌제를 노려보다가 물러났다. 좌우에 있던 중신들이 말했다.

"근자에 나도는 소문에 의하면 위공이 스스로 왕위에 오르려고 하는 모양입니다. 얼마 후에는 천자의 자리를 빼앗으려고 할 것입니다."

이 말에 헌제와 황후는 울음을 터뜨렸다. 황후가 말했다.

"제 아버님 복완은 전부터 조조를 없애고자 했습니다. 제가 몰래 편지를 내어 빨리 일을 서두르도록 하겠습니다."

헌제가 말했다.

"전날 동승이 일을 꾸미다가 탄로나서 오히려 큰 변을 당했소. 이번에 또 말이 새어 나가면 우리도 그렇게 될 것이오."

"그렇지만 이렇게 가시 방석에 앉은 심정으로 하루하루를 보내느니 차라리 일찍 죽는 편이 낫겠습니다. 신하 중에서 충성심이 가장 강하여 믿을 수 있는 사람은 목순(穆順)입니다. 그에게 편지를 전하게 합시다."

그리하여 곧 목순을 병풍 뒤로 불러들여 황후의 밀서를 복완에게 전하도록 부탁했다. 복완은 딸의 친필을 보고,

"역적 조조에게는 심복 부하가 많아 갑자기 손을 댈 수는 없습니다. 그러나 강동의 손권과 서천의 유비가 도성에 쳐들어오면, 조조는 스스로 나가 싸울 것입니다. 그때 조정의 충신과 모의하여 일을 성사시키는 것이 좋겠습니다."

라고 곧 답장을 써주었다. 목순은 이 편지를 상투 속에 감추고 궁중으로 향했다.

그런데 어느새 이것을 알아차리고 조조에게 고해바친 자가 있었다. 조조는 궁중문에서 목순이 나타나기를 기다리고 있었다. 이윽고 목순이 다가왔다.

"어디 갔다 오나?"

하고 조조가 물었다. 목순이 대답했다.

"황후께서 병으로 누워 계셔 의사를 부르러 갔다 옵니다."

"그래 의사는 어디 있나?"

"곧 올 것입니다."

조조는 옆에 있는 부하에게 그의 몸을 샅샅이 뒤지게 했으나 증거물이 나타나지 않자 놓아주었다. 그때 갑자기 바람이 불어와 목순의 모자가 땅에 떨어졌다. 조조는 불러 세워 모자를 잘 살펴보았으나 아무것도 눈에 띄지 않았으므로 돌려주었다. 그러나 목순이 모자를 양손으로 받아 약간 뒤로 비스듬히 쓰자, 이상하게 생각하고 머리 속을 살펴보았다. 그러자 복완의 편지가 나타났다. 펴보니 손권·유비와 합세하여 자기를 죽이려는 내용이 씌어 있었다.

조조는 화가 머리끝까지 치밀어 목순을 밀실로 끌고 가서 족쳤으나 끝내 자백하지 않았다. 그날 밤 3천 명의 병사로 복완의 집을 포위하고 가택 수색을 했더니 황후의 친필 편지가 나왔다. 조조는 노발대발하여 복씨 일족을 모조리 묶어 옥에 가두었다.

복 황후의 죽음

이튿날 조조는 아침 일찍 군사 300명을 궁중에 보내 황제의 옥새를 빼앗아 오게 했다. 헌제는 일이 탄로난 것을 알고 놀라고 두려운 나머지 까무라칠 뻔했다. 황후는 잠자리에서 방금 눈을 떴으나, 일이 발각된 것을 알고 거실의 이중벽 속으로 몸을 숨겼다.

이윽고 상서령(尙書令)인 화흠이 병사 500명을 이끌고 내전에 들어와 궁녀에게 물었다.

"복 황후는 어디 계시냐?"

모두 모른 체했다. 화흠이 방마다 뒤지게 했으나 보이지 않았다. 문득 벽 속에 숨어 있을지 모른다는 생각이 들어 벽을 부수게 했다. 그는 황후의 머리채를 잡아 끌어내었다.

"목숨만 살려주오."

"우는 소리는 위공 앞에 가서 하시오."

황후는 머리가 흩어진 채 맨발로 끌려갔다. 조조는,

"내가 그대를 죽이지 않으면 그대가 날 죽일 테지."

하고 좌우의 무사에게 때려 죽이라고 명령했다. 그리고 궁중에 가서 복 황후가 낳은 두 황자도 독살시켜버렸다. 그날 밤복완과 목순의 일족 200여 명이 모두 시장으로 끌려가 처형을 당하자 조정은 물론 민가에서도 모두 크게 놀랐다. 건안 19년 11월의 일이었다.

헌제는 복 황후가 참사한 후로 연일 식음을 전폐했다.

조조가 말했다.

"폐하, 심려하실 것 없습니다. 신은 두 마음을 품고 있지 않습니다. 신의 딸은 귀인(貴人)으로서 폐하를 모신 지 오래입니다. 어질고 덕이 있으며 효성이 지극하오니 황후로 맞아 주시기 바랍니다."

헌제는 싫어도 승낙하지 않을 수 없었다. 그리하여 건안 20년 1월 초하루, 조조의 딸 조 귀인을 정식으로 황후에 봉한다는 칙서를 발표했다. 신하들 중에 이의를 제기하는 자는 한 사람도 없었다.

35. 조조와 손권의 대결

조조의 한중 공략

조조의 위세는 날로 더해갔다. 그는 대신들을 모아 오와 촉을 공략할 의논을 했다. 가후의 의견에 따라 하후돈과 조인을 불러들였다. 하후돈이 말했다.

"먼저 한중의 장로를 멸하고 그 기세를 몰아 촉을 치면 단숨에 무너뜨릴 수 있을 것입니다."

조조는 이에 찬성하여 한중 정벌을 위해 대군을 이끌고 출격했다.

한편 장로는 동생 장위와 의논하여 한중에서 첫째 가는 요해인 양평관에 성을 쌓고 조조의 군사를 모조리 격퇴시켰다.

조조는 대군을 일단 철수시켜 적을 방심하게 하고 나서, 하후돈과 장합에게 명하여 양쪽에서 각각 경기병 3천씩을 이끌고 뒤로 돌아 양평관 후면에서 습격을 감행하게 했다.

그날은 안개가 자욱했다. 양평관의 군사는 조조의 군사를 추격하러 나가 성을 지키고 있는 병력은 얼마 되지 않았다. 이들은 말굽 소리를 듣고 아군이 돌아오는 줄 알고 성문을

열어 맞아들였다. 그리하여 양평관은 조조의 손에 들어가고
말았다.

조조는 다시 남정(南鄭)까지 군사를 진격시켜 진지를 구
축했다.

장로는 본래 마초의 부하였던 방덕에게 1만의 군사를 주
어 출전을 명령했다.

조조는 전에 위교 전투를 통해 방덕의 무용을 알고 있었으
므로 장수들에게 적당히 대결하여 지치게 한 다음에 그를 생
포하라고 일렀다.

장합이 먼저 나서서 5, 6차례 싸우다가 물러나고 하후연도
몇 번 싸우다가 물러났다. 서황이 뒤이어 3, 4차례 대결하다
가 물러나고 끝으로 허저가 50여 차례 싸우다가 물러났다.
방덕은 네 명의 장수와 싸우고도 두려워하는 기색이 전혀 보
이지 않았다. 장수들은 그의 무예를 칭찬했다. 그를 항복시
킬 방법이 없을까 하고 조조가 물었더니 가후가 말했다.

"장로의 참모 양송이라는 자는 뇌물을 좋아합니다. 몰래
황금과 비단을 보내 방덕과 장로 사이를 이간시키는 것이 좋
을 줄 압니다."

조조는 이 계략에 따라 한 병사에게 황금 가슴받이를 입
고 한중 군사로 변장하여 길목에서 기다리고 있으라고 명
령했다. 이튿날 서황이 나가 도전하여 몇 차례 싸우다가 도
망쳤다.

방덕이 쫓아오자 조조의 군사는 모두 퇴각했다. 방덕은 조
조의 진지를 빼앗고 진중에 군량이 산더미처럼 쌓여 있는 것
을 보자 기뻐하며 축하연을 베풀었다.

이날 밤이 깊었을 때 갑자기 3면에서 불길이 일어나며 조조의 군사가 습격해 왔다. 방덕은 말을 몰아 포위망을 뚫고 성으로 도망쳤다. 뒤쪽 3면에서 조조의 군사가 추격해 왔다. 방덕은 크게 소리를 질러 성문을 열게 하고 군사들을 성 안으로 몰아넣었다.

이때 첩자로 성 안에 함께 들어간 병사는 곧바로 양송을 찾아가서 말했다.

"위공 조 승상은 전부터 장군의 훌륭한 인품을 알고 황금 가슴받이를 선물하고 싶어하여 지금 제가 갖고 왔습니다. 여기 밀서도 있습니다."

양송은 무척 기뻐하며 그날 밤 곧 장로에게 가서,

"방덕은 조조의 뇌물을 받았기 때문에 오늘 싸움에 지고 말았습니다."

하고 모함을 했다. 장로는 화가 치밀어 방덕을 불러 호되게 책망하고 목을 베려고 했으나 부하가 말렸으므로,

"내일 싸움에서 패하면 목을 벨 테다."

하고 언명했다. 방덕은 원망스럽게 생각하면서 물러났다.

장로의 항복

이튿날 조조의 군사가 성에 쳐들어와 방덕은 군사를 이끌고 응전했다. 허저가 패한 체하고 도망쳤다. 뒤쫓아갔더니 산 위에서 조조가 외쳤다.

"방덕, 왜 빨리 항복하지 않나?"

방덕이 말을 몰아 고갯길로 뛰어 올라가려고 하는데 갑자기 천지가 무너지듯이 땅이 울리며 군사와 말이 뛰어나오는 바람에 함정으로 굴러 떨어졌다. 그러자 사방에서 병사가 뛰어들어 방덕을 밧줄로 묶어 고개 위로 끌고 갔다. 조조는 말에서 내려 병사들을 책망하여 물러가게 한 다음 손수 밧줄을 풀어주고 항복하겠느냐고 물었다. 방덕은 장로의 매정함을 상기하고 항복하겠다고 대답했다. 조조는 일부러 방덕을 성쪽에서 보이게 말에 태워 함께 본진으로 돌아왔다. 장로는 방덕이 조조와 나란히 말을 타고 지나갔다는 보고를 받고 양송의 말을 믿어 의심치 않았다.

이튿날 조조는 구름에 닿을 듯한 높은 사닥다리를 3면에 세우고 석탄(石彈)을 날려 성을 공격했다. 장로는 할 수 없이 그날 밤 가족을 이끌고 성의 남문을 빠져 나와 파중(巴中)으로 도망쳤다. 그러나 성 안의 창고에는 불을 지르지 않고 창고마다 자물쇠를 잠그게 했다.

남정에 입성한 조조는 파중에 사자를 보내어 항복을 권하게 했다. 장로는 항복하려고 했으나 동생 장위가 듣지 않았다. 양송은 조조에게 밀서를 보내어 즉시 진격하면 자기는 안에서 돕겠다는 의사를 전했다.

조조는 군사를 이끌고 파중을 공격했다. 장위가 응전하여 허저와 싸웠으나 칼에 찔려 말에서 곤두박질했다. 장로가 수비를 강화하려고 하자 양송이 말했다.

"지금 응전하지 않으면 어쩔 수 없이 죽음을 맞이하게 됩니다. 성은 제가 지키겠습니다. 장군은 이곳에서 마지막 결전을 하십시오."

장로는 군사를 이끌고 응전했다. 그러나 창을 겨누기도 전에 뒤에서 병사들이 도망쳤다. 장로가 급히 퇴각하자 조조의 군사가 뒤쫓아왔다. 장로가 겨우 성에 이르렀을 때, 양송은 성문을 굳게 닫고 열어주지 않았다. 도망칠 곳이 없어 쩔쩔매는데 조조가 뒤쫓아와서 빨리 항복하라고 큰소리로 외쳤다.

장로는 말에서 내려 항복했다. 조조는 크게 기뻐하며 군량 창고에 자물쇠를 잠근 배려를 참작하여 후히 대접하고 그를 진남장군(鎭南將軍)으로 임명했다. 이리하여 한중은 모두 평정되었다. 조조는 큰 잔치를 열어 병사들을 위로했으나 양송만은 군주를 팔아 출세를 꾀했다는 이유로 시장에 끌어내 목을 베어 구경거리가 되게 했다.

합비 싸움

한편 서천의 주민들은 조조가 동천을 점령했다는 말을 듣고 서천으로 처들어올까봐 두려움에 떨고 있었다. 현덕은 공명을 불러 의논했다. 공명은 조조를 물리칠 계략을 말했다.

"조조가 군사를 나눠 합비에 주둔시키고 있는 것은 손권을 두려워하기 때문입니다. 지금 만일 강하 · 장사 · 계양 이 세 고을을 오에 돌려주고 언변이 좋은 사람을 보내 이해득실을 따져 오로 하여금 합비를 습격하게 하여 견제하면, 조조는 반드시 군사를 남으로 이동시킬 것입니다."

현덕은 이적을 사자로 임명하여 먼저 형주에 보내 관우에게 사정을 말하고 나서 오로 향하게 했다. 이적은 손권을 만나서 말했다.

"전에 제갈근께서 세 고을을 인수하러 오셨을 때에는 군사가 계시지 않아 뜻을 이루지 못했습니다. 이번에 3군을 반환한다는 내용의 서면을 가지고 왔습니다. 형주·남군·영릉도 반환하고 싶지만 조조가 동천을 빼앗아 관우가 있을 곳이 없기 때문에 그럴 수 없다고 했습니다. 지금 합비의 적진은 엉성합니다. 그곳을 공략하시면 조조가 군사를 철퇴시킬 것은 뻔한 일입니다. 그 사이에 우리 영주가 동천을 손에 넣게 되면 곧 형주 전체를 반환할 것입니다."

손권은 이적을 우선 숙소에 묵게 하고 참모들과 의논했다. 장소가 말했다.

"이것은 유비가 조조에게 서천을 빼앗길까봐 두려워 꾀한 계략입니다. 그러나 조조가 한중에 있는 기회를 노려 합비를 공략하는 것도 좋은 전략입니다."

손권은 이에 따라 이적을 촉으로 돌려보내고 곧 스스로 10만 대군을 이끌고 출전했다.

그의 군사는 양자강을 건너 화주(和州)를 공략하고 환성(皖城)으로 쳐들어갔다. 성 뒤에서 화살과 돌이 빗발치듯 날아오는 가운데 선봉에 나선 감녕이 쇠사슬을 팔에 걸고 성벽을 기어 올라갔다. 그가 퍼붓는 화살을 피해 단칼에 환성의 장수를 쓰러뜨리자 병사들도 일제히 성벽으로 기어올라 환성을 공략했다.

손권은 다시 여몽·감녕·능통 등 여러 장수들을 거느리고 합비로 진격했다.

張遼威震
逍遙津

장요는 소요진에서 위세를 떨치다. ≪繡像全圖三國演義≫에서

조조 쪽의 장수인 장요는 합비에서 환성을 돕기 위해 달려 오다가 도중에서 환성이 함락되었다는 말을 듣고 군사를 되돌려 합비로 돌아가 이전·악진 두 장수와 함께 손권의 군사와 싸웠다.

앞장선 여몽과 감녕이 함께 쳐들어오자 악진은 패하여 도망쳤다. 제2진에 있던 손권은 선발대가 이겼다는 소식을 듣고 군사를 몰아 소요진(逍遙津) 북쪽에 이르렀다. 이때 갑자기 석화시 소리가 들리더니 왼쪽에서 장요의 부대, 오른쪽에서 이전의 부대가 돌격했다. 능통이 결사적으로 싸우는 동안에 손권·여몽·감녕 등은 간신히 도망쳤으나 병력의 태반을 잃게 되었다. 이 전투는 강남 주민들을 공포에 떨게 하여 장요의 이름만 들어도 울던 아기가 울음을 그칠 정도였다.

손권은 많은 전사자를 내어 울적한 데다가 장수들이 자중

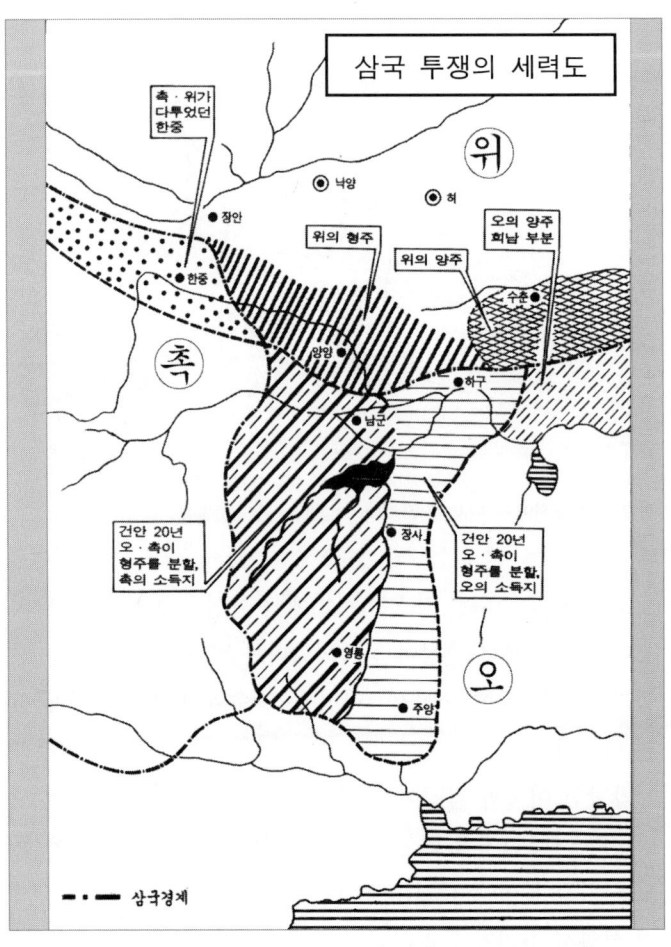

삼국 투쟁의 세력도

촉·위가
다투었던
한중

위

낙양

허

장안

위의 형주

위의 양주

오의 양주
회남 부분

한중

수춘

촉

양양

하구

남군

건안 20년
오·촉이
형주를 분할,
촉의 소득지

건안 20년
오·촉이
형주를 분할,
오의 소득지

장사

영릉

오

주암

▪—▪—▪ 삼국경계

하라고 진언하여 스스로도 크게 수치를 느꼈다. 그는 이 패
전을 경험삼아 군병을 이끌고 유수로 돌아가 수륙의 병력을
정비하고, 강남에서 군사를 다시 징집했다.

손권이 소요진에서의 패전의 보복을 꾀하고 있다는 소식
을 들은 장요는, 합비의 병력이 소수였으므로 많은 적의 습격에 대비하기 위해 한중에 사자를 보내어 조조에게 원병을 청했다. 조조는 한중을 하후연·장합에게 지키게 하고, 스스로 40만 대군을 이끌고 유수를 향해 진격했다.

감녕의 용맹

손권은 동습과 서성 두 장수로 하여금 군선 50척을 이끌고 유수강 어귀에 숨어 있게 하고 진무로 하여금 군사를 이끌고 양자강 연안을 순시하게 했다. 그때 장소가 말했다.

"조조가 먼 길을 행군해 온 지금이야말로 출격에 적합한 기회입니다."

손권은 참모들에게 물었다.

"조조는 먼 길을 공격해 왔다. 제일 먼저 나가 싸워 그의 콧대를 꺾을 용사는 누구냐?"

"제가 선봉에 서겠습니다."

하고 능통이 나서자 손권이 말했다.

"병력은 얼마나 필요한가?"

"3천 명이면 충분합니다."

"3천 명이나요? 저는 100명의 기병이면 충분합니다."

하고 감녕이 말했다.

능통은 화가 났다. 이리하여 두 사람은 손권 앞에서 언쟁을 벌였다. 감녕은 전에 능통의 부친을 죽인 원수였다.

"상대방은 수가 많소. 얕보아서는 안 되오."

하고 손권은 먼저 능통에게 3천의 병력을 이끌고 출전하라

고 명령했다. 능통은 적의 선봉인 장요와 싸웠으나 승부가
나지 않았다. 손권은 능통의 신변을 걱정하여 여몽에게 교대
하여 싸우게 하고 능통을 진지로 불러들였다. 감녕은 능통이
돌아온 것을 보자 곧 손권에게 말했다.

"내가 오늘 밤에 100명의 기병을 이끌고 조조의 본진을 습
격하고 돌아오겠습니다. 사람 하나, 말 한 필이라도 잃으면
공을 없던 것으로 돌리겠습니다."

손권은 곧 기병 100명을 선발하여 감녕에게 주고 술 50병,
양고기 50근을 병사들에게 나눠주었다. 감녕은 진지에 돌아
와 100명의 기병을 나란히 앉히고 먼저 은잔에 술을 따라 두
잔을 거푸 마신 뒤 일동에게 말했다.

"오늘 밤 영주의 명령에 따라 적진을 습격한다. 마음껏 마
시고 힘껏 싸우기 바란다."

이 말을 듣고 병사들은 저마다 서로 얼굴을 마주 보았다.
모두들 마음이 내키지 않는 얼굴을 하자 감녕은 칼을 쓱 빼
들고 호통을 쳤다.

"대장인 내가 목숨을 아끼지 않는데 너희들이 무엇을 망
설이느냐?"

감녕의 얼굴빛이 달라진 것을 보자 병사들은 입을 모아 말
했다.

"나가서 힘껏 싸우겠습니다."

감녕은 100명의 병사들과 함께 술을 마시기 시작했다. 회
식을 마치고 두 번째 북이 울리자 그들은 투구에 흰 거위 깃
털을 꽂고 갑옷을 걸치고 말을 몰아 조조의 본진으로 달려갔
다. 그리고는 적의 가시나무 울타리를 뽑아버리고 징과 북을

울리면서 본진을 향해 쏜살같이 진격했다.

조조의 본진은 수비가 철통 같았다. 감녕은 불과 100명밖에 안 되는 기병을 이끌고 함성을 지르면서 좌우로 쳐들어갔다. 진중의 병사들은 당황한 나머지 적병의 수도 모른 채 큰 혼란에 빠져 허둥지둥했다. 감녕의 군사는 닥치는 대로 칼을 휘둘러 적을 무찔렀다. 양쪽 진지에서는 북소리가 요란하게 울려 퍼지고 횃불이 별처럼 빛났으며 함성이 천지를 진동시켰다.

감녕은 진지의 남문으로 쳐들어갔으나 감히 대적하는 자가 없었다. 이윽고 감녕의 군사는 한 사람도 다치지 않고 유수의 진지로 돌아왔다. 조조의 군사는 복병이 두려워 추격하지 않았다. 막사 앞에서 100명의 기병이 모두 북을 울리고 피리를 불면서 '만세'를 부르고 환호성을 올리자, 손권은 스스로 마중을 나와 감녕의 손을 잡고 위로하며 많은 상을 주었다. 손권은 장수들에게 말했다.

"맹덕에게 장요가 있다면 나에겐 감녕이 있다. 서로 좋은 적수가 될 것이다."

조조와 손권의 호의

어느 날 장요가 병사를 이끌고 도전해 왔다. 능통은 감녕이 공을 세운 데 용기 백배하여 장요와 싸우기를 원했다. 손권이 이를 허락하자 능통은 5천의 병사를 이끌고 유수를 떠났다. 손권도 스스로 말을 몰아 왼쪽에 감녕, 오른쪽에 능통을 거느리고 진지로 진격했다. 장요 쪽에서도 왼쪽에 이전, 오른쪽에 악진을 거느리고 말을 몰았다.

먼저 능통이 칼을 들고 말을 달려 적진 앞으로 나서자 장요는 악진에게 응전을 명령했다. 두 사람은 50여 차례나 싸웠으나 승부가 나지 않았다.

이것을 본 조조는 은밀히 조휴에게 능통의 말에 활을 쏘라고 일렀다. 조휴가 쏜 화살은 정확하게 말의 가슴을 명중시켜 말이 쓰러지는 바람에 능통은 땅바닥으로 떨어졌다. 악진이 재빨리 창을 들어 능통을 찌르려는 순간, 악진의 얼굴에 화살이 박혀 말 위에서 곤두박질했다. 양군은 일제히 출격하여 각각 장수를 구출하여 진지로 돌아와 징을 울려 전투를 마쳤다.

능통이 진지로 돌아와 손권에게 인사를 올리자 손권은,

"활을 쏘아 임자를 구출한 것은 감녕이오."

하고 말했다. 능통은 감녕 앞에 엎드려 대단히 고맙다고 말하고 그 후부터 사이좋게 지내면서 위태로울 때에는 서로 목숨을 걸고 돕기로 맹세했다.

한편 조조는 악진의 상처를 손수 치료해주고 이튿날 군사를 다섯으로 나누어 유수로 쳐들어갔다. 조조 자신이 본대를 이끌고 왼쪽 1진은 장요, 2진은 이전, 오른쪽 1진은 서황, 2진은 방덕으로 하여금 이끌게 해 각각 1만의 군사를 이끌고 양자강 기슭으로 쳐들어갔다.

이때 오의 동습과 서성 두 장수는 배의 망루에서 조조의 군사가 쳐들어오는 것을 보고 있었으나 적의 기세에 눌려 병사들이 불안한 얼굴을 하고 있자 서성은,

"군주의 녹을 먹고 목숨을 군주에게 바친 이상, 적을 두려워하다니 웬 말이냐!"

하고 호통을 쳤다. 그리고는 수백 명의 군사를 이끌고 작은 배로 강을 건너 이전의 군사와 대결했다.

동습은 배에서 북을 치고 함성을 질러 사기를 북돋우려고 했으나, 갑자기 돌풍이 일고 파도가 치솟아 배가 뒤집힐 것 같았다. 당황한 병사들이 거룻배를 버리고 앞을 다투어 도망치려고 하자 동습은,

"우리는 군주의 명령을 받아 적과 싸우고 있다. 배를 버리고 도망치다니 무슨 꼴이냐?"

하고 호통을 치며 도망치려던 병사 10여 명의 목을 그 자리에서 베어버렸다. 그러나 바람은 더욱 세차게 불어와 배가 뒤집히는 바람에 동습은 강물에 빠져 죽었다. 그 동안에 서성은 이전의 군사를 무찌르고 있었다.

손권이 주태와 함께 그들을 구원하러 왔으나 금세 조조의 대군에게 포위되었다. 주태는 또다시 적의 포위망을 뚫고 손권을 위기에서 구출하고 다시 서성도 구출했으나 전신에 무수한 상처를 입었다. 오의 진무도 구원하러 달려왔다가 방덕과 마주쳐 불꽃 튀기는 싸움을 했으나, 산기슭의 나무 숲으로 쫓기던 중 나뭇가지에 소맷자락이 걸려 몸을 자유롭게 놀릴 수 없게 되어 방덕의 칼에 죽임을 당하고 말았다.

조조는 손권이 포위망을 뚫고 도망치자 군사를 이끌고 말을 달려 강기슭에서 활을 쏘아댔다. 오나라 쪽에서는 화살이 동이 났다. 그래서 군사들이 어쩔 줄 모르고 있는데 저쪽 강기슭에서 수군이 배를 타고 몰려왔다. 앞장선 장수는 손책의

사위인 육손이었다. 10만의 군사를 이끌고 도와주러 온 것이었다. 그리하여 화살을 거푸 쏘아 대적이 뒤로 물러설 때 상륙하여 적을 물리쳤다.

손권은 이 싸움에서 동습과 진무를 잃고 한 달 남짓 대진했으나 조조를 이길 수가 없었다.

장소와 고옹이,

"조조의 세력은 막강하여 힘으로는 당할 수 없습니다. 만일 전쟁을 오래 계속하면 많은 희생자를 내게 될 것입니다. 지금은 화해하여 백성을 평안하게 하는 것이 가장 상책인 줄 압니다."

하고 진언했으므로, 손권은 이에 따라 사자를 보내어 조조에게 화의를 제의하고 해마다 공물을 바칠 것을 약속했다.

조조도 강남을 단시일에 함락하기는 어렵겠다고 생각하여 손권의 제의에 동의하고, 손권의 군사를 철수시키면 자기도 철수하겠다는 뜻을 전했다. 손권은 조조의 답장을 받고 장흠과 주태 두 장수만 유수구의 수비를 위해 남겨놓고 다른 군사들은 모두 배를 타고 말릉으로 철수하게 했다. 조조도 조인과 장요만 합비에 남겨두고 나머지 군사를 이끌고 허창으로 철수했다.

36. 좌자와 관로

위왕 조조

건안 21년, 조조가 합비에서 수도로 돌아오자 시중인 왕찬은 시를 읊어 은덕을 찬미하고 조조를 위왕으로 추대하기로 하였다. 그러나 상서인 최염(崔琰)이 끝까지 반대했다. 군신들이,

"당신은 순욱의 참변을 모르고 있소?"

히고 말하자, 최염은 노발대발하면서 말했다.

"태세가 어찌 이럴 수 있단 말인가! 틀림없이 이변이 일어날 걸세. 이제 맘대로 하게."

최염과 사이가 나쁜 자가 조조에게 밀고하자, 조조는 화가 머리끝까지 치밀어 최염을 붙잡아 옥에 가두었다. 최염은 호랑이와 같은 눈을 번뜩이고 교룡(蛟龍)과 같은 수염을 떨면서 '한의 천하를 빼앗은 역적 놈'이라고 욕설을 퍼부었다. 조조는 이 말을 듣고 감옥에서 최염을 곤장으로 쳐서 죽게 했다.

건안 21년 5월, 여러 신하들은 조조의 작위를 왕으로 봉하

도록 헌제에게 상주했다. 헌제는 즉시 조조를 위왕으로 책봉했다. 조조는 일부러 세 번이나 서면으로 사양하다가 사퇴를 허락하지 않겠다는 칙서가 세 번 전달되자 비로소 위왕의 작위를 받아들였다. 그는 천자와 같은 옷차림을 하고 천자와 같이 황금으로 장식한 육두 마차를 타고 출입할 때는 호위병을 따르게 했으며, 또한 업군에 왕궁을 세우고 세자(世子)를 두기로 했다.

조조의 정실 정 부인에게는 아들이 없었고 첩인 유씨가 조앙(曹昻)을 낳았으나, 그는 장수를 정벌할 때 완성에서 전사했다. 그리고 또 다른 첩 변씨가 네 아들을 낳아 첫째를 비(丕), 둘째를 창(彰), 셋째를 식(植), 넷째를 웅(熊)이라고 불렀다. 그래서 조조는 정 부인을 폐하고 변씨를 왕비로 삼았다.

셋째 조식은 자를 자건(子建)이라고 불렀는데 대단히 영리하여 붓을 들면 즉석에서 문장을 일사 천리로 써나갔다. 그래서 조조는 그를 세자로 삼으려고 했다.

한편 장남 조비는 자기가 세자로 책봉되지 않을까봐 염려하여 가후에게 좋은 방법이 없겠느냐고 물었다. 가후는 그에게 방법을 가르쳐주었다.

어느 날 조조가 출정할 때 네 아들이 전송을 나왔다. 조식은 부친의 공덕을 찬양했는데 입에서 나오는 말이 그대로 문장이 될 정도였다. 그런데 조비는 부친과 작별할 때 다만 눈물을 흘리며 고개를 숙일 뿐이어서 좌우의 사람들이 모두 눈시울을 적셨다. 그래서 조조는 조식이 똑똑하기는 하지만 성실성은 조비를 따르지 못한다고 생각했다.

조비는 또한 부친의 측근들을 포섭하여 자기의 덕을 찬양하게 했다. 계속 망설이면서 마음을 정하지 못하던 조조는,

"세자를 책봉하려 하는데 누가 좋겠는가?"

하고 가후에게 물었다. 그런데 가후는 아무 대답도 하지 않았다. 조조가 그 이유를 묻자 가후가 대답했다.

"지금 마음에 걸리는 것이 있어서 바로 답변하기가 곤란합니다."

"무슨 생각을 했는가?"

"원소와 유표의 부자(父子)에 대해 생각하고 있었습니다."

조조는 껄껄 웃고 나서 곧 장남인 조비를 세자로 세웠다. 원소와 유표는 모두 장남을 세자로 세우지 않았기 때문에 불행한 결과를 초래했던 것이다.

도술가 좌자의 등장

이 해 10월, 조조는 궁전이 완성되자 사자를 각처에 보내 진귀한 꽃과 과일 나무를 모아다가 뜰에 심게 했다. 오에 갔던 사자가 손권을 만나 위왕의 뜻을 전하자 그는 위왕의 환심을 사려고 곧 커다란 귤 40상자를 온주에서 업군으로 보냈다.

도중에 인부들이 피로하여 산기슭에서 쉬고 있는데, 사팔뜨기에다 절름발이이며 백등(白藤)의 관에 푸른 옷을 걸친 도사가 나타나,

"허허, 모두들 수고하는군. 이 늙은이가 메다줄까?"
하고 말했다.

　모두들 매우 기뻐했다. 그리하여 도사는 한 사람 한 사람의 짐을 5리씩 메다주었는데, 그가 진 짐은 모두 가벼워 보여 인부들은 이상하게 생각했다. 도사는 헤어질 때 운송 감독인 관원에게,

"나는 위왕과 동향 친구로 이름은 좌자(左慈), 자는 원방(元放), 도호(道號)는 오각(烏角) 선생이라고 하네. 업군에 도착하면 좌자의 안부를 전해주게."
하고 어디론가 사라졌다.

　사자가 업군에 도착하여 귤을 바쳤다. 그런데 조조가 그 귤을 쪼개 보니 속이 텅 비어 있었다. 조조는 이상하게 생각하여 사자에게 물어보았다. 사자는 좌자의 이야기를 했다. 그래도 조조는 납득이 가지 않아 고개를 갸우뚱거리고 있는데, 문지기가 좌자라는 도사가 면회를 왔다고 알려왔다. 조조가 불러들이자 사자는,

"도중에 만난 사람이 바로 이분입니다."
하고 말했다. 조조는 호통을 쳤다.

"네놈이 괴상한 술수로 나한테 오는 과일의 알맹이를 몽땅 빼먹었구나."
하고 말하자 좌자는 미소를 지으며 천만의 말씀이라고 대꾸했다. 좌자가 귤을 집어 쪼개니 모두 알맹이가 들어 있었다. 그러나 조조가 쪼개면 속이 텅 비어 있는 것이었다.

　조조는 더욱 놀라 좌자에게 자리를 권하고 요구하는 것이 무엇이냐고 물었다. 좌자는 술과 고기를 요구했다. 조조는

좌우의 부하에게 명하여 술과 고기를 갖다 주자, 좌자는 술 다섯 말을 마시고도 취하지 않고 양 한 마리를 먹고도 배가 차지 않는 얼굴이었다.

조조는 어이가 없어,

"그대는 무슨 술수를 알고 있기에 이렇게 되었는가?"

하고 물었다.

"저는 서천 가릉의 아미산(峨嵋山) 속에서 30년 동안 도술을 배웠습니다. 어느 날 석벽(石壁) 속에서 제 이름을 부르는 소리가 들리기에 사방을 둘러보았으나 아무것도 눈에 띄지 않았습니다. 이런 일이 며칠 계속되고 나서 갑자기 우렛소리가 요란하게 울리더니 석벽이 깨어지고, 그 속에서 《둔갑의 천서(天書)》세 권이 나왔습니다. 상권에는 천둔(天遁), 중권에는 지둔(地遁), 하권에는 인둔(人遁)이라고 씌어 있었습니다. 천둔으로 구름 위에 올라가 바람을 타고 창공을 날고, 지둔으로 산을 파서 둘 사이를 지나고, 인둔으로 천하를 돌아다니면서 몸을 감추거나 변신하거나 칼을 날려 사람의 목을 자를 수 있습니다. 대왕은 최고의 지위에 올랐으니 이제 은퇴하여 나와 함께 아미산에 들어가 수도하는 것이 어떻겠습니까? 세 권의 천서를 드리겠습니다."

조조가 말했다.

"나도 전부터 퇴조기(退潮期)에 접어들면 은퇴할 생각을 해왔지만 조정에 이렇다 할 인물이 없네."

좌자는 빙그레 웃고 나서 말했다.

"익주의 유현덕은 황제의 후손이니 그에게 자리를 물려주는 것이 어떻겠습니까? 그렇지 않으면 제 칼이 그대의 목을 그대로 두지 않을 겁니다."

　조조는 매우 화가 나서,

　"이놈은 유비의 첩자다!"

하고 부하에게 체포하라고 명했다. 좌자는 그저 소리내어 웃을 뿐이었다. 조조는 무사 10여 명에게 좌자의 목을 베게 했다. 그러나 무사가 칼을 힘껏 내려쳐도 좌자는 꾸벅꾸벅 졸 뿐 상처가 나지 않았으며 감각이 없는 것처럼 보였다. 조조는 화가 나서 커다란 형틀을 그의 목에 씌운 다음 쇠못을 박고 쇠사슬을 달아 옥에 가두고 엄중히 감시하게 했다. 그러나 형틀도 쇠사슬도 좌자의 몸에서 빠져 아래로 떨어지고, 그는 아무 상처도 입지 않은 채 바닥에 누워 있었다. 7일 동안 옥에 가두어두고 먹을 것을 주지 않아도 좌자는 단정히 앉아 있었으며, 그의 얼굴은 불그스름하니 윤기가 감돌았다.

　조조가 어떻게 된 거냐고 묻자 좌자는,

　"나는 몇십 년을 먹지 않아도 괜찮소. 그런가 하면 하루에 양을 천 마리쯤 먹어 치울 수도 있소."

하고 대답했다. 조조는 더 이상 어떻게 해볼 방법이 없었다.

　이튿날 신하들을 왕궁으로 불러 성대한 잔치를 벌였는데, 좌자가 나막신을 신고 나타났다. 모두들 깜짝 놀라는 것을 보고 좌자가 말했다.

　"대왕, 세상에는 진귀한 음식이 많소. 오늘 산해 진미로 배불리 먹고 마시지만 이곳에 없는 음식도 많이 있소. 이곳에 없는 것을 말하시오. 내가 마련해줄 테니."

　조조가 말했다.

　"나는 용의 간을 먹고 싶네."

"뭐, 그까짓 건 문제없소."

좌자가 붓으로 흰 벽에 용을 한 마리 그리고 옷소매로 쓱 문지르자 용의 배가 찢어졌다. 좌자는 용의 배에서 피가 흐르는 간을 꺼내 주었다. 조조는 믿어지지 않아,

"옷소매 속에 숨겨두었었지?"

하고 책망했다. 그러자 좌자는 말했다.

"이 엄동 설한에 초목은 메말라 있소. 그렇지만 대왕이 원한다면 무슨 화초든지 보여주겠소."

"모란이 보고 싶네."

"그건 쉬운 일이오."

좌자는 커다란 화분을 가져오게 하여 자리 위에 올려놓고 물을 뿌렸다. 그러자 얼마 후에 싹이 트고 두 송이의 모란꽃이 피었다. 모두들 감탄하여 좌자를 상좌에 앉히고 식사를 함께 했는데, 그는 뜰 안의 연못에서 천 리 밖 송강(松江)의 농어를 몇십 마리나 낚아 올리기도 하고 주발 가득히 생강을 채우기도 했다.

좌자는 매우 신기해 하는 조조에게 탁상의 술잔을 들어 귀한 술을 가득 따라 권하면서 말했다.

"대왕, 마시시오. 그러면 천 년은 살 수 있을 것이오."

조조가 말했다.

"그대가 먼저 마시게."

좌자는 관(冠)에서 옥비녀를 뽑아 잔에 따른 술을 둘로 나눠서 절반을 마신 뒤 나머지 절반을 조조에게 권했다.

조조가 그것을 마셔보니 맛이 맹물 같았으므로, 그는 호되게 꾸짖었다.

좌자는 갑자기 술잔을 공중으로 던졌다. 그러자 술잔이 흰 비둘기가 되어 궁전 주위를 빙빙 돌면서 날아다녔다. 모두들 깜짝 놀라 바라보는 동안에 좌자의 모습이 어디론가 사라져 버렸다.

병이 난 조조

조조는 허저에게 무사 300명을 데리고 쫓아가서 좌자를 잡아오라고 명령했다. 허저가 곧 말을 몰아 뒤쫓아가니 눈앞에 나막신을 끌고 천천히 걸어가는 좌자의 모습이 보였다. 허저는 말을 몰고 그를 쫓아갔으나 도저히 따라잡을 수 없었다. 산중턱까지 쫓아갔을 때, 목동이 몰고 오는 양 떼 속에 좌자가 있었다. 허저가 활을 쏘자 금세 좌자는 모습을 감추어버렸다. 허저는 양을 한 마리도 남김 없이 다 목을 베어 죽이고 돌아갔다.

목동이 떼죽음을 당한 양들의 옆에서 울고 있는데 땅바닥에 떨어진 양의 목이 인간의 목소리로 소년을 불렀다.

"양의 머리를 모두 모아 본래의 몸체에 붙이거라."

소년이 깜짝 놀라 도망치는데 뒤에서 누가 말했다.

"걱정 마라. 양을 본래대로 살려줄 테니."

소년이 뒤돌아보니 좌자가 땅바닥에 쓰러진 양을 모두 되살려 몰고 오고 있었다. 소년이 뭐라고 물으려고 하는데 좌자의 모습은 다시 사라져버렸다.

목동은 집에 돌아와 그 사실을 주인에게 말했다. 주인은 조조에게 그대로 보고했다. 조조는 좌자의 얼굴을 그리게 하여 백성에게 알리고 체포령을 내렸다. 그리하여 사흘 사이에 성의 안팎에서 한쪽 눈이 사팔뜨기이며 한쪽 다리를 절고, 백등관에 푸른 옷을 걸치고 나막신을 신은 노인 3, 400명이 붙잡혔다.

조조는 이들에게 돼지와 양의 피를 뿌려 성의 남쪽 연병장으로 호송하게 하고 스스로 무사 500명을 이끌고 나가 한 사람도 남기지 않고 목을 베었다. 그러자 사람들의 목에서 각각 푸른 연기가 하늘 높이 솟아올라 한 곳으로 모이더니 좌자의 모습으로 변했다. 그리고는 하늘을 향해 학을 불러 타고 구름 사이로 올라가더니,

"교활한 영웅은 금세 망할 것이다."

하고 손뼉을 치면서 껄껄 웃었다.

조조가 장수들에게 활을 쏘게 하자 갑자기 폭풍이 불어닥쳐 모래와 돌이 날아들더니, 목이 잘린 시체가 모두 벌떡 일어나 조조에게 덤벼들었다.

조조는 깜짝 놀라 그 자리에 쓰러졌다. 얼마 후에 바람이 그쳤을 때는 시체가 하나도 보이지 않았다. 좌우의 신하들이 조조를 부축하여 궁전으로 돌아갔으나, 이때부터 조조는 병상에 눕게 되었다.

점의 명수 관로

조조의 병은 아무리 약을 써도 낫지 않았다. 하루는 허창

주역을 볼 줄 아는 관로는 천기(天機)를 알다. ≪繡像全圖三國演義≫에서

에서 문병을 온 허지(許芝)라는 자가 점(占)의 명수인 관로
(管輅)에 대해 자세하게 이야기를 했다.

관로는 평원 사람으로 공명(公明)이라고도 불렸다. 얼굴
이 못생기고 술을 좋아했으며 짓궂은 일을 많이 했다. 어렸
을 때부터 별 쳐다보기를 좋아하여 잠을 설치기까지 했는데,
그의 부모도 그것을 말리지 못했다. 이웃의 아이들과 함께
놀 때에도 지면에 천문(天文)의 그림을 그리고, 일월성신(日
月星辰)의 분포를 적어 넣는 것이 버릇이었다. 어른이 된 후
에는 주역(周易)에 정통하여 바람의 방향에 따라 점을 치고
관상도 잘 보았다. 그에게 점을 치면 예언이 적중했다.

어느 날 관로가 교외를 산책하고 있는데, 한 젊은이가 밭
을 갈고 있었다. 길가에서 한참 보고 있던 관로는 젊은이에

게 이름과 나이를 물었다. 젊은이가 대답했다.

"조안(趙顔)이라고 부릅니다. 나이는 열아홉입니다. 선생님은 누구십니까?"

"나는 관로라고 부르네. 자네의 눈썹 사이에 죽을 상(相)이 나타나 있어. 사흘 안에 반드시 죽게 될 걸세. 자네는 얼굴은 잘 생겼지만 수명이 짧아 안 됐군."

조안은 집에 돌아와 부친에게 관로의 말을 들려주었다. 부친은 즉시 관로를 뒤쫓아가서 땅바닥에 엎드려 부탁했다.

"제발 아들을 살려주십시오."

"그것은 천명이라 어떻게 할 도리가 없소."

하고 관로는 대답했다. 부친이 말했다.

"저에게는 하나밖에 없는 아들입니다. 제발 살려주십시오."

관로는 친자(親子)의 정을 측은히 여겨 조안에게 말했다.

"자네는 맑은 술 한 병과 마른 사슴 고기를 가지고 내일 남산으로 가게. 거기 큰 소나무 아래 있는 돌 위에 앉아서 바둑을 두고 있는 사람이 있을 걸세. 남쪽을 향해 앉은 사람은 흰 옷을 걸치고 못생긴 얼굴을 하고 있을 거고, 북쪽을 향해 앉은 사람은 붉은 옷을 걸치고 잘생긴 얼굴을 하고 있을 것이네. 그 두 사람이 바둑에 열중하고 있을 때, 점잖게 그들에게 술과 사슴 고기를 권하게. 그들이 다 먹고 마시면 울면서 목숨을 연장시켜 달라고 애원하게. 그러면 아마도 들어줄 걸세. 그러나 내가 시켰다는 말을 절대로 입 밖에 내서는 안 되네."

이튿날 조안은 술과 사슴 고기와 술잔, 접시 등을 가지고 남산으로 올라갔다. 5, 60리쯤 가니 과연 커다란 소나무 아래 있는 돌 위에 앉아 바둑을 두는 두 사람이 있었다. 그들은 바둑에 열중하여 뒤돌아보지도 않았다. 조안이 무릎을 꿇고 술과 사슴 고기를 권하자, 그들은 바둑을 두면서 금세 다 먹고 마셔버렸다.

조안이 땅에 무릎을 꿇고 눈물을 흘리면서 목숨을 연장시켜 달라고 애원하자, 두 사람은 깜짝 놀라 돌아보았다.

붉은 옷을 걸친 자가 말했다.

"이건 관로가 가르쳐준 게 틀림없어. 그렇지만 우리 두 사람이 뇌물을 받은 이상 도와줘야지."

그러자 흰 옷을 걸친 자가 호주머니에서 수첩을 꺼내 살펴보고는 조안에게 말했다.

"넌 19세인 올해 죽게 되어 있어. 그렇지만 1자 대신에 9자를 적어주겠다. 이제 네 수명은 99세야. 돌아가서 관로에게 말해. 다시는 하늘의 비밀을 누설하지 말라고. 그렇지 않으면 반드시 천벌을 받을 것이라고 말이야."

붉은 옷을 입은 자가 붓을 꺼내어 글자를 써넣자 향기로운 바람이 불어오더니 두 사람은 학이 되어 하늘로 날아갔다.

조안이 돌아와 어떻게 된 것이냐고 묻자 관로는 대답했다.

"붉은 옷을 걸친 쪽은 남두성이고 흰 옷을 걸친 쪽은 북두성이야."

"북두성은 별이 아홉 개라고 들었는데 어떻게 한 사람이 북두성이 될 수 있습니까?"

"흩어지면 아홉이지만 합치면 하나가 돼. 북두성은 죽음을 상징하고 남두성은 삶을 상징해. 이제 수명이 연장됐으니 걱정할 것 없어."

관로의 점괘

허지는 이 이상한 이야기를 하고 나서 이렇게 덧붙여 말했다.

"부친과 아들이 감사해 했으나, 그 후부터 관로는 하늘의 비밀을 발설하는 것이 두려워 함부로 점을 치지 않습니다. 그는 지금 평원에 살고 있습니다. 대왕께서 길흉을 점치고자 하시면 그를 불러들이십시오."

조조는 기꺼이 평원으로 사람을 보내 관로를 불러들였다. 조조는 좌자의 이야기를 들려준 뒤 점을 쳐 달라고 부탁했다. 관로가 말했다.

"그것은 사람의 눈을 속이는 환술(幻術)입니다. 걱정하실 것 없습니다."

이 말을 듣고 조조는 마음이 가라앉아 병이 한결 나아진 것 같았다.

다음에 천하의 정세에 대해 점을 쳐 달라고 부탁하자,

"삼팔종횡(三八縱橫)에 누런 돼지가 호랑이를 만나고 정군(定軍)의 남쪽에 상처를 입고 한쪽 다리가 꺾이리라."

하고 말했다.

위의 국운을 점쳐 달라고 하자,

"왕도는 새로워지고 자손이 존귀를 누리게 될 것입니다."

하고 말했다.

조조가 그 까닭을 상세히 묻자 관로가 말했다.

"하늘이 정한 운수는 막연하여 미리 알아낼 수 없습니다. 나중에 징조가 보일 것입니다."

조조가 그를 천문을 관장하는 관원으로 채용하겠다고 말하자 관로는 대답했다.

"나는 운명이 사납고 인상도 좋지 않습니다. 죽은 자의 영혼은 지배할 수 있지만, 살아 있는 자들의 단속은 할 수 없습니다. 그 직위는 나한테 어울리지 않아 받아들일 수 없습니다."

"내 관상은 어떤가?"

하고 조조가 묻자 관로는 대답했다.

"신하로서 최고의 지위에 올랐으니 새삼 관상을 보실 필요가 없는 줄 압니다."

조조가 재삼 물었으나 관로는 웃기만 하고 대답하지 않았다. 그래서 문무백관의 관상을 일일이 보이자 관로는,

"모두 치세(治世)의 명인들입니다."

하고 대답했다. 조조가 여러 가지 길흉을 물었으나 자세한 대답을 하려고 하지 않았다.

조조는 동오와 서촉의 점을 치게 했다. 그러자 관로의 점괘는 동오에서는 한 장수를 잃게 되고, 서촉에서는 군사가 국경을 침범할 것으로 나왔다.

조조는 믿지 않았는데 그때 갑자기 합비에서 '동오의 육구(陸口)를 수비하는 노숙이 죽었다'는 보고가 들어왔다.

조조는 깜짝 놀라 한중으로 사람을 보내어 동태를 살피게 했다.

며칠이 못 되어 유현덕이 장비와 마초를 보내 하판(下辦)에서 관문을 노리고 있다는 급보가 날아들었다. 조조는 격노하여 스스로 대군을 이끌고 한중으로 다시 진격하기 위해 관로에게 점을 치게 했다. 관로는 말했다.

"대왕, 경솔하게 움직이지 마십시오. 내년 봄에 허창에 화재가 일어날 것입니다."

조조는 관로의 예언이 모두 적중했으므로 경솔히 진격하지 않고 업군에 주둔하여 조홍으로 하여금 군사 5만을 이끌고 하후연과 장합을 도와 동천을 지키게 했다. 그리고 하후돈에게는 군사 3만을 이끌고 허창을 경비하게 하여 만일의 경우에 대비하는 한편, 장사(長史) 왕필(王必)을 기병 대장으로 임명하여 허창의 동화문 밖에 주둔하게 했다.

조조 제거의 모의

당시 조정의 관원 중에는 경기(耿紀)라는 자가 있었다. 그는 조조가 왕위에 올라 천자의 수레를 타고 다니는 것을 보고 울화통이 터져 건안 23년 1월, 친구인 위황(韋晃)과 몰래 의논하여 평소에 조조를 타도하려는 마음을 먹고 있는 김의(金禕)를 동지로 삼았다. 김위가 말했다.

"먼저 왕필을 죽이고 그의 병력을 빼앗아 천자를 수호하게 한 뒤, 유 황숙의 도움을 얻으면 조조를 무찌를 수 있을 걸세."

김의에게는 심복이 두 사람 있었다. 그들은 전년에 동승의

밀칙(密勅) 사건 때 탄로나서 조조에게 죽임을 당한 길평의
아들들로 장남은 길막(吉邈), 차남은 길목(吉穆)이라고 불
렀다. 두 사람은 부친이 피살되었을 때 멀리 도망하여 난을
면했으며 근래에 몰래 허창에 돌아와 있었다. 김의가 이 두
사람을 불러 계획을 이야기하자, 이들은 크게 감동하여 눈물
을 흘렸다. 김의가 말했다.

"정월 보름날 밤, 성 안에선 등불을 밝히고 보름 대잔치를
열 것이오. 경기와 위황 두 분은 하인들을 데리고 왕필의 진
지로 가서 불길이 오르면 지체없이 쳐들어가 왕필을 죽이고
곧 나와 함께 궁중으로 들어갑시다. 그리고는 오봉루(五鳳
樓)에 올라가 문무백관에게 역적을 무찌르라는 말씀을 내리
시도록 천자께 아룁시다.

길막과 길목 형제는 성 밖에서 쳐들어가 불길이 솟아나는
것을 신호로 하여 큰소리로 백성들에게 나라의 역적을 무찌
르라고 외치고 성 안의 원군(援軍)을 무찌르게 하오. 천자의
칙어(勅語)가 내리고 군대에 항복하는 자가 나타나게 되면,
업군에 군사를 진격시켜 조조를 생포하고 사자를 보내어 유
황숙을 초대하는 거요. 보름날 두 번째 북이 울리면 거사(擧
事)하오. 동승의 전철을 밟지 않도록 조심해야 하오."

다섯 사람은 하늘을 우러러 맹세한 다음 각자 집으로 돌아
와 만반의 준비를 하고 약속한 날을 기다리고 있었다.

경기와 위황 두 사람은 각자 하인 3, 40명이 사용할 무기
를 준비했다. 길막 형제도 300명 가량의 인원을 동원하여 사
냥을 간다는 핑계로 계획을 세우고 있었다. 준비를 마치자
김의는 왕필을 찾아가서 말했다.

"위왕의 위세로 천하를 평정하고 있는 이때, 대보름도 가까워졌소. 성 안에 등불을 밝히고 평화의 기쁨을 나누는 것이 좋을 줄 아오."

왕필은 이에 동의했다. 정월 대보름이 되자 하늘은 맑게 개고 달이 밝았다.

여섯 갈래의 큰 거리와 세 군데의 시장에는 형형 색색의 등롱(燈籠)이 장식되고, 궁중의 호위병들도 이날 밤만은 경비를 소홀히 했다.

왕필은 근위 장교들과 진중에서 술을 마시고 있었다. 두 번째 북이 울리자 갑자기 진중에서 '불이야!' 하는 고함 소리가 일어났다. 왕필이 허겁지겁 나가 보니 불길이 오르고 함성이 일어났다. 진중에서 반란이 일어난 것을 알아챈 그가 급히 말을 몰아 남문을 빠져 나가려고 하는데 운 나쁘게도 경기와 마주쳤다. 경기가 쏜 화살에 어깨를 맞아 말에서 떨어질 뻔했으나 간신히 서문을 향해 말을 달렸다. 뒤에서 누가 추격해 왔다. 왕필은 말을 버리고 도망쳤다. 김의의 집 앞에 이르러 급히 대문을 두드렸다. 김의는 하인들을 데리고 진중으로 쳐들어갔으므로 집에 남아 있는 것은 여자들뿐이었다. 집에 있던 사람들은 왕필이 대문을 두드리자 김의가 돌아온 줄 알았다. 아내가 대문으로 다가서서 물었다.

"왕필을 처단했어요?"

왕필은 깜짝 놀라 비로소 김의도 공모자인 줄 알고, 급히 조휴의 집으로 가서 김의·경기 등이 반란을 일으켰다고 보고했다.

조휴는 즉시 1천여 명의 병사를 이끌고 성을 수비했다. 성 안에서는 사방에서 불길이 오르더니 오봉루에까지 옮겨 붙었다. 천자는 궁중 깊숙이 피신하고 조조의 심복들이 필사적으로 성문을 지키고 있었다. 성 안 곳곳에서,

"조조 역적을 잡아 죽이고 한의 왕실을 보호하자."

고 외치는 소리가 들렸다.

하후돈은 조조로부터 허창을 경비하라는 명령을 받고 3만의 군사를 이끌고 성에서 50리 밖에 주둔하고 있다가 이날 밤 멀리 성 안에서 불길이 일자, 즉시 대군을 이끌고 달려와 수도를 포위하고 일부 군사를 성 안으로 들여보내 조휴를 구출하고 새벽까지 싸우게 했다.

거사의 실패

경기 · 위황 등은 김의와 길씨 형제가 피살되었다는 말을 듣고 도와주는 사람도 없이 혈로를 열어 성문에서 뛰쳐나왔으나, 하후돈의 대군에게 포위되어 붙잡히고 말았다. 그리고 수하의 100여 명은 죽임을 당했다. 하후돈은 성 안으로 들어가 불을 끄고 다섯 집의 일족은 노소를 막론하고 모두 체포한 다음 조조에게 보고했다. 조조는 명령을 내렸다.

"경기 · 위황 등 다섯 집의 일족은 노소를 막론하고 모두 시장에서 목을 베라. 조정의 관원들은 모두 업군에 모여 처분을 기다려라."

하후돈은 경기 · 위황 두 사람을 시장으로 끌고 왔다. 경기는 목쉰 소리로 외쳤다.

"이놈 조조, 내가 살아서는 네놈을 죽이지 못했지만 죽으면 병마의 귀신이 되어 죽여버리고 말 테다."

회자수(會子手)가 칼로 그의 입을 후려치자 피가 쏟아져 나왔으나, 경기는 숨이 끊어질 때까지 저주를 그치지 않았다.

위황도 얼굴을 땅에 박고 끝없이 조조를 저주하고 이를 갈면서 죽어갔다.

하후돈은 다섯 집의 일족을 몰살시키고 나서 관원들을 업군으로 호송했다. 조조는 연병장 왼쪽에다 붉은 기, 오른쪽에다 흰 기를 세우고 명령을 내렸다.

"경기 · 위황 등이 난동을 부려 허창에 불을 질렀을 때, 너희들 중에는 불을 끄러 나간 자도 있고 문을 굳게 닫아 걸고 밖에는 얼씬도 하지 않은 자도 있었다. 불을 끄러 나간 자는 붉은 기 쪽에 서고 불을 끄러 나가지 않은 자는 흰 기 쪽에 서라."

관원들은 생각 끝에 불을 끄러 나간 자는 무죄가 될 줄 알고 거의 다 붉은 기 쪽에 가서 서고 3분의 1가량만이 흰 기 쪽에 가서 섰는데, 조조는 붉은 기 쪽에 선 사람들을 모두 체포했다. 그들은 저마다 죄가 없다고 말했으나 조조는,

"너희들은 그때 불을 끄기 위해서가 아니라 사실은 역적의 편을 들려고 나갔던 것이다."

하고 장하 기슭으로 끌어내어 모두 처형시켰다. 죽은 자의 수는 300여 명이었다. 흰 기 아래 서 있는 자들에게는 상을 주어 허창으로 돌려보냈다.

왕필은 화살에 맞은 상처가 악화되어 숨을 거두었다. 조조는 그의 장례를 성대히 치르게 하고 조휴를 근위대장(近衛隊

長)으로 임명했다. 그 밖의 부하들에게는 각각 상을 내리고 조정의 관원도 새로 임명했다. 관로의 점괘에 들어 있던 화재란 이것이었구나 하고 그에게도 상을 주었으나, 관로는 받으려고 하지 않았다.

37. 정군산 싸움

장비와 장합의 싸움

조홍은 군사를 이끌고 한중으로 가서 장합·하후연에게 명하여 요해를 지키게 하고 자기는 진격하여 적과 싸우기로 했다. 이때 장비는 뇌동(雷同)과 함께 파서(巴西)를 지키고 있었다.

마초의 군사의 선발대가 조홍의 군사와 맞부딪쳐 한 사람의 장수를 잃고는 패하여 도망쳤다.

"산골짜기를 지켜라. 절대로 진격해서는 안 된다."

하고 마초는 부하에게 명령했다.

조홍은 마초가 출격하지 않는 것은 아마도 계략이 있기 때문일 것이라고 생각하고 남정까지 군사를 철수시켰다. 장합이 그 까닭을 물었더니 조홍이 말했다.

"마초가 나타나지 않는 것을 보니 아마도 계략이 따로 있는 모양이오. 내가 업군에 있을 때 유명한 점쟁이 관로가 말하기를, 이곳에서 장수 한 사람을 잃을 것이라고 했네. 그 말이 마음에 걸려 경솔하게 진격하지 않는 걸세."

장합은 껄껄 웃었다.

"장군은 오랫동안 산전 수전 다 겪었는데도 그런 점쟁이의 말에 미혹됩니까? 내 휘하의 군사를 이끌고 파서를 공략하겠습니다."

"파서를 지키는 장비는 보통 놈이 아니오."

"장비를 두려워하는 자가 많지만 내 눈에는 어린애로 보입니다. 반드시 생포하고 말겠습니다."

"만일 실패하면 어떡하겠나?"

"군율에 따라 처벌을 받아도 좋습니다."

장합은 수하의 병력 3만을 나눠서 세 군데 요해에 성채를 쌓게 했다. 암거채(巖渠寨) · 몽두채(蒙頭寨) · 탕석채(蕩石寨)가 그것이었다. 장합은 이 세 성채에서 절반씩 출병시켜 이를 합쳐서 파서로 진격하게 하고 나머지 절반은 성채를 지키게 했다.

이것을 알아낸 척후의 기병이 재빨리 파서에 보고했다. 장비는 뇌동에게 정병 5천을 주어 진격하게 하고 스스로도 1만의 군사를 이끌고 진격하여 낭중(廊中)에서 300리 가량 갔을 때 장합의 군사와 마주쳤다. 장비와 장합이 겨루어 30여 차례 싸웠을 때, 장합의 군사 배후에서 갑자기 함성이 일어났다. 장합이 퇴각하자 그 앞길에서 뇌동이 이끄는 복병이 일제히 덤벼들었다. 양쪽으로 협공을 당한 장합의 군사는 크게 패하였다.

장비와 뇌동은 밤새 출격하여 곧장 암거산까지 쳐들어갔다. 장합은 세 성채를 분담하여 지키게 하고 장대나 돌을 준비할 뿐 일체 응전하지 않았다. 장비는 암거채에서 100리쯤 떨어진 곳에 진을 치고 이튿날 군사를 이끌고 도전했으나, 장합은 산꼭대기에서 북을 치고 피리를 불어 기세를 올리면서 술을 마시고 있을 뿐 내려오려고 하지 않았다. 장비가 병사들에게 욕설을 퍼붓게 했으나 장합은 대적하려고 하지 않았다. 장비는 할수 없이 진지로 돌아왔다.

이튿날에는 뇌동이 산기슭까지 진격하여 도전했으나 장합은 여전히 상대하지 않았다. 뇌동이 병사에게 명하여 산에 오르자, 위에서 장대와 돌을 마구 던지므로 뇌동은 곧 퇴각하고 말았다. 그때 탕석과 몽두의 성채에서 적이 총공세를 펴 뇌동의 군사는 크게 패하였다.

그 다음날에는 다시 장비가 도전했으나 장합은 여전히 상종하려고 하지 않았다. 장비가 군사들에게 갖은 악담을 퍼붓게 하자, 장합 쪽도 산 위에서 맞서 야유만 할 뿐이었다.

장비는 손쓸 여지가 없었다. 그럭저럭 50여 일이 지나갔다. 장비는 산 밑에 진을 치고 날마다 술에 취해 산기슭에 앉아서 적에게 욕설만 퍼부었다.

이것을 전해 들은 현덕이 걱정이 되어 공명에게 의논했다. 공명은 웃으면서 그것은 장합을 무찌르기 위한 계략일 것이라고 말하고 위연에게 명하여 성도(成都)의 명주(名酒)를 세 대의 차에 싣고, 누런 깃대에 '군중(軍中) 공용술'이라고 써서 진중 위문품으로 장비에게 가져다 주라고 했다.

장비는 이 선물을 고맙게 받은 후, 위연과 뇌동에게 좌우익을 담당하게 하고 본진에 붉은 깃발이 서는 것을 신호로 일제히 진격하라고 명령했다. 그리고 병사들에게는 북을 치면서 마냥 술을 마시라고 일렀다.

이것을 첩자가 곧 장합에게 보고했다. 장합이 산꼭대기에서 멀리 바라보니 장비는 본진의 장막 아래서 술을 마시고, 병사 두 사람과 그 앞에서 씨름을 하며 소란을 피우고 있었다.

"장비 놈이 사람을 무시해도 정도가 있지."

장합은 매우 화가 치밀어 오늘 밤 산에서 내려가 기습을 한다고 명령하고 탕석 · 몽두 두 성채의 군사도 모두 출동시켜 좌우의 진지를 담당하게 했다.

이날 밤 장합은 은은한 달빛 아래 산에서 군사를 이끌고 내려가 곧장 적진 앞으로 나섰다. 횃불이 환히 비치는 가운데 진중에서 술을 마시고 있는 장비의 모습이 보였다. 장합은 앞장서서 큰소리로 외치고 북을 치면서 곧장 본진으로 쳐들어갔다.

그런데 장비는 여전히 잠자코 앉아 있었다. 장합은 말을 몰아 장비 앞에 이르러 창으로 푹 찔러 그 자리에 쓰러뜨렸다. 그러나 그것은 장비가 아니라 장비의 모습을 한 허수아비였다. 당황하여 말 머리를 돌리려고 하는데, 장막 뒤에서 폭죽(爆竹) 소리가 연달아 나더니 한 장수가 나타나 앞길을 가로막으며 둥근 눈을 크게 뜨고 우레 같은 소리를 질렀다. 그가 바로 장비였다. 장비는 창을 들고 말을 몰아 장합을 공격했다.

두 장수는 횃불 아래서 4, 50차례 싸웠다. 장합은 두 성채에서 도우러 올 원군을 기다리고 있었으나, 그 군사들은 위연과 뇌동에게 격퇴되고 성채도 빼앗기고 말았다. 이윽고 산 위에 불길이 솟아오르자 장합은 눈 깜짝할 사이에 세 성채를 잃고 와구관(瓦口關)으로 도망쳤다. 장비는 이 대승을 성도에 보고했다. 현덕은 매우 기뻐했다.

장합의 연이은 패배

장합은 와구관까지 철수했으나, 3만의 군사 중에서 2만을 잃었으므로 사람을 보내어 조홍에게 구원을 청했다. 조홍은 화를 내면서,

"내 말을 듣지 않고 무리하게 군사를 진격시켜 성채를 잃고 나서 무슨 염치로 도와 달라는 건가?"

하고 원병도 보내지 않고 장합에게 출격을 명령했다.

장합은 불안했으나 할 수 없이 계략을 써서 관문 앞에 복병을 숨겨놓고 스스로 진격하여 뇌동과 대결하다가 일부러 패하여 도망쳤다. 뇌동이 뒤쫓아오자 복병이 일제히 칼을 휘둘러 그 퇴로를 막고 장합은 말 머리를 돌려 뇌동을 찔러 죽였다.

장비는 도망쳐 온 병사들의 보고를 듣고 스스로 말을 몰아 도전했다. 이번에도 장합은 일부러 도망쳤다. 장비는 계략을 알아차리고 출격하지 않고 진지로 돌아와 위연과 의논해 적의 계략의 역(逆)을 찔러 뇌동의 원수를 갚기로 했다.

이튿날 장비가 군사를 이끌고 진격하자 장합의 군사가 이에 대적했다. 10여 차례 싸우고 나서 장합은 일부러 패하여 도망쳤다. 장비는 기병과 보병을 이끌고 뒤쫓아갔다. 장합은 응전하면서 도망쳐 장비를 충분히 유인하여 골짜기 입구까

지 끌어냈을 때, 전열을 정비하여 장비와 대적했다. 장합은 복병이 뛰쳐나와 장비와 대결하기를 기다리고 있었으나, 뜻밖에도 복병은 위연의 정병에게 추격당하고 있었다.

위연이 산길을 가로막고 불을 지르자 나무에 불이 옮겨 붙어 연기가 자욱했으므로 복병은 뛰쳐나갈 수가 없었던 것이다.

장비는 이때를 노려 총공격을 감행했다. 장합은 크게 패하여 간신히 혈로를 열어 와구관을 도망쳐 남은 병사들과 함께 성문을 굳게 닫고 밖에는 얼씬도 하지 않았다.

장비는 문득 등나무 덩굴을 휘어잡으면서 산비탈의 샛길을 기어오르는 몇 사람의 농부를 발견했다. 그들을 불러서 물었더니, 산을 넘으면 와구관 뒤쪽으로 통하는 샛길이 있다고 했다. 장비는 위연에게 본대를 이끌고 관문 정면으로 쳐들어가게 하고, 자기는 500명의 경기병을 인솔하고 농부들의 안내를 받아 산길을 행군했다.

이리하여 장합은 앞뒤로 협공을 당해 간신히 산모퉁이를 돌아 도망쳐서 목숨은 건졌지만, 따르는 자는 10여 명밖에 되지 않았다. 장합은 남정에 입성하여 조홍에게로 갔다. 조홍은 노발 대발하면서,

"내가 그렇게 말렸는데도 출전하여 적에게 대군을 잃고, 자기 목숨만 건져가지고 뻔뻔스럽게 돌아오다니."

하고 호령하며 부하에게 목을 베라고 지시했다. 그러자 행군사마(行軍司馬)인 곽회(郭淮)가 말렸다.

"삼군(三軍)은 얻기 쉽고 일장(一將)은 얻기 어렵다고 합니다. 장합의 죄는 무겁지만 위왕이 그를 신임하고 있습니

다. 다시 한 번 5천의 군사를 이끌고 가맹관을 공격하게 하는 것이 좋을 줄 압니다. 이곳을 손에 넣으면 한중은 안전하다고 볼 수 있습니다. 만일 성공을 거두지 못하면 이중의 책임을 물어 처벌하십시오."

조홍은 이에 동의하여 장합으로 하여금 5천의 군사를 이끌고 가맹관으로 진격하게 했다.

한편 가맹관을 지키고 있는 장수는 맹달과 곽준(霍峻)이었다. 장합이 쳐들어온다는 말을 듣고 곽준은 관문을 굳게 지키자고 주장했으나 맹달은 응전을 주장하며 군사를 이끌고 관문으로 뛰쳐나갔다. 그러나 그는 장합과 싸워 크게 패하고 돌아왔다. 곽준은 말을 몰아 이것을 성도에 보고했다.

현덕이 공명을 불러 의논하자, 공명은 당상에 모여 있는 장수들에게 말했다.

"가맹관의 정세는 중대하오. 낭중에서 장비를 불러들여 장합과 겨루게 할 수밖에 없소."

법정이 말했다.

"장비 장군은 와구관을 지키고 낭중을 장악하고 있는데 그곳도 중요합니다. 그를 불러들일 것까지는 없을 줄 압니다. 이 본진의 장수 중에서 장합을 무찌를 만한 사람을 택하십시오."

공명은 웃으면서 말했다.

"장합은 위의 명장이라 쉽사리 무찌를 수 없소. 장비 이외에는 당해낼 자가 없소."

그때 앞으로 나서며 격한 목소리로 외치는 자가 있었다.

"군사, 어찌하여 우리를 무시합니까? 내가 장합의 목을 베어 오겠습니다."

노장 황충이었다.

"당신의 무용은 잘 알고 있지만 그 나이에 장합을 상대하기란 어려울 것이오."

"내 비록 나이는 먹었지만 전신에 천 근의 힘이 있소. 그런데 장합 따위와 상대가 안 된다는 것입니까?"

공명이 말했다.

"장군은 나이가 이미 70에 가깝소. 노년이 아니라고는 아무도 말할 수 없을 것이오."

황충은 총총히 당상에서 내려와 벽에 세워둔 기다란 칼을 집어 들어 가볍게 휘두르고 벽에 걸린 큰 활을 단숨에 부러뜨려 힘을 과시했다. 공명이 말했다.

"장군이 출전한다면 부장(副將)은 누가 좋겠소?"

"노장 엄안, 나와 함께 출전하지 않겠나? 만일 실수가 있으면 먼저 이 백발이 다 된 머리를 내놓겠네."

현덕은 크게 기뻐하여 두 사람을 장합과의 결전에 내보냈다. 조운은 늙은 두 장수의 출전에 불안을 느끼고 말렸으나 공명은 개의치 않고 두 사람을 가맹관으로 출격시켰다.

관문 밖에 나타난 두 사람을 본 맹달과 곽준은 공명이 어찌하여 두 늙은이를 출전시켰는지 납득이 가지 않았다. 적장인 장합도 이튿날 군사를 이끌고 도전하러 왔다가 황충을 보고는,

"네놈은 그 나이에 부끄러운 줄도 모르고 출전했느냐!"
하고 비웃었다.

황충은 화가 치밀어,

"이 애송이가 나를 늙었다고 얕보는 게냐? 내 나이는 많지만 내 칼은 아직 젊다."

하고 외치며 말을 몰아 장합에게 덤벼들었다. 20여 차례 싸웠을 때, 뒤에서 갑자기 함성이 들렸다. 엄안이 옆길로 돌아 적의 배후를 찔렀던 것이다. 장합의 군사는 앞뒤에서 협공을 당하여 퇴각했다. 밤에도 계속된 추격으로 장합의 군사는 8, 90리나 퇴각했다.

조홍이 장합을 벌하려고 하자 곽회가 다시 말렸다.

"너무 엄하게 하면 장합은 촉에 항복합니다. 구원하러 장수를 보내어 두 마음을 품지 못하게 하는 것이 좋을 줄 압니다."

그리하여 조홍은 하후돈의 조카 하후상(夏侯尙)과 항복한 장수 한호에게 5천 명의 구원군을 이끌고 출전하여 전투를 돕게 했다. 한호는 전에 황충과 위연이 장사에서 죽인 한현의 동생이었다. 한호는 형의 원수를 갚기 위해 벼르고 있었다

한편 황충 쪽에서는 날마다 척후병을 내세워 적의 움직임을 탐지하게 했는데, 엄안이 말했다.

"앞길에 천탕산(天蕩山)이라는 산이 있는데, 조조가 거기에 군량과 말 먹이를 쌓아두었습니다. 그곳을 공략하여 손에 넣으면 한중을 공략할 수 있을 것입니다."

황충은 이에 동의하고 엄안에게 휘하의 병사를 이끌고 가서 공략하게 했다.

그리고 자신은 하후상과 한호가 쳐들어왔다는 말을 듣고 군사를 이끌고 진지를 나섰으나, 두 사람을 상대하여 10여

차례 싸우다가 퇴각했다. 두 사람은 20리 남짓 추격하여 황충의 진지를 빼앗았다. 황충은 따로 진지를 구축했으나 이튼날 몇 차례 싸우다가 다시 패주했다. 두 사람은 또 20리 남짓 추격하여 황충의 진지를 빼앗았다.

장합은 뒤의 진지에서 앞으로 나와 황충의 패주에는 무슨 계략이 숨어 있을 것이라고 말했다. 하후상은 그를 책망하고 물러나게 했다. 두 사람은 다음날과 그 다음날에도 계속해서 황충을 추격했다. 맹달은 은밀히 서면으로,

"황충은 다섯 번 싸워서 다섯 번 패하고 지금은 관문까지 후퇴했습니다."

하고 현덕에게 보고했다. 현덕이 당황하여 공명에게 물었더니 공명은,

"그것이야말로 노장군의 교병(驕兵)의 계략일 것입니다."

하고 말했다.

조운이 납득하지 못했으므로 현덕은 유봉을 구원병으로 보냈다. 황충은 그날 밤에 5천의 군사를 이끌고 관문으로 곧장 쳐들어갔다. 하후상과 한호는 방심하고 있었으므로 갑옷도 걸치지 못하고 말에 안장도 얹지 못한 채 허둥지둥 도망쳤다.

세 진지를 빼앗은 황충은 계속해서 새벽녘까지 적을 추격했다. 유봉이 병졸들이 지쳐 있으니 잠시 휴식을 취하자고 권했으나, 황충은 '호랑이 굴에 들어가지 않고는 호랑이를 잡을 수 없다'는 속담을 말하며 추격을 계속했다. 이리하여 장합의 군사도 도망쳐 온 아군을 보자 기가 꺾여 진지를 버리고 퇴각하여 한수의 강기슭에 이르렀다.

장합·하후상·한호 등은 하후덕이 지키고 있는 천탕산까지 밤새 걸어가 그곳에 몸을 의지했다. 그런데 황충은 거기까지 쳐들어왔다.

한호가 군사를 이끌고 공격해 왔다. 황충이 단칼에 한호를 베어 말에서 떨어뜨리자, 촉의 군사는 함성을 지르면서 산을 향해 공격했다. 장합·하후상이 이에 응전하려고 했을 때 갑자기 산 뒤에서 함성이 들리더니 불길이 하늘을 붉게 물들였다. 하후덕이 군사를 이끌고 불을 끄려고 했을 때, 노장 엄안이 나타나 칼을 휘둘러 하후덕을 베어 말에서 떨어뜨렸다.

미리 산기슭에 숨어 있던 엄안은 하후덕의 목이 잘리자 산을 등지고 쳐들어갔다. 앞뒤로 협공을 당한 장합·하후상은 할 수 없이 천탕산을 포기하고, 정군산(定軍山)을 지키는 하후연의 진지로 도망쳤다.

징군산 씨움 전아

황충과 엄안의 승리를 성도에 알렸다. 현덕은 여러 장수들과 함께 매우 기뻐했다. 법정이 말했다.

"전에 조조는 장로를 항복시켜 한중을 손에 넣었으나, 그 기세를 몰아 파촉을 평정하려고 하지 않고 하후연과 장합에게 한중을 지키게 한 뒤 자기는 대군을 이끌고 북으로 돌아갔습니다. 이것은 내부에 반란이 일어날 기미가 보였기 때문이라고 생각됩니다. 그런데 지금 장합은 패주하여 천탕을 포기했습니다. 만일 영주께서 이 기회에 스스로 대군을 이끌고

정벌에 나서면 한중은 쉽사리 평정할 수 있을 것입니다. 한
중을 평정한 후에는 군사를 훈련하고 군량을 저축하여 적의
허점을 노려 역적을 무찌르고 돌아와 스스로를 충분히 지킬
수 있습니다. 이것이야말로 하늘이 내린 기회이니 놓쳐서는
안 됩니다."

　현덕과 공명은 옳은 말이라고 고개를 끄덕였다. 그리하여
조운과 장비를 선발대로 내세우고 현덕과 공명은 군사 10만
을 이끌고 길일을 택하여 한중으로 진격하기로 했다. 그리고
각처에 통고하여 방비를 엄중히 하게 했다. 건안 23년 7월의
일이었다.

　현덕의 대군은 가맹관을 지나 진을 치고 황충과 엄안을 불
러내어 후한 상을 내렸다. 현덕은 황충에게 한중의 정군산을
공격할 의향이 없느냐고 물었다. 물론 황충은 이를 받아들여
곧 떠나겠다고 했다. 그러자 공명이 이를 제지하며 정군산을
지키고 있는 하후연은 장합과 달라서 조조가 신뢰하는 장수
이니만큼 노장군의 무용으로는 승리를 보장할 수 없으므로
형주의 관우를 불러오지 않고는 상대하기 어렵다고 말했다.
그러자 황충이 분연히 대답했다.

　"옛날 염파(廉頗)는 나이 80에 한끼에 쌀 한 말과 고기 열
근을 먹어 제후는 그의 무용이 두려워 조(趙)의 국경을 침범
하지 않았다고 합니다. 이 황충은 아직 70도 되지 않았습니
다. 휘하에 군사 3천만 있으면 즉시 하후연의 목을 베어 오
겠습니다."

　공명은 좀처럼 동의하지 않았으나, 황충이 간절히 청했으
므로 현덕은 법정을 부장으로 삼아 출전하게 했다. 공명은

현덕에게 말했다.

"저 노장군은 약이 오를 만큼 튕겨주지 않으면 공을 세우지 못합니다. 출전한 이상 후원 부대를 보내야 합니다."

그리하여 조운을 불러 부대를 이끌고 옆길에서 기습하여 황충을 도우라고 명령했다. 그리고 유봉·맹달에게는 3천의 군사를 이끌고 산의 험한 곳에 깃발을 세워 적을 미혹시키라고 명령했다. 또한 하판에 사람을 보내어 마초에게 계략을 지시하고, 엄안을 파서·낭중에 보내어 요해를 지키게 한 다음 장비·위연을 불러들여 한중을 공략하게 했다.

한편 천탕산을 빼앗긴 장합과 하후상은 정군산에 와서 하후연을 만나 장수 하후덕과 한호가 전사하고 유비가 촉의 대군을 이끌고 한중으로 쳐들어오고 있다고 보고하면서, 곧 위왕에게 알려 구원을 청해야 한다고 말했다. 하후연은 곧 사람을 보내 조홍에게 알리고 조홍은 말을 몰아 허창에 가서 조조에게 이것을 보고했다.

조조는 크게 놀라 문무백관을 모아놓고 의논한 끝에 즉시 40만 대군을 이끌고 조조 자신이 출정하기로 했다. 건안 23년 7월 그믐의 일이었다.

하후연의 죽음

조조는 장안에 도착하자 군사를 세 부대로 나누었다. 전군(前軍)은 하후돈이, 중군(中軍)은 조조 자신이, 후군(後軍)은 조휴가 맡았다. 세 부대는 연이어 출발했다.

조조는 황금 안장을 얹은 백마를 타고 옥으로 만든 말고삐를 잡고, 천자의 행렬 때처럼 화려한 무기와 깃발을 갖추었다. 출동하는 관군 2만 5천 명을 각각 5천 명씩 다섯 부대로 나누어 깃발·갑옷·말을 청·황·적·백·흑의 다섯 가지 색깔로 구분하니 그 광경은 그야말로 장관이었다.

이윽고 대군이 남정에 도착하자, 조홍이 출영하여 장합의 패전에 대해 보고했다. 조조는 그것은 그의 죄가 아니며 승패는 병가(兵家)의 상례라고 말했다. 한편 정군산을 지키고 있는 하후연에게는 편지를 보내어, 전투는 오직 용기에만 의지해서는 안 되는 것이니 그대의 '묘재(妙才)'를 보여 달라고 부탁했다. '묘재'란 하후연의 자(字)이기도 했다.

이 편지를 받은 하후연은 감격하여 어떻게 해서든지 전공을 세워야겠다고 마음먹고 하후상에게 3천 명의 군사를 이끌고 정군산의 본진에서 나와 적을 유인해내라고 지시했다.

한편 황충과 법정은 정군산 기슭에서 자주 도전했으나 하후연이 진지를 굳게 지키고 이에 응전하지 않았다. 그런데 갑자기 산 위에서 적군이 쳐들어왔다는 보고를 받게 되었다. 황충이 출격하려고 하자, 부장인 진식(陳式)이 선봉에 나설 것을 제의했다. 진식은 공격해 온 하후상과 싸우다가 일부러 패하여 도망치는 그를 쫓아갔다. 그러자 양쪽 산에서 장대와 돌이 쏟아져 전진할 수 없게 되었다. 되돌아가려고 하는데 하후연이 군사를 이끌고 뛰쳐나와 진식은 생포되고 말았다.

황충은 당황하여 법정과 의논했다. 법정이 말했다.

"하후연은 성급하고 무용에 의지할 뿐 지모가 모자랍니다. 군사를 격려하여 전진하면서 가는 곳마다 진지를 구축하

占對山黃
忠逸
待勞

정군산 맞은 편을 점하고서 황충은 한바탕 싸우기를 기다리다. ≪繡像全圖
三國演義≫에서

고 그를 유인해냅시다."

황충은 이에 따라 병사들을 격려하면서 날마다 조금씩 전
진해 진지를 구축했다. 그러자 하후연은 이것은 적의 계략이
라는 장합의 말을 무시하고 하후상에게 명하여 수천 명의 군
사를 이끌고 황충의 진지까지 공격하게 했다. 황충은 말을
몰아 이에 응전하여 하후상과 싸우다가 곧 그를 생포하여 진
지로 돌아왔다.

하후연은 곧 사자를 황충의 진지로 보내 포로인 진식과 하
후상을 교환하자고 제의했다. 황충은 이를 승낙했다.

이튿날 양군은 산 가운데 있는 평지에 나와 진을 쳤다. 황
충과 하후연은 각각 진지의 정면 깃발 아래 나섰다. 황충은
하후상을 데리고 하후연은 진식을 데리고 있었다. 두 포로는

갑옷을 입지 않고 평복의 얇은 옷만을 입고 있었다. 북소리를 신호로 진식과 하후상은 각각 자기 편 진지로 돌아갔다.

하후상이 진지의 입구에 도착했을 때, 황충이 쏜 화살이 그의 등에 꽂혔다. 하후상은 화살이 꽂힌 채 도망쳤다. 하후연은 대단히 화가 치밀어 말을 몰아 황충에게로 달려왔다. 황충은 그가 약이 오르기를 기다리고 있었으므로 말을 달려 그와 싸우기 시작했다.

20여 차례 싸웠을 때, 위의 진지에서 돌아오라는 신호로 징소리가 울렸다. 당황하여 돌아간 하후연이 어찌하여 징을 울렸느냐고 물었더니 산기슭에 촉나라 깃발이 몇 군데 꽂혀 있는 것으로 미루어 복병이 있는 것이 틀림없다는 대답이었다. 이것은 공명의 명령으로 유봉 · 맹달이 적을 미혹시킨 것이었다.

하후연은 정군산에서 진지를 굳게 지켰다. 정군산 서쪽엔 높이 솟아오른 산이 있었는데 이 산의 진지는 하후연의 부장이 지키고 있었으며, 병력은 몇백 명에 불과했다. 황충은 법정의 의견에 따라 밤중에 이 산을 공격하여 점령했다.

하후연은 맞은편 산을 적의 손에 빼앗기자 화가 나서 장합이 말리는 것도 듣지 않고 군사의 태반을 출동시켜 맞은편 산을 포위하고 도전했다. 황충은 좀처럼 움직일 기미를 보이지 않았다. 하후연의 군사들은 아침부터 정오까지 계속하여 욕설을 퍼부어도 상대 편에서 반응이 없자 스스로 지쳐 말에서 내려와 쉬는 자도 있었다.

이때 법정이 붉은 기를 흔들자 북소리가 일제히 울려 퍼지고 함성이 일어나더니 황충이 말을 몰아 앞장서서 산에서 내려왔다. 천지가 무너질 듯한 기세였다. 하후연이 명령할 틈도 주지 않고, 황충은 재빨리 본진까지 쳐들어가 우레 같은 소리를 지르며 칼을 내리쳤다. 하후연은 머리에서 어깨에 걸쳐 두 동강이 나버렸다.

이리하여 하후연의 군사는 참패하고 말았다. 황충과 진식은 정군산을 공략했다. 장합은 도망쳤으나 갑자기 한 떼의 군사가 나타나 퇴로를 막고 앞장선 장수가 큰소리로,

"상산의 조자룡이 여기 있다."

하고 외쳤다. 장합이 깜짝 놀라 정군산으로 되돌아가려고 하는데, 자기 편의 무리가 도망쳐 와서 정군산은 유봉과 맹달에게 빼앗겼다고 말했다. 장합은 더욱 놀라 패잔병을 데리고 한수의 기슭에 진을 치고 즉시 말을 달려 조조에게 보고했다.

조조는 하후연이 죽었다는 소식을 전해 듣고 소리내어 울었다. 그리고 이때 비로소 관로의 예언이 적중한 것을 알아차렸다. '삼팔종횡(三八縱橫)'이란 건안 24년을 가리키고 '누런 돼지가 호랑이를 만난다'는 것은 기해(己亥)년 정월을, 그리고 '정군(定軍)의 남쪽'은 정군산(定軍山) 남쪽을 가리키며, '상처를 입고 한쪽 다리가 꺾이리라'는 말은 하후연과 조조가 육친의 사촌 사이임을 가리킨 것이다. 조조는 사람을 시켜 관로를 찾아오게 했으나 그는 이미 어디로 갔는지 알 수 없었다.

38. 한중왕이 된 현덕

북산을 잃은 조조

황충이 하후연의 목을 베어 현덕에게 돌아와 그것을 바치자, 현덕은 크게 기뻐하여 그를 정서대장군(征西大將軍)에 임명하고 축하연을 열었다. 그때 급보가 날아들었다.

"조조가 20만의 대군을 이끌고 하후연의 원수를 갚으러 왔다. 현재 장합은 미창산(米倉山)에서 한수의 북산 기슭으로 식량을 옮기고 있다."

는 것이었다.

공명이 말했다.

"조조는 대군을 거느리고 있으므로 군량의 부족을 걱정하여 아직 군사를 진격시키지 않고 있을 것입니다. 누가 적의 진지에 깊숙이 쳐들어가 군량을 불사르고 군사품을 빼앗는다면 조조의 기가 꺾일 것입니다."

이번에도 황충이 꼭 가고 싶다고 자청했다. 공명은 조운과 함께 군사를 이끌고 출두하여 무엇이든지 의논하여 행동하라고 일렀다. 황충과 조운은 서로 자기가 앞장서겠다고 다투다가 결국 제비를 뽑아 황충이 앞장서게 되었다.

황충은 밤중에 병사들에게 사기를 북돋아주고 네 번째 북이 울릴 때 진지에서 나와 북쪽 기슭까지 진격했다. 아침 해가 떠오를 때 바라보니 적의 군량이 산더미처럼 쌓여 있었다. 소수의 병사가 감시하고 있었으나, 촉나라의 군세를 보고는 일찌감치 도망쳐버렸다. 황충은 기병을 모두 말에서 내리게 한 다음 군량 위에 장작을 쌓고 불을 지르려고 했다. 이때 장합의 부대가 나타나 난투전이 벌어졌다. 조조는 곧 서황을 보내 장합의 부대를 구원하게 했다. 서황의 부대는 곧 황충의 군사를 포위해버렸다.

정오가 되어도 황충이 돌아오지 않자, 조운은 3천 명의 기병을 이끌고 구원하러 갔다. 도중에 길을 막는 위의 장수들을 무찌르고 북산 기슭까지 와보니, 장합과 서황의 부대가 황충을 포위하고 있었다. 조운이 한마디 불호령을 하고 나서 말을 몰아 창을 휘두르면서 포위망을 뚫으니, 마치 무인지경(無人之境)을 가는 것 같았다. 그가 창을 휘두르는 모습은 배꽃이 춤추는 것 같고, 흰 눈송이가 몸을 에워싸고 흩날리는 것 같았다. 장합과 서황은 간이 서늘할 뿐이었다. 조운은 황충을 구출하고 싸우면서 돌진했다. 아무도 가로막지 못했다.

산꼭대기에서 바라보던 조조는 싸우고 있는 그가 상산의 조자룡이라는 것을 알고는 함부로 싸우지 말라고 당부했다. 그러나 조운이 황충을 구출하여 진지로 돌아가는 것을 보자, 갑자기 화가 치밀어 스스로 좌우에 정병을 이끌고 뒤쫓아갔다.

촉의 진지에 이르렀을 때는 이미 날이 저문 뒤였다. 돌아보니 진지에는 깃발도 없고 북소리도 들리지 않았다. 조운 혼자만이 말을 타고 밖에 나와 서 있고 성문은 **활짝** 열려 있었다. 장합과 서황이 전진을 망설이자 조조는 진격을 재촉했다. 전군은 일제히 함성을 지르면서 진지로 쳐들어갔다.

그러나 조운은 전혀 움직이려고 하지 않았다. 이것을 보자 조조의 군사는 슬금슬금 뒤로 물러섰다. 이때 조운이 창을 한번 휘두르자 도랑 속에서 병사들이 일제히 활을 쏘아댔다. 벌써 주위가 컴컴하여 촉나라 군사가 얼마나 되는지 알 수 없었으므로 조조가 먼저 말 머리를 돌렸다.

그러자 촉나라 군사들이 함성을 지르고 북을 울리면서 공격해 왔다. 조조의 군사가 수라장이 되어 한수의 기슭까지 왔을 때는 강물에 빠져 죽은 자가 수두룩했다. 조운과 황충은 계속 추격했다.

조조가 패주하는데 갑자기 유봉·맹달의 군사가 미창산에 쳐들어와서 불을 질러 군량과 말 먹이를 태워버렸다. 조조는 군량을 저장한 북산을 포기하고 허겁지겁 남정까지 철수했다.

한수 싸움

현덕은 이 승전보를 듣고 크게 기뻐하여 조운을 호위장군 (虎威將軍)이라고 호칭하고 장병들의 노고를 위로하기 위해 큰 잔치를 베풀었다. 그때 조조가 대군을 이끌고 한수로 쳐들어오고 있다는 보고가 들어왔다. 현덕은 한수의 서쪽 기슭에서 응전하기로 했다.

조조의 선봉에 나선 서황은 한수까지 와서 강을 건너 배수진을 치려고 했다. 그런데 이 근처의 지리에 밝은 부장 왕평(王平)이 강을 건너는 것을 반대했다. 서황은 왕평의 만류를 듣지 않고 강을 건너 진을 쳤다. 그리고 아침부터 저녁때까지 도전했는데 촉의 군사는 반응이 없었다.

저녁때가 되어 맥이 풀린 서황이 후퇴하려고 하자 촉의 진영에서 북소리가 요란하게 울리더니 황충이 왼쪽에서, 조운이 오른쪽에서 각각 군사를 이끌고 공격해 왔다.

서황은 크게 패하여 많은 군사들이 물귀신이 되었다. 서황은 간신히 도망쳐서 진지로 돌아갔다. 그는 왕평이 도우러 오지 않은 것을 원망하여 죽일 생각을 했다.

그날 밤, 왕평은 진지의 막사에 불을 지르고 한수를 건너 조운의 군사에 항복했다. 왕평은 현덕에게 한수 부근의 지리에 대해 상세히 설명했다. 현덕은 크게 기뻐하여,

"왕평 덕택에 한중은 분명히 내 손 안에 들어오게 될 거요."

하고 그를 편장군(偏將軍)에 임명하여 안내를 맡게 했다.

조조는 서황은 도망치고 왕평은 항복했다는 보고를 받고 격노하여 한수의 진지를 탈환하기 위해 스스로 대군을 이끌고 쳐들어왔다.

양군은 강을 끼고 대진했다. 공명은 조운에게 명하여 한수 상류의 산모퉁이에 500명의 복병을 숨겨놓고, 뿔피리[角笛]와 북을 갖고 가서 밤중에 본진에서 석화시로 신호를 하면

뿔피리를 불고 북을 치도록 지시했다.

이튿날 조조의 군사가 도전해 왔으나 촉의 진지에서는 한 사람도 응전하지 않았다. 조조의 군사는 할 수 없이 물러갔다. 이날 밤에 공명은 산 위에서 적의 막사에 불이 꺼지고 병사들이 잠든 것을 확인한 후에 신호의 석화시를 쏘았다. 조운은 이것을 듣자 북을 치고 뿔피리를 불어댔다.

조조의 진지에서는 야습을 당한 줄 알고 큰 소동이 일어났으나, 진지에서 나와 보니 사람이라고는 그림자도 찾아볼 수 없었다. 그래서 진지로 돌아와 자려고 하는데 또다시 뿔피리와 북소리가 울리고 함성이 산골짜기에 메아리쳤다. 조조의 군사가 부랴부랴 나와 보면 역시 사람의 그림자는 찾아볼 수 없었다. 이것이 되풀이되어 조조의 군사는 밤새 시달렸다.

이 일은 3일 동안 계속되었다. 조조는 불안한 나머지 드디어 30리 가량 후퇴하여 넓은 평지에 새로 진지를 마련했다.

오계산 싸움

한편 현덕은 한수를 건너 강기슭에 진을 쳤다. 조조가 도전장을 보내왔다. 공명은 내일 승부를 가리자는 답장을 보냈다. 이튿날 양군은 오계산(五界山) 기슭에 진을 쳤다.

양측에 용이나 봉황이 그려진 깃발을 세운 조조는 말을 타고 그 깃발 아래 나서서 북을 세 번 쳐 현덕을 불러냈다. 현덕은 유봉·맹달을 거느리고 나섰다. 조조는 채찍을 쳐들고 욕설을 퍼부었다.

"은의(恩義)를 저버리고 조정에 대적하는 역적 유비 놈!"

현덕이 쏘아붙였다.

"나야말로 대한(大漢)의 후손으로서 칙서를 받들어 역적을 정벌하고자 한다. 네놈이야말로 황후님을 시해(弑害)하고 멋대로 왕이라 칭하며 천자와 같은 수레를 몰고 다니는 반역자가 아니고 무엇이냐?"

머리끝까지 화가 치민 조조가 유비를 생포하는 자는 서천의 영주로 삼겠다고 외치자 전군이 일제히 덤벼들었다. 촉의 군사는 진지를 버리고 한수를 향해 도망쳐 길가에는 말과 무기가 가득 널려 있었다. 조조의 군사가 앞을 다투어 이것을 주으려고 하자, 조조는 급히 징을 울려 철수시켰다. 조조는 촉의 군사가 한수를 등지고 진을 치고 있고 말과 무기를 마구 버리고 도망치는 것을 보고 의심을 품었던 것이다.

공명은 조조의 군사가 철수한 것을 보고 신호의 깃발을 올렸다. 현덕이 복판에서 군사를 이끌고 쳐들어가고 황충이 좌측에서, 조운이 우측에서 공격하자 조조의 군사는 참패를 당하고 말았다. 공명은 밤중에도 추격을 늦추지 않았다.

조조는 남정으로 돌아가려고 했으나 이미 다섯 군데에서 불길이 오르고 있었다. 위연과 장비가 먼저 진격하여 남정을 점령했던 것이다. 조조는 더욱 놀라 양평관으로 도망쳤다.

현덕이 공명에게 물었다.

"조조가 이번 전투에서 참패를 당한 것은 무엇 때문이오?"

"조조는 본래 의심이 많은 사람입니다. 용병(用兵)에는 능하지만 의심을 품게 되면 패하는 것이 상례입니다. 그래서 저는 의병(疑兵)을 사용하여 이긴 것입니다."

공명은 다시 장비와 위연에게 양쪽에서 조조의 군량 길을
차단하도록 하고, 황충과 조운에게는 양쪽에서 불을 질러 군
량을 태워버리라고 명령했다.

한편 조조는 다시 대군을 이끌고 촉의 진지로 쳐들어왔다.
그러자 촉의 진지에서는 사방에서 석화시 소리와 함께 북소
리가 울려 퍼졌다. 복병이 있는 줄 알고 급히 군사를 철수시
키는 바람에 조조의 군중에는 큰 혼란이 일어났다.

양편관까지 돌아온 조조의 군사가 한숨 돌리려 할 때, 촉
의 군사가 성 밑까지 쳐들어와 동문에 불을 지르고 서문에서
함성을 지르더니 곧 남문에도 불을 지르고 북문에서 북을 쳤
다. 조조는 더욱 겁이 나 드디어 양편관을 버리고 패주했다.
촉의 군사는 계속 추격했다. 장비의 부대가 앞길을 가로막고
조운의 부대가 뒤에서 쳐들어왔으며, 황충은 보주(堡州)쪽
에서 공격해왔다.

조조의 군사는 대패하여 장수들이 조조를 호위하고 혈로
를 열어 도망쳤다. 사곡(斜谷)의 경계까지 왔을 때, 앞길에
흙먼지를 일으키면서 한 부대가 진격해 오는 것이 보였다.

"저것이 복병이라면 나의 목숨도 오늘로 끝장이로구나."

조조가 말했다. 가까이 다가온 것은 조조의 차남인 조창이
었다. 그는 어렸을 때부터 승마와 궁술에 능했다. 그리하여
건안 23년 대군(代郡)의 오환족이 반란을 일으키자 5만의
군사를 이끌고 토벌하여 북방을 평정한 후 부친을 도우러 왔
던 것이다.

조조는 크게 기뻐하여 군사를 이끌고 사곡의 경계에 진을

쳤다. 그리하여 다시 한 번 결전이 벌어졌다.

현덕 쪽에서는 유봉·맹달이 출전하고 조조 쪽에서는 조창이 출전하여 서로 싸우는데, 갑자기 조조의 군사가 혼란에 빠지게 되었다. 그것은 마초와 오란(吳蘭)의 양군이 쳐들어 왔기 때문이었다. 조창은 오란을 창으로 찔러 말에서 떨어뜨리고 일대 혼전을 벌였다. 조조는 간신히 군사를 이끌고 물러나 사곡의 경계에 다시 진을 쳤다.

계륵과 양수

조조는 출병한 지 오래 되었지만 진격하자니 마초가 가로막고, 철수하자니 촉의 웃음거리가 되는 것이 창피하여 이러지도 저러지도 못하고 있었다.

어느 날 식사에 닭죽이 나왔다. 조조는 사발 속에 들어 있는 닭의 늑골을 보자 떠오르는 것이 있었다. 그가 생각에 잠겨 있을 때, 하후돈이 막사 안으로 들어와 오늘 밤의 암호에 대해 문의했다. 조조는 무심코 말했다.

"계륵(鷄肋), 계륵."

하후돈은 장병들에게 오늘 밤의 암호는 '계륵'이라고 전했다. 행군 주부인 양수(楊修)는 이 말을 듣더니 병사에게 명하여 짐을 꾸려가지고 돌아갈 준비를 하라고 했다.

이것을 곧 하후돈에게 알린 자가 있었다. 하후돈은 깜짝 놀라 양수를 진지의 막사에 불러 어째서 짐을 꾸리느냐고 물었다. 양수가 대답했다.

"오늘 밤의 암호로 위왕께서 곧 군사를 철수시킬 것이라
는 사실을 알게 되었습니다. 계륵은 먹기에는 고기가 없고
버리기에는 맛이 있어 아깝습니다. 지금은 진격해도 승리할
수 없고 후퇴하면 남의 웃음거리가 됩니다. 그렇다고 이곳에
머물러 있는 것도 무익하므로 빨리 돌아가는 편이 유리합니
다. 곧 위왕께서 진지로 돌아가실 것입니다. 그래서 지금부
터 돌아갈 준비를 하는 것입니다."

"위왕의 마음속을 꿰뚫어 보고 있군."

하후돈은 이렇게 말하고 자기도 짐을 꾸리기 시작했다.

이날 밤에 조조는 마음이 산란하여 좀처럼 잠들 수가 없어
도끼를 들고 진지를 돌아보다가 하후돈의 병사들이 짐을 꾸
리고 있는 것을 보고 깜짝 놀라 하후돈을 불러 까닭을 물었
다. 하후돈은 주부인 양수가 대왕의 마음을 꿰뚫어 보고 짐
을 꾸리고 있어 따라 하는 것뿐이라고 대답했다. 그러자 조
조는 양수를 불러 물었다. 양수는 '계륵'의 의미를 풀이하여
대답했다. 조조는 격노하여,

"네놈은 유언을 퍼뜨려 병사의 마음을 미혹하느냐!"

하고 회자수에게 명하여 그를 끌어내어 목을 베게 하고 진지
의 문 앞에 걸어 구경시켰다.

양수는 전부터 재주가 뛰어나 조조의 마음을 재빨리 알아
차릴 뿐만 아니라 조조의 뜻에 거역하기도 하고 조조의 셋째
아들 조식에게 여러 가지 잔꾀를 일러준 적도 있어 조조는
그를 몹시 미워하고 있었다. 조조는 양수의 목을 베고 나서
다시 하후돈의 목도 베라고 명령했으나, 참모들의 만류로 책
망하는 데 그쳤다.

이튿날 조조는 사곡의 경계까지 진격했다. 그때 앞에 한 부대가 나타나 응전했다. 앞장선 장수는 위연이었다. 조조는 방덕을 내세워 싸우게 했다. 두 사람이 싸우는 동안에 조조의 진중에서 불길이 치솟았다. 마초가 쳐들어온 것이었다. 조조는 칼을 빼들고 장수들에게 외쳤다.

"뒤로 물러서는 자는 목을 벨 테다."

장수들은 필사적으로 진격했다. 위연은 산기슭의 샛길로 접어들었다. 조조는 병사들에게 마초와 응전하라고 명령하고 자기는 높은 언덕에 올라가 전황을 살펴보았다. 그런데 갑자기 한 부대가 눈앞에 나타나더니,

"위연이 여기 있다!"

하고 활을 쏘았다. 화살은 조조에게 명중되어 조조는 말에서 거꾸로 떨어졌다. 그러자 위연은 활을 던져버리고 말을 몰아 칼을 휘두르면서 조조에게 덤벼들었다. 그때 뒤에서 나타난 한 장수가,

"왕에게 손을 대서는 안 되오."

하고 외쳤다. 방덕이었다. 방덕은 분전하여 위연을 격퇴시키고 조조를 구출하여 진지로 돌아왔으나, 조조는 코 밑에 화살을 맞아 앞니 두 개가 부러져 있었다.

한중왕 현덕

조조는 전군에게 수도 허창으로 철수하라고 명령했다. 후미(後尾)는 방덕이 맡았다. 조조는 담요를 깐 수레 속에 드

러누워 친위대의 호위를 받았다. 사곡을 떠나려고 할 때 좌우에서 불길이 치솟더니 마초의 복병이 뛰쳐나왔다. 조조의 군사는 깜짝 놀라 응전할 엄두도 내지 못하고 도망치기에 바빴다. 겨우 경조(京兆)에 이르러서야 안도의 숨을 내쉬었다.

현덕은 유봉·맹달·왕평 등에게 상용(上庸)의 공략을 명령했다. 성의 장수 신탐(申耽)은 조조가 한중을 버리고 도망쳤다는 소식을 듣고 휘하 장병들과 함께 항복했다. 현덕은 매우 기뻐하며 동천의 백성을 무마하고 전군을 위로했다.

장수들은 모두 현덕을 황제로 추대하기를 원하면서 군사인 제갈량에게 그 뜻을 전했다. 공명도 뜻이 같았으므로 몇 사람의 장수를 데리고 현덕을 찾아가,

"지금 조조는 정치를 멋대로 하여 백성에게는 제왕이 없는 거나 마찬가지입니다. 영주께서는 인의로 천하에 널리 알려져 있고, 이제 동천과 서천을 손에 넣고 계십니다. 천명에 응하고 인심에 따라 제위에 올라 명실 공히 천자로서 나라의 역적을 토벌하는 것이 옳을 줄 압니다. 길일을 택하여 즉위하시기 바랍니다."

하고 진언했다. 현덕은 깜짝 놀라 말했다.

"나는 한의 일족이기는 하지만 신하의 몸으로 그런 일을 하면 한나라에 거역하는 것이 되오."

"그렇지 않습니다. 천하가 문란하고 군웅(群雄)이 할거(割據)하여 저마다 패권을 노리고 있는 오늘날, 재덕을 겸비한 자가 신명을 바쳐 영주를 섬기는 것은 오직 훌륭한 제왕 밑에서 공을 세우기 위함인 것입니다. 만일 영주께서 의를 고집하신다면 부하들은 소망을 잃게 될 것입니다. 이 점을 깊

현덕은 한중왕의 자리에 오르다. ≪繡像全圖三國演義≫에서

이 배려해주시기 바랍니다."

　그러자 장수들도 저마다 현덕에게 한중왕으로 즉위하기를
간청했다. 현덕이 여전히 망설이자 장비가,

　"천자의 후손이 아닌 자까지도 천자가 되려고 나서는 세
상입니다. 형님은 어엿한 한의 후손이 아닙니까? 한중왕이
아니라 황제가 된들 어찌하여 부당하다는 것입니까?"

하고 큰소리로 외쳤다.

　"그런 소리는 하는 게 아니오."

하고 현덕이 책망했으나 공명이 거듭 즉위를 권했다.

　현덕은 재삼 재사 사양하다가 부하들이 변심할 것을 염려
하여 할 수 없이 승낙했다.

　공명은 즉시 상주문(上奏文)을 헌제에게 올려 그 동안의
경위를 알리고 건안 24년 7월, 한중 부근의 면양에 단(壇)을
쌓고 주위에 오행(五行)을 본딴 깃발을 세웠다. 이리하여 여

러 신하들이 늘어선 가운데 현덕은 등단하여 한중왕이 되었다. 아들 유선을 태자로 책봉하고 허정을 태부로, 법정을 상서령(尙書令)으로 임명하고, 제갈량을 군사(軍師)로서 군사(軍事)를 통괄하게 하고, 관우 · 장비 · 조운 · 마초 · 황충을 오호대장(五虎大將)으로 임명하고, 위연을 한중의 태수로 임명했다. 그리고 그 밖의 장수들에게도 각각 공로에 따라 관직을 주었다.

───하권으로 이어짐 ───

▨ 옮긴이 소개

시인, 번역문학가. 고려대 철학과 졸업.
저서《문》,《현대시 10강》,《한국 현대시 해부》.
역서《쇼펜하우어 인생론》,《교황 요한바오로 2세와의 대화》,
　《미적 차원》,《마하트마 간디》외 다수.

삼국지(중)

1984년	7월	30일	초판	1쇄	발행
1993년	3월	10일	초판	8쇄	발행
1993년	8월	10일	2 판	1쇄	발행
1999년	1월	10일	2 판	3쇄	발행
2002년	3월	15일	3 판	1쇄	발행
2006년	2월	20일	3 판	2쇄	발행

지은이　나　관　중
옮긴이　최　　　현
펴낸이　윤　형　두
펴낸데　범　우　사

출판 등록 1966. 8. 3. 제 406－2003－048호
경기도 파주시 교하읍 문발리 525-2(413-756)
전　화 (031) 955-6900~4 팩스 (031) 955-6905

교정·편집/오유미·김지선

ISBN 89-08-03258-4 04820　　(홈페이지) http://www.bumwoosa.co.kr
　　89-08-03202-9 (세트)　　　(E-mail) bumwoosa@chol.com

범우고전선

시대를 초월해 인간성 구현의 모범으로 삼을 만한 책을 엄선

▶ 계속 펴냅니다

범우사 서울시 마포구 구수동 21-1호 TEL 717-2121, FAX 717-0429
http://www.bumwoosa.co.kr (천리안·하이텔 ID) BUMWOOSA